내 삶의
쉼표

내 삶의
쉼표

YES24 블로그 축제
수상자 서른한 명의

제5회
YES24
블로그 축제
기념 도서

문학동네

여러분들은 고매합니다

정혜윤(CBS 라디오 PD, 작가)

여러분 축하드립니다. 여러분 모두의 글을 독자로서 꼼꼼하게 읽었습니다. 글을 읽는 동안 어떤 애정, 노력, 진지함, 사려 깊음(약간의 흥분까지도요), 이런 것들을 느낄 수 있어서 참 좋았습니다. 언급하신 책이나 영화, 음악 중 아는 것은 더 알고 싶어졌고 모르는 것은 새롭게 알아보고 싶은 마음이 생겼습니다. 그 점에서 정말 고맙습니다. 게다가 지금은 여러분 모두가 누구일까 궁금해졌습니다. 어떤 사람일까? 만나면 어떤 느낌일까? (일전에 만난 적 있는 분들은 기억이 난다는 것은 밝혀둡니다) 글을 읽으면서 상상해봅니다.

저 역시 여러분 덕분에 성장이란 뭘까, 이 밤에 생각해봅니다. 저는 성장이란 자기 자신에게 기회를 줘보는 것이란 생각이 들었습니다. 그리고 그것은 스스로에게 자유를 주는 것과도 같은 것이지요. 자기 자신에게 기회를 줘본 적이 없다면 우린 자신을 제대로 평가하기가 어려울 것 같습니다. 자신에게 기회를 주지 않는 사람은 자신을 타인의 눈으로 평가받게 내버려둔다고 할 수 있을 것 같습니다. 그럴 바엔 차라리 "난 어떤 사람이야?"라고 아무에게나 묻고 그 말을 믿고 살면 그만이겠지만, 그렇게 살 순 없습니다. 그런데 또 우린 온갖 조건들에 둘러싸여 자기 힘으로 뭔가 선택하고 끝까지 밀고 나가보는 일이 흔하지 않은 세상에 살고 있습니다. 읽고 보고 쓰는 것은 누군가의 명령에 따른 것이 아니라 오로지 자신의 자발적인 의지에 따르는 것입니다. 이런 것의 가치는 이루 헤아릴 수가 없습니다.

우린 생계 때문에 노동을 하는 동안 어쩐지 자신이 부질없이 낭비되는 느낌을 받기도 합니다. 지루하다고 생각하기도 합니다. 노동이 끝난 후 시간은 또 어떻게 써야 공허하지 않을 수 있는지 알기도 쉽지 않습니다. 하지만 우리의 생은 몹시 소중하기 때문에 우린 어떻게든 배우고 표현하려 합니다. 타인과 이런저런 관계를 맺고 시스템 속에서 살면서도 고유하고 개별적인 인간으로 남는 것이 얼마나 아름다운 일인지 그건 자기만의 시간을 한참 동안 보낸 뒤에야 겨우 알게 되는 것 같습니다.

저는 글을 읽고 쓰는 동안 고매성에 대해 두 번 정도 배운 것 같습니다. 한 번은 사르트르에게서 배웠습니다. 그는 작가와 독자 사이엔 고매성의 협약이란 것이 있다고 말했습니다. 작가와 독자가 서로를 신뢰하고 상대방에게 기대하고 심지어 자기 자신에게 요구하는 만큼 상대방에게도 요구하는 것이 고매성의 협약입니다. "나에게 더 많이 요구해줘!" 이것이 아마 고매성의 협약일 것입니다. 그러니까 이번에 글을 쓰신 분들은 이미 고매성의 협약이란 것을 실천해본 것입니다. 이글을 쓰기 위해 이것이 다일까? 더는 없을까? 얼마나 많이 생각해봤겠습니까?

두번째로 고매성에 대해 배운 것은 데카르트에게서입니다. 데카르트에 따르면 고매함은 타인을 신뢰하며 자신에 대해 관대함을 가진 사람에게서 나옵니다. 자기 자신에게 관대하다는 것은 자신에 대한 의심을 거두고 실망에 굴복하지 않고 자신을 섣불리 비난하지 않는 것을 말합니다. 자기 선택과 자유에 대해 책임을 지는 것은 귀찮고 번거로운 일이 아니라 고귀한 일이란 것을 아는 사람이 고매한 사람입니다. 이번에 글을 쓰신 분들은 (좀 낯간지럽겠지만) 고매합니다. '내가 뭘 할수 있을까?' 적어도 알아보려 하고 찾아보려 하고 표현해보려 하고 노력해봤다는 증거들이 이렇게 글로 남아 있으니까요.

어쨌든 저에게 성장이라 하면 이런 고매함과 떼어놓을 수 없는 정신의 사건 같습니다. 계속 성장하는 인간은 자기 안에 자기가 생각했던 것보다 뭔가가 더 있음을 알게 될 것입니다. 이렇게 뭔가 읽고 생각하고 표현하는 밤은 우리에게 한 인간으로서의 형태를 만들어줄 것입니다. 그 형태는 아름다울 수도 있고 놀라울 수도 있고 때로는 너무나 낯설 수도 있습니다. 하지만 그 형태는 어쨌든 매일 밤 최초의 형태처럼 우리에게 부여됩니다. 결국 성장하는 인간 존재는 매일 밤 최초의 인간으로 거듭나는 것이 아닐까요? 이런 밤들은 우리가 가장 아름답

게 기억하는 또 다른 어떤 밤들처럼—이를테면 첫눈이나 가을바람을
기억하듯이—우리를 애틋함 속에 기쁘게 할 것입니다.

　책은 저에게도 밤의 기쁨을 알려주었습니다. 한 사람의 인간으로
애쓰고 노력하는 것의 기쁨 또한 알려주었습니다. 여러분들 역시 그런
기쁨을 알고 있다고 생각합니다. 우린 기쁨으로 만난 이 밤을 오래 기
억하고 살았으면 좋겠습니다.

제5회 YES24 블로그 축제 기념도서를 발간하며

YES24 블로그 축제 기획팀

2007년에 시작한 YES24 블로그 축제가 5회를 맞이하였습니다. 2007년이 어떤 해였는지 잠깐 생각해봅니다. 반기문 전 장관이 UN사무총장으로 선출되었고 부동산 가격이 폭등하여 종합부동산세가 시행된 해입니다. 또 개방, 공유, 참여의 정신을 표방한 웹2.0 열풍이 무르익어 UCC라는 말이 회자되었고, 이에 따라 동영상 서비스가 각광을 받았던 해이기도 합니다. 블로그 서비스가 대중화가 되어 자신이 알고 있는 것, 생각하는 것, 느끼는 것을 블로그로 올리고 댓글로 친목을 다지는 문화가 자리를 잡아 무르익었던 때이기도 합니다. 네, 맞아요. 블로그 서비스가 한창 인기 있었던 때였습니다. 이러한 시절에 YES24는 "내 글이 책으로 만들어진다"라는 캐치프레이즈를 내세우며, 모든 사람이 작가가 되는 세상을 꿈꾸는 마음으로 블로그 축제 행사를 진행했습니다.

2011 제5회 YES24 블로그 축제는 '성장'이라는 주제로 진행이 되었습니다. 책과 음악, 영화를 통해 세상을 바라보는 시야가 넓어지고, 내 마음의 크기가 넓어진 저마다의 이야기를 만나고 싶었습니다. 그러나 그 이전에 책을 읽고, 영화를 보고, 음악을 듣는 데 잠을 줄이고 시간을 만들고 돈을 쓰는 그 모습 자체가 성장의 시작이 아닌가 생각합니다. 주어진 환경에 만족하는 것이 아니라 다른 세상, 다른 생각은 무엇인지 적극적으로 찾는 모습이니까요.

그리하여 이 세상 모든 책과 음악과 영화에 대한 이야기가 있는 YES24 블로그는 성장하고자 노력하는 사람들이 모인 곳이라는 결론을 조심스레 내립니다. 제5회 YES24 블로그 축제 기념도서는 성장하고자 하는 사람들의 가장 진솔하고 치열하고 설득력 있는 기록의 모음이며, 아울러 책과 영화와 음악을 찾아 읽고, 생각하고, 이를 글로 남기며 커가고자 부단히 노력하는 모든 YES24 블로거들을 응원하는 가장 적극적인 방법입니다.

그들의 기록이 이 책을 읽는 독자들로 하여금 성장에 대한 자극이 되기를 바랍니다. 아울러 응모작을 읽고 공감해주시고 좋은 글을 뽑아주신 심사위원들께 깊은 감사를 드립니다. 또 YES24 블로그가 책과 음악과 영화를 나누는 따뜻한 공간으로 더욱 발전하기를 희망합니다.

contents

소셜미디어를 통해 나를 한 뼘 키우다!

심사평

제5회
YES24 블로그 축제
대상

안녕 달빛요정
_스크루지

안녕 달빛요정

● **스크루지** http://blog.yes24.com/inoch

● **달빛요정역전만루홈런**

지하생활자 '달빛요정'(본명 이진원)의 1인 프로젝트 밴드로 작사, 작곡, 편곡, 레코딩, 믹스 등에 이르는 재능과 호기심을 왕성하게 발산했다. 2003년 서른 살에 데뷔, 〈절룩거리네〉 〈스끼다시 내 인생〉 〈치킨런〉 등 서정적이면서도 위트 있고, 때로는 비판정신이 살아 있는 노래들로 사랑받으며, 석 장의 정규앨범과 석 장의 미니앨범을 내고 왕성히 활동하다 지난 2010년 11월, 뇌경색으로 서른일곱의 나이에 세상을 떠났다.

1

2000년대의 어느 해, 노을이 무척 아름다웠던 가을쯤 나는 극장에서 한 야구영화를 관람했다. 영화는 야구를 좋아했던 나의 기대감을 충족시키기에 충분할 만큼 재미있었다.

평소 같았으면 영화가 끝나자마자 자리에서 일어났을 테지만, 여운이 오래 남아서였는지 엔딩 크레디트가 끝날 때까지 자리를 지켰다. 그리고 덕분에 영화의 OST도 듣게 되었다. 영화가 마음에 들어서였는지 그날따라 그 노래가 정말 괜찮았다.

나는 집에 돌아와 인터넷을 뒤졌다. 야구와 관련된 음악을 찾으면, 그 영화의 OST도 찾을 수 있지 않을까 하는 생각에서 말이다. 노래는 어렵지 않게 찾았다. 그런데 더불어 몇몇 야구 관련 노래들도 함께 찾게 되었다. 그 사이에 특이한 제목으로 유독 눈에 띄는 노래가 있었다. 〈달빛요정역전만루홈런〉이라는 노래였다.

본의 아니게 알게 된 그 노래가 특히 마음에 들었다. 응어리진 무언가를 목청껏 터뜨리는 창법이 갈증을 해소시켜주듯 마음에 와 닿았다. 가수 이름을 검색해보고는 조금 놀랐다.

노래 제목도 특이했는데, 가수 이름이 노래 제목과 똑같았다. 달빛요정역전만루홈런의 노래 〈달빛요정역전만루홈런〉.

인디 뮤지션은 매스컴을 타지 않는다. 때문에 달빛요정역전만루홈런의 노래만 알았지,

그가 어떻게 생긴 가수인지는 알지 못했다. 단지 아는 거라곤 원맨밴드라는 것.

2_

군대 시절, 어떤 시설물의 혜택도 없는 격오지 부대에서 복무할 때 내 유일한 유흥거리라고는 코딱지만 한 공간의 노래방이 전부였다. 처음 나를 노래방으로 데리고 간 선임 앞에서 나는 무슨 자신감에서였는지 달빛요정역전만루홈런의 〈스끼다시 내 인생〉을 불렀었다.

스끼다시 내 인생 스포츠신문 같은 나의 노래 마을버스처럼 달려라 스끼다시 내 인생.

_ 1집 〈스끼다시 내 인생〉 중에서

심상치 않은 가사는 선임들로 하여금 특이한 놈이라고 불리기에 부족함이 없었다.

그즈음 달빛요정역전만루홈런의 이미지를 상상해봤다. 굵지 않은 선에도 박력이 느껴지는 목소리, 하지만 뭔가 한이 서려 있는 느낌. 그 결과 내가 그렸던 달빛요정의 이미지는 대충 이랬다.

핼쑥한 외모에 비교적 짧은 머리, 골방에서 기타를 두들기는 멀쩡한 인상. 이제 와서 생각해보면 순진했던 나의 상상력은 고작 이 정도

밖에 안 되었나보다.

3_

달빛요정의 2집이 나오고 1년이 지났을까. 우연히 웹서핑을 하던
중 그의 홈페이지를 발견했다. 아, 왜 나는 이제껏 그의 홈페이지를 찾
아볼 생각을 못 했던 것일까. http://www.rockwillneverdie.com 이
름에서마저 록 스피릿이 충만하게 느껴지는 달빛요정역전만루홈런의
공식 홈페이지였다. 반가운 마음에 가입인사 글을 올리고 열성팬임을
노골적으로 표현했다. 그리고 얼마 지나지 않아 달빛요정이 직접 댓글
을 달아준 걸 보곤 날아갈 듯 기뻤다.

그의 얼굴을 본격적으로 인지한 것도 그때부터였던 거 같다. 일말
의 아쉬움이 없었다면 그건 거짓말이겠다. 그래도 달빛요정을 향한 나
의 팬심은 여전했다.

당시 안팎으로 힘든 시절을 보내던 나는 이어폰을 통해 울리는 그
의 노래에서 위로를 얻었다. 패배자 정서로 화자를 지극히 내리까는
스타일, 용기와 격려는커녕 패배와 단념을 노래했지만 아이러니하게도
그런 직설적인 음악은 도리어 크나큰 위로가 되어주었다.

그래 난 그때보다 더 무능하고 비열한 놈이란 걸 잘 알
아 절룩거리네.
_ 1집 〈절룩거리네〉 중에서

나를 한 뼘 키워준 음악

마치 나 같은 놈도 있는데 뭘 그리 괴로워하느냐고 반문하는 듯한 가사. 여태껏 이런 음악은 접해보지 못했었다. 루저에게는 할머니의 약손 같은 음악보다 동네형의 소주 같은 음악이 더 와닿았던 것이다. 그리고 심금을 타고 흐르는 멜로디는 내 감성을 울렸다. 그는 수많은 루저들을 대변해주었다.

4

2008년, 달빛요정의 3집이 나왔다.

당시 달빛요정은 CD 재킷으로 택한 이미지의 저작권자를 찾고 있었다. 팬의 한 사람으로서 도움이 되고 싶었던 마음에, 나는 그 이미지의 저작권자를 기어이 찾아냈다. 달빛요정에게 날아온 감사의 보답은 CD 한 장. 팬이 된 이래 가장 보람된 순간이 아니었을까 싶다.

달빛요정의 3집 CD 재킷 이미지

담배 냄새가 밴 CD를 우편물로 받아들고 감격에 겨웠던 나는, CD에 스크래치가 날 정도로 돌리고 또 돌려 들었다. 가사를 외울 정도로 듣지 않고는 못 배길 만큼의 진정성으로 점철된 앨범이었기 때문이다. 약 한 달가량 달빛요정의 3집이 내 오디오에 눌러앉았었다.

5 _

2008년 겨울, 달빛요정의 홈페이지에서 모인 팬들이 정모를 하기로 했다. 온라인으로 만난 이들을 오프라인에서 만나는 걸 그리 좋아하지 않았지만, 주위에 달빛요정을 아는 사람이 하나도 없어 공감대를 형성할 사람들이 필요했던 나는 정모에 참석했다. 또한 달빛요정이 정모에 올 거라곤 예상도 하지 않았는데, 생각지도 않았던 그가 나타났다.

사진으로 볼 때보다 아담한 체구에 놀랐고, 정확한 가사와 달리 정확하지 않은 말투는 유독 인상적이었다. 그리고 그는 이러저러한 사연으로 나를 기억해주었다. 팬의 입장에서 가수에게 얼굴이 기억되는 순간, 덕분에 12월의 끝을 달리던 그날은 참 행복했다.

6 _

2009년 여름, 한 록 페스티벌에 달빛요정역전만루홈런의 공식 티셔츠를 입고 갔다. 그래서였는지 달빛요정이 알은체를 했다. 이런저런 얘기를 나누고 당시 함께 간 지인은 그와 사진을 찍었으나, 앞으로도 많이 만날 테고, 사진 찍는 걸 그다지 좋아하지 않았던 나는 그와 함께 사진을 찍지 않았다.

지금 생각해보면 두고두고 후회스러운 순간이다.

그해 가을, 또 다른 음악 페스티벌의 페스티벌 공식송이 되기도 했던 3집의 〈나를 연애하게 하라〉가 라디오를 중심으로 입소문을 타기 시작했다. 솔로의 비애를 담은 그 노래가 알려진다는 게 기뻤지만, 그의 공연에 온 수많은 커플들의 풍경은 그다지 기쁘지 않았다. 솔로만 와달라고 전광판 문자까지 보냈건만……

사랑받는 건 바라지도 않아. 난 그저 내가 사랑하고 있다고 느낄 그런 사람이 가끔 필요할 뿐.

_ 3집 〈나를 연애하게 하라〉 중에서

7_

2010년 달빛요정의 EP앨범이 나왔다. 상당히 정치색이 짙어 당시 달빛요정 팬들 사이에서도 이러저러한 공방전이 오갔던 걸로 기억된다. 패배자 정서의 음악에서 전투력 상승류의 음악으로 탈바꿈하는 순간. 광팬이 으레 그렇듯 그가 어떤 생각을 가지고 어떤 음악을 하든지 일단은 존중하자는 주의였기에, 크게 개의치 않았다. 다만 그의 음악이 주류에게 더욱 배척당할까 그게 걱정이 됐을 뿐이다.

왜 날 광장으로 내몰아 왜 널 상대하게 만들어 니가 아니어도 나는 개 너는 쥐.

_ EP 〈나는 개〉 중에서

늦봄 무렵, EP앨범 발매기념 겸 1년에 한 번 열리는 단독공연을 성황리에 마쳤다. 내가 본 달빛요정의 마지막 공연이 그 공연이었다.

8

2010년 11월 초, 달빛요정이 뇌출혈로 쓰러졌다는 SNS 소식을 들었다. 솔직히 그때까지만 해도 곧 쾌차할 줄 알았다. 뇌출혈이 그리 만만한 사안은 아니지만, 설마 했었던 게 사실이다. 실시간으로 올라오는 업데이트 소식도 '점차 나아지고 있다, 위험은 넘겼다' 등의 희망적인 소식이었기 때문이다. 하지만 '큰일이 나겠어' 하며 넘겼던 상황은, 일주일도 안 되어 달빛요정이 고인이 되었다는 기사로 현실이 되었다.

당황스럽고 혼란스러웠다. 그가 세상을 떠났다는 기사를 보고도 눈물은 나오지 않았다. 그냥 슬프고 멍했다.

그가 생전에 만들려던 핑크색의 공식 티셔츠, 사랑노래가 가득한 새 앨범, 객원보컬들의 영입과 함께하는 프로듀서 데뷔, 그리고 결혼…… 달빛요정의 청사진들은 아지랑이처럼 사라졌다.

이로써 2003년부터 알았던 한 인디 뮤지션과의 인연은 채 10년도 되기 전에 끝을 맺었다.

내가 블로그를 본격적으로 하기 시작한 것도, 커뮤니티 활동을 시작한 것도 모두 달빛요정이 기폭제가 되었다. 때문에 알려지지 않은 인디 뮤지션을 알려야겠다는 내 젊은 날의 객기도 한풀 꺾인 게 사실이다.

2011년 2월, 홍대 라이브클럽 등지에서 여럿이 힘을 모아 열었던 달빛요정 추모공연, 그리고 감당할 수 없이 몰린 수천 명의 관객들. 달빛요정을 기억하는 인디 음악팬들의 열기는 영하 10도를 치닫는 추위에도 식지 않았다.

그리고 그가 남긴 마지막 작품은 공교롭게도 음반이 아닌 서적이다. 『행운아』. 1집의 트랙 리스트에도 있는 동명의 제목. 졸지에 유작이 되고 말았지만, 진지한 이야기를 다룬 책은 아니다. 고인이 된 뒤에 나온 것이 아니라 본래 발간 예정이었던 작품이기 때문이다. 비교적 수월하게 읽힌 책은 스스로 가사빨이라고 자평하던 그의 노랫말과도 같았다.

시대의 패배자들을 위로해준 가난한 뮤지션, 그를 향해 동정의 시선을 보일 필요는 없다.

어찌되었든 그는 음악만으로 먹고살 수 있었고, 음악 하는 순간을 후회하지 않았던 가수였기 때문이다. 거칠고 투박하게 살았던 37년의 인생, 잊지 못할 추억을 남겨준 故 달빛요정.

이젠 안녕.

나를
한 뼘 키워준
책

Book

그녀의 여행기는
지극한 사랑의 기록이다

● **21cbach** http://blog.yes24.com/21cbach

암보스 문도스 : 양쪽의 세계
권리 저 | 소담출판사 | 2011

한겨레문학상을 수상한 작가 권리가 영감의 계보를 찾아 오간 세계를 한 권의 책에 담았다. 영감은 어디서 와서 어디로 가는 것일까. 가만히 길을 걷다가 불현듯 떠오르는 이 생각은 대체 어디에 기원을 두고 있을까. 이와 같은 의문에서 출발한 작가의 여정은 유럽과 남미의 무수한 나라들을 아우르고 있지만, '이것은 여행기가 아니다'라는 그의 말처럼 분명 단순한 여행기는 아니다. 책은 그들 나라의 맨땅을 밟기보다는 사방에 머무르며 독자들을 또 다른 사고의 세계로 이끈다.

여행은, 사랑과 닮았다. 낯선 세계에 들어가 자신을 기꺼이 타자로 만든다는 점에서 여행과 사랑은 쉽게 겹쳐진다. 우리는 사랑을 앓으면서 타자의 바닥까지 알고자 애쓰지만 사랑이 끝난 후에 알게 되는 것은 바로 자기 자신에 대한 진실이다. 여행도 마찬가지. 낯선 곳을 알고자 떠나지만 결국 확연하게 들여다보게 되는 건 우리 자신이다. 낯선 대상을 향해 나아가지 않아도 상관없다. 어떻게든 삶은 계속되니까. 하지만 낯선 대상을 통과하고 난 후, 우리는 다시 예전으로 돌아갈 수 없다. 여행의 기록을 아무리 세세히 남겨도 그곳의, 그 시간으로 돌아갈 수 없는 것처럼.

　많은 이들에게 여행이란 사진 속 풍경으로 존재하던 곳에 직접 찾아가서 눈을 호사시키고 사진을 찍는 것을 의미한다. 혹은 '자아 찾기'라는 거창한 테마를 혼자 설정한 뒤에 고독을 씹으면서 막연히 다른 삶이 시작되기를 바라는 철없는 낭만이거나. 전자에게 여행은 어딘가를 가봤다는 확인(사진)이 중요하다. 불필요하게 들어가는 돈은 덤이다. 상관없다. 사진 속 풍경으로만 접했던 동경하던 장소에 내가 가봤다는 사실을 확인할 수 있다면. 후자에게는 마음의 깨달음을 얻었다는 '위안'이 절실하다. 그들은 자신이 여행에 돌입한 이유를 타인에게 납득시키고자 한다. 무엇보다도 자신을 위로하는 것이 중요하므로 그들은 여행이 끝난 뒤의 변화를 찾기 위해 애쓴다. 여행의 기록은 대부분 그렇게 시작된다. 여행을 다녀와서 새로운 깨달음을 얻었다거나 성장했다는 투로 일관하는 기록들에서 어떤 피곤함을 느끼게 되는 이유이다.

삶은 그렇게 허술하지 않다. 짧은 여행으로 삶에 대한 통찰이 생기는 경우는 거의 없으니까. 삶은 '나는 어딘가에 가봤다' '그 여행이 나를 변화시켰다'는 생각으로 바뀌기에는 훨씬 견고한 무엇이다. 시각을 통해 충족된 쾌락은 시간이 갈수록 옅어지고, 다시 일상은 삶을 잠식한다. 여행의 기록은 그래서 지독한 자위와 다를 바 없다. 다들 그것을 알면서도 여행기를 펼치고, 기억에서 사라질까봐 서둘러 사진을 업데이트한다. 연애의 흔적을 부지런히 업데이트하는 행위와 여행의 기록은 닮지 않았는가. 그 연애와 여행의 흔적은 둘 중 하나로 전락하리라. 타인의 결핍감과 호기심을 자극하는 과시. 아니면 외로울 때 들춰보는 과거의 훈장. 과시나 훈장은 짧은 위안을 주지만, (외로운) 현실을 비루하게 만든다는 점에서 독이 된다. 조금씩 쌓이는 일상의 독을 해소하기 위해서 그/그녀는 다시 새로운 각오로 여행을 떠나고 사랑을 찾는다. 단순한 반복을 새로움이라고 착각하는, 소비의 판타스마고리아와 흡사한, 반복. 지겹다. 여행이라거나 사랑이라는 단어를 불신하게 만든 것은 그렇게 무수한 풍경들의 반복이었다. 소설가 권리가 쓴 여행기 『암보스 문도스』를 끝까지 읽은 이유는 그녀가 에필로그에서 언급한(대부분 여행기는 에필로그를 보면 바닥이 보이기 마련이다) 한 줄 때문이다.

이것은 여행기가 아니다.

여행을 떠나서 쓴 글을 여행기가 아니라고 우기는(?) 그녀의 자기부정이 흥미로웠다. 동의하기 싫은, 유쾌하지 않은 현실을 부정하면서 시작하는 것이 여행이지만, 그녀의 여행은 돈을 뿌리는 유람이 아니었다. 시각의 즐거움만을 좇는 어리석음을 그녀는 반복하지 않는다. 서두에 적힌 카뮈의 말처럼 "낭비에 가까울 정도로 성급한 삶에의 충동"이 그녀의 여행을 지탱하는 유일한 힘이다.

그녀의 첫 여행지는 유럽이다. 일정 인원을 패키지로 묶어서 일주일이나 보름간 꽉 짜인 일정을 소화시키고, 사진을 찍으며 희희낙락하게 만드는 여행사의 '기획상품' 중 가장 노른자위는 유럽이다. 좁은 공간에 다양한 나라가 섞여 있으며, 대부분 우리의 동경을 자극하는 관광지가 많다.

그녀는 색다른 방식으로 유럽으로 향한다. 속초 동명항에서 배를 타고 러시아의 블라디보스토크로 간 다음 시베리아 횡단열차에 몸을 싣는다. 타이가 숲의 아름다움이나 신비한 바이칼 호수에 관한 언급은 거의 없다. 풍광에 대한 장광설 대신 그녀는 기차 안에서 끊임없이 자신에게 묻는다. "남들처럼 졸업과 동시에 번듯한 회사에 취직했더라면 인생이 평탄하게 흘러갔을 텐데."(15쪽) 이것은 탄식이 아니라 질문이다. 스스로 불안정한 삶을 택한 것과 흡사하게 불편한 여정을 택한 그녀는, 문학책 때문에 형성된 유럽에 대한 환상을 깨기 시작한다. 유명한 관광지에서 사진을 찍고 서둘러 다음 코스로 이동하는 겉핥기식 여행객들과 달리 그녀는 철저하게 유럽 도시의 뒷골목을 헤맨다. 에든버러의 슬롯머신 게임장에서 부랑자들의 손때가 묻은 동전을 교환해

주고 남자 변기 닦는 일을 하는가 하면, 돈을 아끼기 위해 염치 따위
는 버리고 카페에 머물면서 "삶의 불완전성과 우연성"(61쪽)을 만끽한
다. 그녀가 마주한 유럽의 도시는 관광지로 포장되어 여행객들을 유혹
하는 매혹적인 창부의 얼굴이 아니라 민낯의 속살이었다.

> 유럽에서의 6개월을 돌이켜보건대, 나는 늘 엉뚱한 곳에서 잠을 잤다.
> 폭식을 했고 미친 지푸라기처럼 거리를 떠돌아다녔다. (……) 여행이 일상
> 의 계단으로 내려오자 런던과 파리, 더블린은 더이상 환상적이지도, 신비
> 롭지도 않게 되었다. 부랑자와 찌그러진 콜라 캔으로 지저분한 전형적인
> 코스모폴리스일 뿐이었다. (……) 어디에도 특별한 도시란 없다. 특별한 의
> 미와 시선을 갖고 대하는 곳만이 특별한 도시가 된다.
>
> _67쪽

조명과 화장이 제거된 창부의 얼굴이 더이상 아름답지 않은 것처
럼, 그녀가 부랑아처럼 떠돌면서 마주한 유럽의 도시들은 여느 도시
들과 다르지 않았다. 특별한 공간은 없고, 단지 특별한 시선만이 존재
할 뿐. 어떤 시공간을 특별하게 만드는 것은 자신의 몫. 누군가를 사랑
하면, 그 사람은 자신에게 특별한 존재가 된다. 시간이 지나면 사랑의
특별함은 바래지만, 그 시간은 상대적이다. 낯선 여행지가 익숙한 일
상으로 포섭되는 과정도 이와 같다. 단지 타인이 심어놓은 환상 때문
에 사랑과는 달리 여행은 가짜인 표면만을 훑게 되거나 속살을 보는
데 오래 걸릴 따름이다. 권리는 자신만의 방식으로 유럽이라는 공간을

사유하고, 사랑하고, 의미를 부여한다. 그녀는 문학작품을 통해서 생성된 동경이 단순히 풍광에 대한 확인으로 그치고 마는 클리셰를 거부하면서, 자신이 머문 공간에 관련된 문학작품과 영화, 역사적 인물들에 관하여 서술한다. 이를테면 이런 식이다. 안정된 삶에 타협하지 않으려는 자신을 보면서 『삶의 한가운데』의 니나 붓슈만을 떠올리고, 지루한 시베리아 횡단열차 안에서는 고독한 활자의 세계에 눈을 떴던 대학 시절에 읽은 책들을 떠올린다. 문학작품을 경유한 사유는 자신이 스쳐가는 곳을 특별하게 만들면서 다음과 같은 매력적인 서술로 이어진다.

> 내가 책을 펴는 한, 책의 저자들은 철저히 내 남편이었다. 도스토옙스키가 술과 도박과 여자라는 3대 악에 찌든 방탕한 남편이라면, 카뮈는 남편이 없는 사이 바람을 피우고 싶은 상대였다. 전자가 나랑 한바탕 싸우고 집을 나가버릴 것 같은 남편이라면, 후자는 내게 외투를 입고 정오에 산책을 나가자며 차를 대기시키고 있을 것 같은 남편이었다.
>
> _32쪽

이런 사유에 이르게 되면, 여행지는 더이상 사진을 찍으려고 가는 낯선 곳이 아닌, 독특한 '남편'들이 창작하고, 고민하고, 방황하며 살아 움직였던 곳으로 뒤바뀐다. 이 유쾌한 사유야말로 그녀가 궁상과 불안으로 점철된 여행을 견딜 수 있게 한 버팀목이 아니었을까. 익숙해져서 '전형적인 코스모폴리스'로 변질된 유럽을 떠나 진출한 남미에서도 권리의 유쾌한 사유는 계속된다. 비행기 안에서 마르케스의 작품 「하늘에서의 사랑」을 떠올리는 것으로 시작하여, 문학을 매개로 한 그녀의 사유는 남미에서 더욱 빛을 발한다. 극도의 궁핍과 발랄함, 천혜의 자연과 유서 깊은 고도가 공존하는 남미에서 그녀는 마르케스와 네루다, 에스테반 가르시아와 이사벨 아옌데의 작품을 지금, 여기에 소환한다. 가혹한 식민지배와 군부독재, 빈부격차를 앓은 남미는 혼돈 그 자체였지만, 아픈 현실을 뚫고 나온 문학작품과 노래 들을 통해, 낙천적인 사람들과 조우하면서 그녀는 '명랑'에 대하여 다시 정의한다.

나는 명랑함이 세상을 구원하며, 모든 창조적인 존재들은 명랑성을 내포하고 있다는 신념이 있다. 내가 칠레 여행을 통해 얻은 것이 있다면 명랑성의 회복이다. (……) 상상력은 모든 것을 이룬다. 그러므로 상상력은 명랑해야만 한다.

_127쪽

엄혹한 군정 시절에 숱한 작가들이 억압당했으며, 민중들의 삶은 피폐했지만 남미의 문학은 암흑 같은 현실을 명랑한 상상력으로 이겨냈다. 마치 바보 같은 사랑의 힘으로 마침내 사랑하는 사람 앞에 서게 되는, 『콜레라 시대의 사랑』의 주인공인 우르비노 박사의 천진스런 웃음과 같은 명랑함으로. 하지만 아무리 명랑한 상상력으로 무장해도 '없음'에 대한 공포는 직접적으로 작용한다. 권리는 그것을 쿠바에서 느낀다. 쿠바에 도착한 순간 당연히 존재하던 재화의 절대적 부족으로

인하여 그녀의 여행은 '살기 위한 투쟁'으로 바뀐다. 돈을 인출하는 것조차 전쟁이고, 과일과 빵, 휴지 따위의 생필품도 부족할뿐더러 전산화나 자동화는 꿈도 꿀 수 없는 공간인 쿠바는 이 긴 여행기의 마지막 공간으로 썩 잘 어울린다. 무모하고 충동적이며 대책 없던 여행의 마지막 여정, 쿠바.

후덥지근한 날씨 속에서 방황하는 그녀가 모든 것이 부족한 '저개발의 섬'을 사랑하게 된 것은 두 남자 때문이다. 그녀가 쿠바를 여행하며 두 남자를 만나 사랑에 빠졌느냐? 아니다. 그녀가 사랑한 두 남자는 과거의 인물이다. 그들의 이름은 혁명전사 체 게바라, 그리고 작가 어니스트 헤밍웨이다. 쿠바의 사회주의 혁명을 승리로 이끌었던 체 게바라의 투항하지 않은 삶—아르헨티나에서 태어나, 과테말라에서 혁명가가 되고, 쿠바에서 싸웠던—과 체 게바라 못지않게 극적인 삶을 살았던 작가 헤밍웨이. 1967년, 볼리비아의 정글에서 사살당한 혁명가 체 게바라가 가장 사랑했던 나라는 쿠바였고, 스페인 내전과 세계대전을 온몸으로 겪었던 작가 헤밍웨이가 가장 아끼던 나라도 바로 쿠바였다. 체 게바라는 미국과 투쟁하여 승리한 나라 쿠바를 잊지 못했고, 헤밍웨이는 말년에 쿠바에서 역작 『노인과 바다』를 집필했다.

두 남자를 권리의 '남편론'에 대입해보면 어떠할까. 두 남자는, 그녀가 몹시 사랑하지만 뜨거운 피를 감당하지 못하고 밖으로만 떠돌다가 죽은 무책임한 남편들일지도 모른다. 혹은 짧고 강렬하게 사랑한 뒤 다신 보지 못하게 된 애인들이거나. 그래도 모든 사랑은 깨달음을 남긴다. 다시 그 사랑을 할 수 없기에 더욱 절실한 깨달음을. 성공한 혁명은 현실의 궁핍을 남겼고, 헤밍웨이의 파란만장한 삶은 허무한 자살로 종지부를 찍었지만, 두 사람이 머문 쿠바에서, 그들을 사랑한 작가 권리는 그 삶들을 반추하며, 그들의 사랑을 나름의 언어로 정리한다.

『노인과 바다』에는 이런 말이 나온다. '의지와 지혜밖에 없는 나에게 맞서고 있는, 모든 것을 가진 저 고기가 부럽구나.' 의지와 지혜가 있다는 것만으로 인간은 존경받을 수 있는 존재이다. 하지만 의지와 지혜는 아집과 잔꾀로 바뀌기도 한다. 인간을 끝까지 존경받을 수 있는 존재로 만드는 것은 힘없는 자들에 대한 태도이다. 노인은 한낱 자신의 저녁밥이 될지도 모르는 물고기에게 존경과 사랑을 표하고 있다. 이것은 인간에 대한 헤밍웨이 자신의 태도이기도 하다.　　　　　　　　　　　　　　　　　_242쪽

약자에 대한 존경과 사랑. 인간에게 남은 윤리를 가장 적실하게 표현한 말이 아닐까. 체 게바라도 헤밍웨이도 바로 그 윤리를 지키려고 온 생애를 바쳤으니까. 그녀는 그들에 대한 애정을 피력하면서, 그들이 꿈꾸었던 세계의 모습과 점점 멀어지는 현실에서 새로운 질문을 던진다.

왜 다시 체 게바라인가? 이 질문은 틀렸다. 왜 체 게바라가 아니면 안되는가? 우리는 그렇게 물어야 한다. 체 게바라의 망령이 아직도 세계를 떠돌고 있다는 것은 우리가 여전히 환상을 그리워한다는 것을 입증한다.
　　　　　　　　　　　　　　　　　　　　　_246~247쪽

점차 파편화되는 세계는 더이상 연대나 저항을 꿈꾸지 않는다. 파
편처럼 흩어진 개인에게는 타인의 시선과 위로가 더욱 절실함에도 불
구하고 말이다. 이 기묘한 역설 위에서 우리의 삶은 불안정하기만 하
다. 그녀가 만난 어느 이스라엘 여행객의 욕설("Communism sucks!")처
럼 오늘날 쿠바는 궁핍하고 혼란스러운 곳에 불과할지도 모른다. 그러
나 그녀는 (여전히 유효한) 물음표를 던진 두 남자를 회상하면서 쿠바
라는 공간을 새로운 질문을 잉태하는 곳으로 다시 정의한다. 이 책의
제목이기도 한, 헤밍웨이가 머물렀던 호텔 '암보스 문도스'(양쪽의 세계)
는 오랜 여행의 마지막 장소로 썩 잘 어울린다.

　　이 세계에 존재하는 우리는 모두 '양쪽의 세계'를 오가며 살아간다.
과거와 현재, 익숙한 것과 낯선 것, 현실과 이상, 냉소와 혁명, '나'와
'너'의 사이를. 쿠바의 궁핍함이 단지 처연한 가난이 아님을, 그리고 남
미 대륙의 가난과 혼란의 내부에는 마술적인 환상이 존재함을 알 수
있다면, 양쪽의 세계에 설정된 경계는 더이상 '단절선'으로 머물지 않
는다. 사랑이 낯선 타자의 세계로 진입하여 '나'를 알아가는 과정이듯
이, 그녀의 여행 또한 낯선 공간으로 틈입하여 익숙한 자신의 세계를
다시 보는 과정으로 작용하기 때문이다. 사랑할 때, 우리는 완벽한 타
자가 된다. 그러면서 도저히 이해할 수 없을 것 같은 타자의 경계를 보
며 절망하게 된다. 그렇지만 이 절망은 무엇보다도 힘이 세다. 그로 인
해서 이해할 수 없는 타자를 이해해보려는 노력이 시작되므로. 대부분
의 사람들은 타인이 설정한 얇은 이미지에 경도되었다가 금방 익숙한

자리로 돌아오고 말지 않는가. 그러므로 사랑은, 에리히 프롬이 역설했듯이, 기술이며 능력이다. 권리의 여행 기록은 그 사랑에 대한 지극한 은유이다. 여기에 '나타나엘'을 호명하며, 자유로운 삶을 속삭이는 지드의 목소리가 겹쳐진다.

> "나타나엘이여, 그대를 닮은 것 곁에 머물지 마라. 나타나엘이여, 주위가 그대와 흡사하게 되면, 또는 그대가 주위를 닮게 되면 거기에는 이미 그대에게 이로울 것이 없다. 그곳을 떠나야만 한다. 너의 집안, 너의 방, 너의 과거보다 더 너에게 위험한 것은 없다."
>
> _앙드레 지드, 『지상의 양식』 중에서

견딜 수 없는 현실을 벗어나고 싶은가. 그렇다면 남들이 설정한 익숙한 여로를 택하지 마라. 낯선 우연 속으로 기꺼이 몸을 던지는 것이야말로 사랑일지니. 사랑과 닮지 않은 여행은 익숙한 반복에 불과하다. 살아 있다면, 우리는 모두 사랑에 빠질 '권리'가 있다. 이 '권리'를 '의무'로 바꿔도 무방하리라.

네 개의 서랍 혹은 한 개의 화살표

● **껌정드레스** http://blog.yes24.com/mkkorean

세계사편력
J. 네루 저 | 곽복희, 남궁원 공역 | 일빛 | 2005

『세계사편력』은 인도의 독립 영웅 자와할랄 네루가 1930년부터 1933년까지 3년 동안 옥중생활을 하면서 딸에게 쓴 196편의 편지글들을 모아 엮은 책이다. 이야기를 하듯 세계사의 주요 사건들을 풀어내는 가운데 한 사건이 일어나게 된 다양한 측면들을 밝히고, 역사란 사건의 연대가 아니라 '인간'이 담긴 것이라는 점을 일깨워준다.

민중의 세계사
크리스 하먼 저 | 천경록 역 | 책갈피 | 2004

최초로 인류가 생겨난 이후 지금까지 인류는 끊임없이 변화해왔다. 이러한 인류의 역사는 어떻게 변해왔고 우리가 살고 있는 현재는 어떻게 만들어졌을까? 『민중의 세계사』는 이런 질문에 답하기 위한 책이다. 즉 인류가 처음 생겨났을 때부터 21세기가 시작하기 바로 전인 1999년까지 인류의 역사가 어떻게 변해왔는지 설명하고 있다. 지금까지 많은 역사책이 있었지만 마르크스주의로 세계사 전체를 이렇게 풍부하게 다룬 책은 『민중의 세계사』가 유일하다는 점에서 주목할 만하다.

문명과 바다
주경철 저 | 산처럼 | 2009

이제까지 대륙 문명의 관점, 그중에서도 주로 농경문화권의 관점에서 바라보던 역사에서 벗어나, 바다를 통해 형성된 근대의 세계를 새롭게 조명한다. 콜럼버스의 항해 이후 수십 년 동안의 기간에 전세계 모든 지역이 바다를 통해 연결됨으로써 진정한 세계사 혹은 지구사의 흐름이 형성됐다. 그런 의미에서 우리가 살아가는 이 근대 세계는 바다에서 태어났다고 해도 과언이 아니다. 저자는 연안 지역과 섬, 바다 사이에서 세계 문명들이 만났을 때 어떤 일들이 벌어졌는지 다양한 역사적 현장 속으로 우리를 초대한다.

몽골제국과 세계사의 탄생
김호동 저 | 돌베개 | 2010

『몽골제국과 세계사의 탄생』은 개별 지역, 민족, 국가를 넘어서 문명권이라는 보다 넓은 단위를 기준으로 세계사를 파악하려는 시도이다. 저자는 유목민과 유목국가가 세계사의 전개과정에서 매우 중요한 역할을 했지만 그 부분이 지금까지 경시되어 왔다고 지적한다.
유목민과 농경민은 인류의 역사를 움직인 두 개의 수레바퀴였고, 그중 어느 하나를 빼놓고는 세계사에 대해 총체적이고 균형 있는 이해를 가지기 불가능하다. 특히 몽골제국은 역사상 처음으로 유라시아 대륙의 거의 대부분을 통합했다는 점에서 세계사를 이해하는 중요한 열쇠이다. 실크로드와 몽골제국의 관계, 몽골제국이 세계를 제패하는 과정, 세계사의 탄생 등의 중요한 주제를 다뤘다.

이 글은 네 개의 서랍에 대한 글이다. 내 독서 인생을 구성하는.

어릴 때 살바도르 달리의 화집을 보다가 〈서랍이 달린 밀로의 비너스〉란 작품을 본 적이 있다. 지금이야 달리가 프로이트의 정신분석을 적용해서 '서랍이 달린' 시리즈로 작품활동을 했다는 것을 알지만, 그때는 그저 인간을 저렇게 서랍으로 열어볼 수도 있겠구나, 하는 생각에 매우 놀랍고 신선했다.

그 이후, 지금까지 나는 '한 인간을 구성하는 서랍'에 대해 골똘히 생각해보는 버릇이 생겼다. 〈서랍이 달린 미켈란젤로의 머리〉처럼 내 머리를 열어본다면 과연 그 서랍에는 어떤 책들이 담겨 있을까, 하고 말이다. 한글을 깨친 이후 내가 읽은 모든 책들이 다 담겨 있으리라는 기대는 하지 않는다. 그럴 필요도 없다고 생각한다. 나는, 내가 태어나고 자란 환경에 의거하여 당연히 담겨져 있던 낡은 지식이나 편향된 가치관을 몰아내고 새롭게 내 머릿속 서랍을 차지한 역사책들에 대해서만 생각해본다. 그러면 딱 네 개의 서랍을 열어볼 수 있겠다.

첫번째 서랍을 열다_

난 어머니께서 구입해주신 '계몽사 소년소녀 세계명작전집'과 '계몽사 한국 위인전집' 뭐 이런 전집류를 읽고 자랐다. 중학생이 되어서는 장정일 시인처럼 '삼중당 문고' 시리즈를 읽었다. 결국 나를 채운 것은 팔 할이 '계몽사 전집'과 '삼중당 문고'인 셈이다. 그런데 나는 이런 세계 명작들을 읽으면서도 늘 이야기 자체보다 이야기의 배경이 되는 역사가 궁금했다. 어릴 때는 『소공녀』에 등장하는 인도 하인의 존재에서 영국과 인도의 관계가 의심스러웠고, 중학생이 되어서는 『제인 에어』를 읽으면서 로체스터 백작의 전처인 광녀의 출생지 서인도제도가 궁금했다. 내가 가지고 있던 책에서 그들 국가들은 원래 영국의 식민지였고, 그들 인도인들은 노예로만 묘사되어 있었기 때문이었다.

그러다가 고등학생이 되어 전교조 선생님 덕분에 만난 책이 바로 네루의 『세계사편력』과 유시민의 『거꾸로 읽는 세계사』였다. 나는 위의 두 책을 통해서 앞서 예를 들었던 이른바 명작이라는 책들은 대개 19세기 유럽의 제국주의 팽창시대의 가치관을 바탕으로 쓰였다는 것을 알게 되었다. 그리고 세상에는 그들 선진국가의 문명과 소비수준을 뒷받침할 물질적 토대를 제공하도록 강요당하는 다른 국가들이 있다는 것도 알게 되었다. 그리고 그들의 지배에 맞서 싸우는 용감한 사람들이 있었으며, 지금도 있다는 것도 알게 되었다.

그렇다고 서구 제국주의 국가들의 구성원들은 다 행복하고 부유할까? 『올리버 트위스트』를 보면, 대영제국의 아시아 지배와 산업혁명의 성과를 모든 영국 국민들이 균등하게 누린 것은 아니지 않은가? 지배계급에 속하지 않은 여성이나 아동, 노동자 들의 삶은 어떠했는가? 이렇듯 자칫 잘못하면 이분법적인 국가별 선악의 구도로 세상을 파악할 수도 있는 위험성에서 독서의 균형을 잡는 것도 필요했다. 그 작업을 도와준 책들이 많았는데, 성인이 되어 읽은 『민중의 세계사』가 가장 기억에 남는다.

하지만 계속 의문은 남았다. 일본과 미국의 과거 역사와 현재 패권 행사를 부정적으로 보면서도 경제적으로 우리보다 못사는 다른 나라에서 온 노동자들을 무시한다거나, 동남아 여행지에서 추태를 부리거나, 현지처를 두고 경제적이라고 하는 우리나라 사람들은 과연 무엇인가? 서구 백인 남성도 아니면서 제국주의 시절 서구 백인 남성들의 가치관을 보이는 사람들은 왜 그렇게 생각하고 행동하게 된 것일까? 이런 식으로 우리 안의 제국주의나 민족주의의 가면에 대해 깨닫게 해준 책은 『하얀 가면의 제국』을 비롯한 박노자의 일련의 저서들이었다.

그래서 내 머릿속 첫번째 서랍에는 교과서와 세계명작에 쓰인 그대로의 서구 제국주의적 가치관으로 사고하던 나를 리세팅해준 책들이 담겨 있다. 외부에서 주입당한, 내 존재를 배신하는 사고방식을 거부하게끔 만들어준 소중한 책들이다.

두번째 서랍을 열다_

학교를 졸업하고 나서도 나는 여전히 책을 읽었다. 방식은 이랬다.

관심 가는 지역을 정해서 그 지역과 관련한 영화를 보고 기행문이나 소설을 읽은 후 배경을 설명해주는 대중 역사서를 읽었다. 그리고 그 대중역사서 맨 뒤편의 참고도서 목록을 보고 전문이론서를 찾아 읽는 방식으로 독서를 해나갔다. 대개 영화를 보고 관련 배경을 찾아 읽는 식이었다. 영화 〈라스트 사무라이〉를 보고 메이지유신과 사이고 다카모리에 대해 읽기도 했지만, 때로는 9·11 이후 이슬람 문명과 역사에 대해 찾아 읽는 등 시사적인 이유로 독서를 하기도 하였다.

그런데 이렇게 어떤 분야에 관심을 가지든, 결론은 다 역사서 읽기로 귀결되는 독서를 오랫동안 해오면서 놓친 것이 있었다. 바로 우리가 읽는 대부분의 역사책은 육지 문명에 대한 서술만 하고 있다는 것이다. 주경철이 쓴 『문명과 바다』 『대항해 시대』 등 해양을 다룬 책들을 읽고서야 뒤늦게 그 사실을 알았다. 근대 세계가 제국주의 국가들의 폭력으로 인한 해양 지배사의 연속으로 구성되었음에도 불구하고 말이다. 이후 사탕수수, 커피, 바나나 등 해양으로 운송되는 플랜테이션 농작물의 역사를 읽으면서 육지사에서 간과했던 많은 부분을 새롭게 알아갔고, 나는 한 뼘 더 자라났다.

특히 내가 많은 관심을 가진 일본의 역사와 관련해서 주강현의 『제국의 바다 식민의 바다』를 읽으면서 일본의 역사와 민족성에 대해 궁금한 점이 많이 풀렸다. 저자는 일본 전공 사학자는 아니지만, 학자들이 자신의 전공 분야에만 묻혀서 못 보는 전체적인 틀을 일본의 해양

진출, 침략의 모습과 연관지어 과감하게 그려내어 이후 일본사나 문화 쪽 책들을 읽을 때 큰 도움을 받았다.

이렇듯 내 두번째 서랍에는 첫번째 서랍에 담긴 책들을 보완해주는 역사서들이 담겨 있다. 단순히 육지가 아니라, 바다의 시각으로 역사를 본다는 것에서 기존과 다른 관점으로 세상과 역사와 인간을 보고 해석할 수 있었기에 나의 지식 형성뿐만 아니라 인성 형성의 범위 또한 넓혀준 책들이다.

세번째 서랍을 열다_

시중 서점이나 도서관에 나와 있는 세계사 서적들은 대개 유럽이나 미국, 중국, 일본에 대해 많은 분량을 할애해서 다루고 있다. 첫번째와 두번째 서랍을 꼭꼭 채워 넣으며 이제 그런 독서로 인해 생길 수도 있는 편향된 시각의 위험성을 알게 되었다. 그 위험성을 극복하기 위해 이슬람권이나 아프리카, 동남아시아 등 주류 세계사 서적에서 잘 다루지 않는 지역의 역사도 찾아 읽기 위해 노력했다. 즉, 내겐 동시대를 사는 다른 지역 사람들의 처지나 시각에서 세계를 보고 이해해야 한다는 의식이 확실히 있었다. 그런데 동시대뿐만 아니라 다른 시대에 살았던 사람들의 삶과 역사에 대해서도 편견을 가질 수 있다는 것을, 그리고 그 편견은 현실의 사고방식에까지 큰 영향을 끼칠 수 있다는 것을 깨닫게 해준 책들을 다시 만나게 되었다. 바로 중세사에 관한 책들이다.

교과서에서는 중세 유럽을 그저 암흑기로 묘사하고 있다. 그리고 대조적으로 르네상스의 찬란함을 이어서 묘사한다. 과연 옳은 방식일까? 중세 천 년 동안 사람들은 정말 아무 발전도 변화도 없이 암흑 속에만 있었을까? 왜 서구 역사가들은 중세를 폄하하고 르네상스와 종교개혁을 강조하여 근대의 개막에 큰 의의를 부여한 것일까? 단지 옛날, 즉 우리와 다른 시대에 살았다는 이유만으로 중세인들과 그들의 삶을 무지몽매한 상태로 재단하는 것이 올바른 시각일까? 비단 중세 유럽사 보기만 아니라, 우리 세대의 의의를 부각시키기 위한 합리화의 과정으로 전 세대의 역사와 삶을 무시하는 경우가 있지는 않을까?

세번째 서랍은 바로 이런 물음에 답하는 중세 유럽사 관련 책들로 채워져 있다. 자크 르 고프의 『서양 중세 문명』과 아베 긴야의 『중세를 여행하는 사람들』 그리고 로버트 단턴의 『고양이 대학살』이 보인다. 특히 중세 미시사를 읽으면서 즐거웠다.

마지막, 네번째 서랍을 열다_

사실, 나는 내 사고방식의 코페르니쿠스적 전환을 가져온 책들로 채워진 서랍이 세 개로 끝날 줄 알았다. 하지만 올해 초, 오랜만에 내 이마에 새로운 서랍이 만들어졌다. 갑질나서 연재소설은 읽지 않던 내가 우연히 YES24 블로그 연재소설인 김형수의 『조드』를 클릭해 본 게 그 발단이었다. 그리고 네번째로 시야가 확 터지는 즐거운 충격을 받았다.

나는 육지 문명이 아닌 해양 문명사도 읽고 근현대 아닌 중세사도 읽으면서 이제 더이상 내가 그려 넣지 못해 놓치는 좌표는 없을 거라고 착각했었다. 함수식으로 말하자면, x축 y축이 모두 완성되어 시공간을 포괄한 드넓은 독서 시야를 이미 다 확보했다고 생각한 것이다. 그런데 그게 아니었다. 내가 읽은 역사는 정주 농경민족만의 역사였다. 세상에는 유목민족의 역사도 존재했다. 나는 로마제국이나 원제국만 알았지 흉노제국이나 몽골제국은 그 문명의 가치를 정당하게 파악하려고 독서를 해본 적이 없었다. 만리장성 이쪽에 서서 이곳만이 세상의 전부라고 믿었던 한족의 오만함과 편협함, 나 역시 그랬다. 기록 주체인 중국 한족 사관의 시각을 그대로 좇아 동양사를 읽었으면서도 그 문제를 전혀 몰랐던 것이다.

"이렇게 역사서를 읽어나가면서 계속 충격을 받았다고 호들갑을 떠는 것이 무슨 의미가 있냐"고 혹시 물어보실 분이 있을지 모르겠다. 그렇긴 하다. 나는 전공자도 아니고 이런 독서 작업은 내 생업과 무관하다. 그리고 나는 한 책을 다 읽고 덮으면 사건의 연대나 세부 내용은 거의 잊어버리기 일쑤다. 술자리에서 관련 영화 배경을 물었을 때 줄줄 답할 수 있는 놀라운 지능을 가진 사람도 아니다. 그런데 내게 이 독서 과정은 확실히 유용했다. 내 주변 사람들에 대한 이해의 폭을 넓혀주었기 때문이다. 큰 차원의 분쟁은 일단 제외하고, 개인적인 부딪힘에서 내가 타인의 역사와 타 문화, 다른 시대에 대해 열린 마음과 이해심을 갖고 대할 수 있다는 것은 나 자신의 성장에 매우 큰 도움이 되었다.

이 네번째 서랍은 아직 많이 비어 있다. 일단 고전적 저서인 르네 그루세의 『유라시아 유목 제국사』와 『몽골 세계제국』을 비롯한 스기야마 마사아키의 저서, 『몽골제국과 세계사의 탄생』을 비롯한 김호동의 저서들로 채워 넣었다. 그러나 앞으로 더, 더, 더…… 히딩크 식으로 말하면 "나는 여전히 배고프다!"

네 개의 서랍에서 하나의 화살표로_

지금까지 내 머릿속 서랍들을 열고 내게 소중한 깨달음의 계기를 주었던 역사책들을 다 꺼내보았다. 내 인생의 책들, 이들 책들을 바닥에 늘어놓으니 마치 하나의 화살표처럼 보인다.

나는 별 커다란 야망이 없는 사람이다. 그저 남 신세 안 지고 평생 독립적으로 생각하고 살고 싶을 뿐이다. 많은 것을 원하지도 않는다. 책, 영화, 커피, 일용할 빵과 친구 몇 명 정도. 이들과 함께 죽는 날까지 나 자신이 성숙하고 발전하기를 원한다. 아, 괴테가 『파우스트』에서 이미 썼더랬지. 인간은 노력하는 한 방황하는 존재라고. 순간, 지금까지 살아오면서 방황한 것도 힘들고 지겨운데 또 아직 남아 있나, 하는 생각에 한숨이 절로 나온다.

하지만 어떤 방황의 순간에도 내 머릿속 서랍의 책들은 내 삶을 보다 나은 방향으로 이끌어줄 무언가로 내 안에서 발효될 것임을 확신한다. 오늘도 나는 머릿속 서랍들에 책을 꽉꽉 채워 이 책들을 내 삶의 이정표로 가공한다. 배낭여행을 가기 전에 엄지발톱에 매니큐어를 바르고 여행 안내서를 들여다보며 설레는 마음으로.

데미안,
선과 악이 공존하는 초인의 존재

● **샘바리** http://blog.yes24.com/hosik829

데미안
헤르만 헤세 저 | 전영애 역 | 민음사 | 2000

데미안이라는 소년을 통해 참다운 어른이 되어가는 싱클레어의 이야기이다. 한 폭의 수채화처럼 아름답고 유려한 문체로 고전의 반열에 올라 전 세계인의 사랑을 받고 있는 작품으로, 감수성이 풍부한 주인공 싱클레어가 소년기에서 청년기를 거쳐 어른으로 자라는 과정이 세밀하고 지적인 문장으로 그려져 있다. 진지한 삶에 대해 고민하고 올바르게 살기 위해 노력하는 데미안과 싱클레어의 깊이 있는 이야기가 감동을 전한다.

당시에 나는 흔히들 말하는 대로 '우연'에 의해서 특이한 도피처를 찾아냈다. 그러나 그런 우연이란 존재하지 않는다. 무엇인가를 절실하게 필요로 하는 사람이 자신에게 정말로 필요한 것을 찾아내면, 그것은 그에게 주어진 우연이 아니라 그 자신이, 그 자신의 욕구와 필요가 그를 거기로 인도한 것이다.

_131쪽

"새는 알에서 나오려고 투쟁한다. 알은 세계이다. 태어나려는 자는 하나의 세계를 깨뜨려야 한다. 새는 신에게로 날아간다. 신의 이름은 압락사스."

_123쪽

중고등학교 시절 고전을 읽어야 한다는 충고에 늘 등장하는 유명한 문장. 바로 헤르만 헤세의 걸작 『데미안』의 한 장면입니다. 노벨문학상을 받은 『유리알 유희』 『수레바퀴 밑에서』 『싯다르타』로 유명한 헤르만 헤세의 명작 중 하나인 『데미안』에는 특이한 점이 있습니다. 이미 유명작가였던 헤세는 온전히 작품성만으로 평가를 받고 싶어서 '에밀 싱클레어'라는 가명으로 『데미안』을 출판합니다. 그 결과 이 작품으로 독일 폰타네상의 수상자로 결정되었습니다. 그러나 헤세는 이를 사양하였고, 결국 문체 분석을 통해 헤세의 작품이라고 밝혀지게 됩니다.

헤르만 헤세는 제1차 세계대전의 혼란 속에서 이 작품을 썼고 시대상과 묘하게 맞물리며 사람들의 엄청난 관심을 끌게 됩니다(실제 소설

속 싱클레어는 제1차 세계대전에 참가하여 중상을 입었고 그의 '친구이자 인도자'인 데미안의 도움으로 한층 성장하게 됩니다). 패전 이후 무거운 분위기 속에서 살아가는 청년들의 말 못 할 고뇌와 응어리를 건드려 수많은 공감을 불러일으켰나봅니다. 물론 히틀러의 나치즘이 휩쓸던 당시 상황에서 애국주의에 동조하지 않은 채 자신의 길을 걸은 헤세는 수많은 비난을 받기도 했습니다. 그럼에도 헤세는 '자기실현'이라는 거대한 주제를 가지고 감성적이고 흥미롭게 이야기를 풀어나가며 곳곳에 수많은 상징을 숨겨놓았습니다.

싱클레어는 라틴어 학교에 다니며, 온화하고 맑고 다정함이 가득한 가정에서 단정하게 자라납니다. 하지만 나쁜 짓거리를 자랑삼아 떠벌리고 다니던 친구 프란츠 크로머에게 거짓말을 하는 순간 평화롭던 세계는 거세게 요동치기 시작합니다. 과수원에서 커다란 자루에 하나 가득 사과를 훔쳤다고 이야기를 꾸며낸 뒤부터 싱클레어는 완전히 크로머의 손아귀에서 놀아나게 됩니다. 무시무시한 크로머의 휘파람 소리가 들리면 고이 모셔둔 돈을 가져오고, 누나를 데리고 나오기까지 해야 하는 싱클레어의 세계는 이미 점점 악으로 물들어갑니다. 거짓말은 또 다른 거짓말을 낳았고, 이로 인한 극심한 스트레스로 싱클레어는 아파하지만 '선의 세계'에 속한 가족에게 '악의 세계'에 발을 담근 자신의 진짜 속내를 드러내지 못합니다. 오히려 '선'한 가족에 대비되는 '악'한 자신의 존재에 더욱 끙끙거리며 고민하고 좌절합니다.

그때 등장한 이가 바로 그의 인생을 송두리째 바꿔놓은 데미안입니다. 어찌 보면 힘들어하는 싱클레어에게 구원을 선물한 천사와도 같은 존재였죠(역설적으로 데미안은 독일어로 '악마'란 뜻인 데몬Dämon을 연상시킵니다). 느닷없이 이마에 표적을 단 카인의 이야기를 들려주며 '밝은 세계'에 속해 있던 싱클레어에게 새로운 세상을 열어줍니다. 물론 크로머란 극심한 고통을 없애주기도 하고 말이죠. 하지만 싱클레어는 선생님, 아버지, 어머니께 배워온 '카인과 아벨' 이야기와 다르게, 카인을 훌륭한 이로 평가하는 데미안을 멀리하고 싶어 합니다. 분명 지금까지 전해오는 선의 입장에서 그것은 모욕적인 해석이고 잘못된 시각이었기에 싱클레어는 평범하고 조용히 '밝은 세계'에 안주하고 싶어 합니다.

　하지만 이상하게 싱클레어는 점점 데미안에게 끌리고 하나씩 하나씩 기존 규범과 사뭇 다른 생각들을 받아들이게 됩니다. 골고다 언덕에서 예수 곁에 매달렸던 도둑들, 독심술과 주의력 집중과 같은 다양한 이야기를 접하며 싱클레어는 자신만의 생각을 가지게 됩니다. 물론 묘한 공허와 고립감을 느끼며 나이를 먹고 데미안이 떠난 빈자리를 느끼며 시간은 흐르게 되죠.

　음주와 같은 금지된 규칙을 어기고 뜨거운 희열을 맛보며 최악의 낙제생으로 성장하는 싱클레어. 하지만 우연한 기회에 베아트리체를 그림으로 그리기 시작합니다. 단 한마디도 나눈 적이 없는 소녀이지만, 싱클레어는 그녀에게서 깊은 영감을 받고 아름다움을 추구하게 되죠.

하지만 신기하게도 그림을 완성하자 신비스러운 생명으로 가득 차 있는 데미안의 인상적인 얼굴이 어려 있습니다.

데미안의 쪽지에 담긴 그 이름 '압락시스'. 이것은 바로 '신적인 것과 악마적인 것을 결합하는 상징적 과제를 지닌 어떤 신성'으로 이야기의 핵심 주제와 연결됩니다. 절대 선과 절대 악이라는 이분법으로 나누어 하나의 세계에 속해야 한다는 생각을 거부하는 헤세의 생각을 담고 있죠. 싱클레어는 그 무렵 또 하나의 스승인 오르간 연주자 피스토리우스를 만납니다.

"예감들이 떠오르고, 자네 영혼 속에서 목소리들이 말하기 시작하거든 곧바로 자신을 그 목소리에 맡기고 묻지 말도록. 그것이 선생님이나 아버님 혹은 그 어떤 하느님의 마음에 들까 하고 말이야. 그런 물음이 자신을 망치는 거야"라고 외치는 오르간 연주자와의 만남도 어느덧 결별의 단계에 접어들고 자신의 내면에서 데미안과 같은 인도자의 그림자를 발견합니다.

마침내 싱클레어는 자신의 꿈속에 등장하는 이의 실제 모습을 발견합니다. 바로 데미안의 어머니 에바 부인입니다. 그녀를 '수호자이자 어머니, 운명이자 연인'이라 생각하며 싱클레어는 한층 더 '자신 속에 있는 뛰어난 존재'에 가까워집니다. '죽음의 냄새가 나는, 생각했던 것보다 더 충격적인' 세계 아래서 말이죠. 그 충격적인 세계는 '세계의 몰락도 아니고, 지진도 아니고, 혁명도 아닌' 바로 전쟁이었습니다. 사태는 긴박하게 돌아갔고 싱클레어와 데미안 모두 전장에 나가게 됩니다. 그리고 부상당한 싱클레어는 데미안을 만나고, 그의 키스를 통해 에바 부인을 만나고, 마침내 '자신 속에 있는 뛰어난 존재'와 하나가 되는 경험에까지 이르게 되면서 이야기는 끝이 납니다.

『데미안』을 접한 저의 감상은 시간의 흐름에 따라 사뭇 달랐습니다. 중고등학교 필독서라는 거창한 광고 아래, 여러 권이 나열된 무거워 보이는 '민음사 세계문학 전집' 속 『데미안』. 당시 『데미안』은 저에게 한 편의 성장소설이었습니다. 흔들리고 괴로워하며 자신의 참모습에 다가가는 싱클레어의 모습에 공감이 가고 연민이 들었으며 묘한 매력을 느꼈습니다. 언젠가 데미안처럼 길을 인도하며 내게 새로운 세상을 열어줄 친구의 모습을 기대해보기도 했습니다. 하지만 무엇보다 기억에 남은 부분은 싱클레어가 처음으로 거짓말을 하며 (그가 생각하기에) '선한 세계'를 망가뜨리고 '악한 세계'로 발을 내딛는 순간이었습니다. 누구나 한 번쯤은 자신을 믿고 사랑하는 이에게 거짓말을 하며 그에 대한 후회에 괴로워하기 때문입니다(저 또한 초등학교 1학년 때 거짓말한 일이 생생하게 기억납니다. 그 당시에는 정말 큰일인 것 같았기에 고민하고 긴장했었죠. 하지만 세월이 흘러 생각해보니 귀엽기만 하네요).

대학에 와 수박 겉핥기식이었지만 니체를 조금 배우고 나니 묘하게 『차라투스트라는 이렇게 말했다』의 '초인'이란 개념이 연상되었습니다. 한 아이의 개인적인 혼란을 섬세하게 그려내었던 『데미안』이 딱

딱하고 깊이 있는 철학소설로 새롭게 제게 모습을 드러낸 것이죠(공교롭게도 두 소설 모두 하나의 명언으로 사람들 기억 속에 남아 있죠. 바로 '신은 죽었다'와 '새는 알에서 나오려고 투쟁한다'. 지금 생각해보면 단순한 명언이 아니라 엄청난 의미가 담긴 문장인 것 같습니다). 남들과 다른 길을 걸어가는 데미안. 자신의 길을 개척해나가며 '카인과 아벨'을 색다른 관점에서 바라보는 등 기존의 관습을 거부하는 그의 모습에서 '초인'을 느낄 수 있었습니다.

헤세가 이야기하고자 했던 것은 절대적인 선과 악의 부정이라고 느꼈습니다. 헤세는 책의 시작 부분 '두 세계'에서부터 이에 대해 언급을 합니다. 바로 '사랑과 엄격함, 모범과 학교, 맑음, 깨끗함, 성경 말씀과 지혜'로 표현되는 '선한 세계'와 '무시무시하고, 유혹하는, 무섭고 수수께끼 같은 물건들, 도살장과 감옥'으로 나타나는 '악한 세계'. 그 두 세계 사이에 경계가 그어져 있지 않다고 헤세는 말합니다.

어두운 골목들과 환한 집들, 탑들, 시계 치는 소리와 사람들 얼굴, 편안함과 따뜻한 쾌적함으로 가득 찬 방들, 비밀과 무시무시한 유령의 공포로 가득 찬 방들. 따뜻하고 비좁은 방의 냄새, 토끼와 하녀들의 냄새, 가정 처방약 냄새와 마른 과일 향기가 난다. 그곳에서는 두 세계가 뒤섞였다. 밤과 낮이 두 극(極)으로부터 나왔다.

_10쪽

그리고 가장 기이했던 것은, 그 경계가 서로 닿아 있다는 사실이었다. 두 세계는 얼마나 가까이 함께 있었는지!

_12쪽

절대 선과 절대 악으로 나누어지는 철저히 이분법적인 사고가 가득한 세계는 폭력이 가득한 세계입니다. 남과 북, 동양과 서양, 독일인과 유대인, 미국과 소련. 완벽하게 둘로 나누어진 상대는 타자를 적으로 규정하고 (데미안의 표현을 빌리자면) 일종의 '표적'을 남기려고 발버둥치는 것입니다. 그 위험성과 참혹함을 제1차 세계대전이라는 비극으로 생생히 경험했기에 헤세는 더욱 이것을 알리려고 비난을 무릅쓰고 글을 써내려갔던 것은 아닐까요? 선과 악을 떠나 한 인간 속에 내재하는 초인적이고 생동감 넘치는 힘은 분명히 존재합니다. 스스로 의미를 해석하고 치열하게 노력하는 것이 진정한 의미의 해방이자 '자신의 세계'로 가는 지름길이 아닌가 싶습니다. 결국 중요한 것은 자신의 의지입니다. 데미안은 '초인'과 같은 존재로 길의 방향을 일렀을 뿐이지, 결국 싱클레어가 내면과 만날 수 있던 원동력은 싱클레어 자신의 힘이었으니 말이죠.

진짜 중요한 것을 찾아 살아가기

● **chocolulu** http://blog.yes24.com/chocolulu

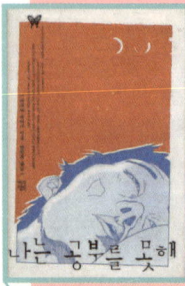

나는 공부를 못해
야마다 에이미 저 | 양억관 역 | 작가정신 | 2004

주인공 히데미는 아버지 없이 엄마와 할아버지와 산다. 하지만 히데미는 아버지가 없어도 불편하거
나 부끄럽지 않다. 히데미는 어른들로부터, 학교로부터, 자신을 지키기 위해 자신의 욕망에 충실하
고 사회와 어른들의 허위의식을 꿰뚫어볼 줄 아는 예리하고 솔직한 아이로 자랐다. 열일곱의 히데미
에게 공부를 잘한다는 것은 아무 의미가 없으며 그저 멋있는 남자가 되는 것이 목표다. 그래서 공부
밖에 할 줄 모르는 친구의 조롱에도 꿋꿋하며, 삐딱해도 자기만의 세계를 충실하게 살아가는 친구
들과 어울린다. 열일곱 나이에 어울리지 않게 연상의 애인과 사귀지만 자신의 행동에 대해서는 늘
진지하다. 자살한 친구, 서서히 사회에 눈을 뜨기 시작하면서 환경운동가가 되겠다고 외치는 친구,
눈만 뜨면 미모를 가꾸는 여자 친구의 모습을 보면서 히데미는 자신의 미래를 심각하게 생각하게 된
다. 그때 비로소 '공부'라는 것을 해야겠다고 자각한다. 이 '공부'는 학교가 요구하는 공부와는 다른
것이었다.

처음 이 책을 펼쳤을 때 나는 성적 중심주의에 철저히 편승해 살아가는 한편, '이게 맞는 걸까?' 하는 의구심에서 단 한순간도 헤어 나오지 못하던 고등학생이었다. 대학생이 된 오빠의 책장에서 발견한 상당히 노골적이고 유치한 제목에 호기심이 생겨 책을 펼치고는 앉은자리에서 끝까지 읽고야 말았다. 너무나 당당하고, 노골적이며, 사랑스러운 글이었다.

나는 교내에서 줄곧 상위권에 드는 학생이었다. 그러면서도 그러한 성적 중심주의에 매몰되기보다는 적절히 '이용'하고 있을 뿐이라고 스스로 위로했다. 두 눈을 가리고 공부에만 매진하는 학생들을 몰래 경멸하곤 했다. '나는 달라' 그랬다. 나는 저 바보 같은 모범생들과는 달랐다. 하지만 미래에 대해, 자신에 대해 아무 책임감을 갖지 않은 채 공부조차 못하는 아이들은 취급도 하지 않았다. 그렇다고 해서 공부가 하기 싫다며 온몸으로 반항하는 불량학생들과도 달랐다. 내가 느끼는 나는, 어디에도 속해 있지 않았다. 어떤 부류의 아이들과도 친구가 될 수 있었지만 마음속 깊이 친구라고 느끼는 존재는 단 한 명도 없었다. 이들과 분명히 다르지만, 어쩔 수 없이 이들과 어울려야 한다는 현실의 압박감이 나에게 점점 더 많은 껍데기를 씌워가고 있었다.

인생에는 분명히 더 중요한 일이 있을 텐데, 왜 아무도 그걸 묻지도 가르쳐주지도 않지? 친구나 학교 성적, 가족, 연예인 이야기 말고 분명 진짜 중요한 무언가가 있을 텐데. 어째서 아무도 거기엔 관심이 없어 보이지? 다들 바보 같아.

내 사춘기의 외침은 결코 내적인 공간을 벗어나지 않았다. 늘 같이 어울리면서도 사소한 일들로 웃고 울고 싸우고 흥분하는 친구들이 신기할 뿐이었다. 세상에 얼마나 중요한 문제가 많은데, 저런 일로 저렇게까지 에너지를 쓸 수 있는지 이해가 되지 않았다. 또한 나만의 확고한 도덕적 기준에서 벗어나는 행동을 일삼는, 혹은 가정환경에 문제가 있는 아이들에 대해 이해하는 척하면서도 사실은 편견을 가지고 있었다. 결코 겉으로 내색하지는 않았지만 일정 수준 이상 가까이 지내지 않았다. 나만이 특별한 고민을 하고 있는 것 같았다. 그렇게 나는 일상의 것들, 일상적인 관계들, 내 옆에 있는 사람들에 대해 점점 더 흥미를 잃어갔다. 그들과 교감할 수 없었고, 그럴 바에야 무시하자고 생각했다.

내 몸은 여기에 있지만, 마치 두 발을 허공에 둥둥 띄우고 살아가는 것 같았다. 현실에 대해서는 두 눈을 질끈 감고 저 위로 위로 올라가 모든 것을 내 일이 아닌 양, 제삼자의 입장에서 객관적으로 바라볼 수 있었다. 친한 친구가 실연을 했다든지, 선생님께 혼났다든지, 친구들이 날 배신했다든지 하는 모든 사건들이 별것도 아닌 듯이 느껴졌다. 마치 남의 일처럼. 그렇게 나는 점점 더 스스로를 고립시켰다.

고3 수험생이 되자 상황은 훨씬 편해졌다. 학교 아이들도 모두 공부에 매진하느라 바빴기 때문에 소소한 사건들이 이슈가 되는 일은 점점 줄어갔다. 이상했다. 주변이 조용해지자 오히려 나는 그들이 아니라 내가 문제가 있는 게 아닐까 생각하게 되었다. 예전의 나처럼 개인적으로 행동하는 친구들이 많아질수록 괴리감을 느꼈다. 그런 시기에 이 책을 읽게 되었다.

　제목부터 너무 당당해서 당황스러웠다. '나는 공부를 못해.' 공부를 못한다고 이렇게 자신 있게 이야기할 수 있는 그 뻔뻔함이 궁금했다. 확실히 주인공 히데미는 공부를 못한다. 편모가정에, 이렇다 할 미래의 계획도 없다. 학창시절 내내 나는 이런 부류의 학생들을 가장 한심하다고 생각했다. 책 속의 등장인물 중에서도 히데미를 한심하게 생각하는 사람들이 많았다. 하지만 그들은 사실 부러워하고 있었다. 그게 뭐든지 간에, 공부도 못하는 주제에 그렇게 당당할 수 있는 그 '무언가'에 대해서 부러워하고 있었다. 그리고 어쩌면 그것은 내가 그토록 찾아 헤매던 '진짜 중요한 것'일지도 모른다는 생각이 들었다. 나 역시 마찬가지였다. 책을 읽는 내내 히데미가 부러워서 견딜 수가 없었다. 왜일까? 객관적으로 내가 그보다 부족한 게 있나? 나는 히데미와 같은 인생을 살고 싶은 건가?

　책을 덮고 나서 잠정적으로 내린 답은 '자기애'였다. 어떤 책을 읽고 사람들은 각자 자신만의 질문을 만들고 정답을 도출한다. 내 경우에 그것은 자기애였다. 히데미도, 친구 마리도, 히데미의 연상 연인도, 히데미의 어머니도, 등장인물들 중 어느 누구도 내가 그린 이상적인 인물과는 거리가 멀었다. 굳이 고르라면 '어울릴 필요 없는' 부류에 속한다. 그러나 정말 이상했다. 책을 읽는 내내 그들이 사랑스럽게 느껴졌고, 그들이 겪는 사건과 그에 대한 대처나 느낌 등이 궁금했다. 그들은 그들 자신을 매우 잘 알고 있었다. 과거에 대한 포장도 장밋빛 미래에 대한 과장도 없이, 과거부터 현재에 이르는 그들 자신, 그 자체에 대해서 그대로 받아들이고 있는 모습이 보였다. 그런 모습이 좋아 보이고 부러웠던 이유는 아마 내가 그러지 못했기 때문이었으리라.

"나는 과연 내가 가진 것을 전부 삭제시켰을 때, 있는 그대로의 나 자신을 사랑할 수 있는 사람인가?"

정답은 "아니요"였다. 당시 나는 내가 원하는 이미지들, 얻고 싶었던 이상의 나 자신을 만들어내는 데 급급한 나머지 그 중심이 되어야 할 나 자신에 대한 인식이 미미했다. 이상만을 바라고 더 나은 것을 꿈꾸며 열심히 고민하며 살아왔지만 정작 현실의 자기 자신에 대해서는 관심이 없었던 것이다. 어쩌면 그 당시 이상에 비해서는 부족하기만 한 현실의 내 모습을 부정하고 싶었을지도 모른다. 그러면서 화려한 껍데기만을 부풀려놓고 줄곧 허무함을 느꼈던 것은 당연한 일이었다. 자기 자신을 잃어버린 채로 남들과 교감할 수 없었던 것도, 자기 자신에 대한 애정이 충분치 못한 채로 남들을 사랑할 수 없었던 것도 당연한 일이었다. 나는 어딘가 '특별'해서 이들과 어울릴 수 '없는' 사람이라기보다, 달콤한 꿈에 빠져 여기에 속하기를 '거부'한 몽상가였던 것이다.

어쩌면 그때 이 책은 내게 혁명과도 같았다. 아무리 좋은 글귀를 읽어도, 좋은 말을 들어도 결국 사람은 스스로의 시선에서 그 말을 해석하고 받아들일 뿐이다. 그러나 스스로 그 '시선' 자체를 직시하고 바꾸려 할 때에 사람은 변한다. 그리고 이 책이 내게 그 계기가 되었다.

이전의 나는 불행한 현실은 지우려고 하고, 마치 그것이 거짓말인 양 여겼다. 그리고 나의 이상적인 미래를 마치 이미 내가 누리고 있는 것인 양 당연시했다. 이렇게 현실의 부정에서 시작한 철저한 자기기만이 결국 자기 자신의 존재에 대한 부정으로까지 이어졌다. 이대로는 내가 무엇을 얻는다 해도 진정한 삶을 살아갈 수 없을 것 같았다. 그래서 나는 내가 만들어낸 모든 것을 떼어내는 실험을 감행했다. 처음에는 일상적이고 감정적인 부분에서 시작했다. 내가 반 아이들과 '다른' 것이 아니라, 이 아이들은 모두 각각 다른 개성을 가진 친구들이고, 나 역시 그중 하나에 불과할 뿐이라는 것을 받아들였다. 내가 특별히 머리가 좋아서 남들보다 공부를 더 잘하는 것이 아니라, 사람이 각각 지닌 능력들 중에서 내게는 교과과정을 이해하고 시험을 보는 데에 그 능력이 집중되어 있었기 때문에 여기에서는 그게 두드러질 뿐이라고 생각했다. 하나의 코스를 어느 정도 완료했다고 느낄 때마다 이 책을 다시 읽었다.

대학에 입학한 이후에는 그 영역을 보다 확장하기로 했다. 내가 아무리 노력해도, 그동안의 내 모습을 봐온 주변 사람들은 여전히 나를 내가 가진 것들로 평가하려 했기 때문에 조금만 부주의해도 결심이 자꾸 흐트러졌다. 내가 모범생이 아니더라도, 내가 못생겨도, 내가

가난해도, 내가 할 줄 아는 것이 없더라도 나를 사랑할 수 있을지 궁금했다. 처음부터 남들이 나를 사랑할 수 있는 아름다운 막을 쳐놓고서 시작하는 게 아니라 있는 그대로의 나를 스스로가 사랑하는 것에서 시작해, 그렇게 사람들과 어울리다가 자연스럽게 서로에 대해 애정을 가지게 되는 야마다 에이미 식 관계 맺기가 해보고 싶었다. 그래서 적은 돈을 가지고 일본으로 유학을 떠났다. 아는 사람이 한 명도 없는 곳으로. 정말 '사람' 자체로 부딪혀야 하는 낯선 곳으로. 그곳에서 일본어를 배우고 나서 『나는 공부를 못해』의 원서인 『僕は勉ができない』를 읽었다. 큰 줄거리는 물론 똑같았지만, 수식어구나 어미 등에서 느껴지는 미묘한 뉘앙스가 좋았다.

처음 이 책을 읽었을 때로부터 몇 년이 지난 지금도 종종 이 책을 꺼내든다. 확실히 여러 가지가 바뀌었다. 아직도 단단한 자기애를 구축하려면 멀었다고 생각하지만, 적어도 이제는 못하는 것에 대해서 "못해"라고 당당하게 이야기할 수 있는 사람이 되었다. 내가 그 일을 못한다고 해서 내 존재가 부정당해야 할 이유는 없으니까. 때때로 타인의 부적절한 평가를 받을지도 모른다. 하지만 그것은 타인일 뿐, 나를 가장 잘 이해해주어야 하는 사람은 다른 누구도 아닌 바로 나다.

성인이 되고서 주인공 히데미를 보니 여전히 부럽다. 그러나 단순히 부럽기만 한 것은 아니다. 히데미 역시 나름의 고민을 가지고 때로는 흔들리기도 한다. 그 과정에서 그는 아주 자연스럽게 자기 스스로를 받아들인다. 아마 그것이 세상을 바라보는 히데미의 중심이 되어주는 것이리라. 이렇게 흔들리는 나도, 언젠가는 그렇게 될 수 있을지도 모른다. 어쩌면 이미 그런 상태일 수도 있다. 이렇게 흔들리고 고민하고 변하려 애쓰는 모습, 그 자체가 나라는 사람일지도 모른다. 적어도 그런 사실에 대해서 이제는 부정하거나 포장하지 않고 그대로 받아들일 수 있게 되었다.

물론 내게도 여러 가지 사건이 있었고, 십대 후반에서 이십대 초중반에 접어드는 시기에 대부분의 사람들이 많은 변화를 겪겠지만, 야마다 에이미의 『나는 공부를 못해』라는 책은 내가 현실에서 두 눈을 똑바로 뜨고 살아가려고 시도했던 것에 매우 큰 영향을 끼쳤다. 내가 무엇을 잘하고 무엇을 못하든, 무엇을 가지고 있고 무엇을 가지지 않았든, 나는 나다. 그리고 이것이 내 인생이다. 세상의 모두는 스스로의 인생을 살고 있다. 지금의 나는, 예전에 히데미를, 마리를, 오쿠무라를, 진코를 사랑스러워했던 것처럼, 내 주변의 그들을 사랑하려 한다.

그리스인 조르바!!

● **withme0112** http://blog.yes24.com/withme0112

그리스인 조르바
니코스 카잔차키스 저 | 이윤기 역 | 열린책들 | 2008

큰 줄거리는 작가인 카잔차키스와 조르바가 우연히 만나 크레타 섬으로 함께 가서 탄광사업을 하다가 결국 망하게 되는 내용이다. 하지만 작품이 담고 있는 삶의 철학은 결코 간단하지 않다. 죽은 영혼을 지닌 채 살아가던 '나'와 살아 있는 영혼을 가진 사나이 '조르바'의 만남을 통해 한 인간이 온몸으로 세상과 호흡하는 이야기가 펼쳐진다. 조르바는 가슴에서 나오는 대로 거친 말을 쏟아내고 어느 누구의 눈치도 보지 않고 행동한다. 그가 가장 사랑하는 대상은 자유뿐이다. 조르바는 자유라는 것이 어떤 속박이나 굴레를 벗어난 결과가 아니라, 자기 자신의 몸과 마음이 진정 원하는 것을 찾아 떠나는 것이라고 말하고 있다. 내 안의 나를 찾는 과정, 타인의 자유를 범하지 않는 범위 안에서, 나의 순수한 욕망이 바라는 대로 따라가는 길이 바로 자유이다.

살다보면 인생을 풍부하게 만들어주는 인생의 스승이 있다. 유명한 일례로 영화감독 팀 버튼에게는 에드 우드가 있었다. 할리우드에서 성공적으로 살아남은 당대 최고의 상상력을 가진 감독에게, 실패한 영화를 만들고 실패한 인생을 살아간 에드 우드가 인생의 스승이라니. 카잔차키스도 마찬가지다. 조르바의 표현대로 젊겠다, 돈도 있겠다, 건강하겠다, 사람 좋은 카잔차키스의 스승이 늙고 가난한 노동자 조르바라니. 그 연유가 궁금하여 팀 버튼의 영화 〈에드 우드〉를 보았더니 다 이유가 있다는 걸 알 수 있었다.

카잔차키스는 어떤 점에서 조르바를 위해 책을 쓰면서도 "조르바라는 위대한 자유인을 위해서 겨우 책 한 권을 썼다"라고 표현했을까?

지문과 경험의 차이, 그 사이에서의 깨달음_

조르바를 만나기 전 카잔차키스는 친구에게 책벌레라는 비난을 받는다. 그는 그 친구의 말에 항변하기 위해 행동하는 삶을 살기로 결심하곤, 크레타로 떠나 자신을 구하기 위해 남을 구하려고 애쓰는 노동을 하려고 계획한다. 그는 여행 도중 조르바를 만나 함께 간다. 처음 본 조르바의 인상은 야성의 영혼을 가진 사나이이자 모태인 대지에서 탯줄이 떨어지지 않은 사나이 같았다. 작가의 인생이 책의 지문으로 정의된 인생이었다면, 조르바의 인생은 행동으로, 경험으로 정의된 인생이었다. 작가는 삶과 경험을 통해 인생을 겪기 위해 그에 적합한 인생을 산 조르바와 동행한다.

일을 시작한 카잔차키스는 조르바를 통해 배워가며 발전한다. 예를 하나 들면, 작가는 많이 배워 똑똑한 사람이었다. 그는 탄광사업으로 유토피아를 건설하고자 한다. 그래서 노동자들의 편의를 봐주고 그들에게 좀더 다가가는 인정 많고 훌륭한 자본가가 되고 싶었다. 그 순간 조르바가 그를 말린다. 조르바는 작가에게 말한다. 인간은 짐승이라고. 사납게 대하면 존경하고 친절하게 대하면 눈이라도 뽑아갈 것이라고. 또 작가가 노동자들의 비참한 삶을 계몽하려 하자, 조르바가 다시한 번 나선다. "사람들을 좀 그대로 놔둬요. 그 사람들 눈뜨게 해주려고 하지 말아요. 혹 눈을 떴다고 치면 당신은 지금의 암흑세계보다 더 나은 세계를 보여줄 수 있어요?" 조르바는 현미경을 통해 물속의 기생충을 보는 것보다 현미경을 부수고 물을 먹는 것이 더 현명하다는 것을 몸으로 아는 사람이다. '모르는 게 약'이라는 계몽의 불필요성을 삶으로 증명한 것이다.

작가는 조르바에 대해 말한다. 조르바는 뱀과 같이 대지의 비밀을 배로, 꼬리로, 머리로 느끼는 자라고. 그리고 교육받은 우리는 공중에 나는 새처럼 골이 비었다고.

쾌락의 자유_

조르바를 설명할 수 있는 또 다른 특징은 바로 여자다. 그는 여자

앞에서 꼼짝하지 못한다. 여자를 꼬시고 같이 자는 것이 인생이라고 표현하는 그는 자신의 말처럼 그 자유를 여과 없이 누린다. 그의 사랑에는 구속이 없다. 어떤 여자를 만나고 있어도 더 좋은 여자를 만나면 그 여자에게 몸을 내주고 자신이 만나는 여자가 다른 남자에게 가도 그저 슬퍼할 뿐 구속하지 않는다. 그가 가장 좋아하는 여자는 과부이다. 그런 면에서 그는 천성적으로 성자이다(물론 자신의 표현이지만). 과부는 항상 남자를 원하며, 그는 저 위대한 신 제우스처럼 과부들의 요구를 들어주기 때문이다. 이처럼 조르바는 자신의 쾌락을 누리는 데에 있어서 인간이 만들어낸 도덕이나 관습, 더 나아가 신의 계명조차 버릴 준비가 되어 있는 사람이다. 게다가 그는 마을의 과부와 서로 눈이 맞았으면서도 잠자리를 하지 않는 카잔차키스에게 그건 죄라고까지 말한다. 부끄러움과 관습, 도덕으로 과부와 동침하지 않았던 작가는 어느 날 우연히 과부의 집에 가 과부와 동침하고는 조르바의 말이 맞았다는 것을 인정하고 만다. 이렇듯 조르바는 쾌락의 자유를 누리는 데에 있어서 카잔차키스의 선구자 역할을 한다. 육체가 영혼의 감옥이라는 플라톤적 생각에서 육체 또한 영혼이라고 깨닫는 계기가 되었다.

선 긋기_

작가가 외치던 '국가'와 '인간'의 개념은 또 한 번 조르바에 의해 수

정된다. 그것을 초월하는 '초국가'와 '인간성'의 인생을 사는 조르바가 작가 카잔차키스에게 교훈을 하나 준 것이다.

그는 작가에게 이렇게 말한다. "조국이라고 했어요? 당신은 책에 쓰여 있는 그 엉터리 수작을 다 믿어요? 조국 같은 게 있는 한 인간은 짐승, 그것도 앞뒤 헤아릴 줄 모르는 짐승 신세를 벗어나지 못합니다."

조르바의 말을 증명할 수 있는 사건이 마을에서 발생한다. 두 번의 죽음이 마을을 덮친 것이다. 첫번째 죽음은 파블리의 자살로, 마을 전체가 자살의 원인이 된 과부를 증오한다. 그리고 죄악인 것을 알면서도 과부를 살해할 정도로 파블리의 죽음을 안타까워하고 아쉬워한다. 하지만 외국인 오르탕스의 죽음을 대하는 이들의 모습은 어떠한가. 비극적인 죽음 옆에서 낄낄거리는 크레타인을 보며, 작가는 이들이 인간이 아닌 것 같다는 생각을 한다. 같은 국가, 다른 국가라는 마음의 선이 우리에게 보편적으로 다가오는 죽음에 대한 태도마저 차별화할 수 있음을 조르바는 진작 파악한 것이다.

실패자의 성공_

조르바가 마지막으로 카잔차키스에게 알려준 것은 해방감이었다. 그들은 일확천금을 꿈꾸며 사업이 성공하길 빈다. 성공의 갈망으로 괴롭던 사업이 마침내 성패의 기로에 섰을 때, 그들은 실패를 경험한다. 즉, 빈털터리가 된 것이다. 작가와 조르바는 그곳에서 역설적으로 가장 큰 자유를 느낀다. 그들은 실패를 통해서 영혼의 문에 자물쇠를 하나 더 다는 것을 경험하게 되는 것이다. 보이지 않는 강력한 적을 막기 위한 문에. 그로 인해 그들은 외부적으로 참패하면서도 정복자가 되었고 그것은 지고의 행복으로 바뀐다.

작가는 조르바를 통해 야만의 세계를 확인하고 자유를 느낀다. 그는 위대한 사상에서만 행복을 찾는 것이 아니라는 걸 알게 된다. 진정한 행복은 맑은 공기, 태양, 바다, 빵, 사랑과 같은 단순하고 영원한 것에 있다는 것을 터득한 셈이다.

이제 나에게 조르바는 단순히 늙고 가난한 노동자가 아니다. 자유를 아는 제대로 된 '인간'이자 언어, 예술, 순수성을 사랑하고 열정이 있는 자, 진리를 발견한 자가 된 것이다. 이런 그에게 작가가 말한 것처럼 책 한 권은 '겨우'가 아닐까? 그를 위한 경배는 당연한 것이 아닐까.

펜 끝으로,
닫힌 세상을 향해 문을 두드린다

● 백공 http://blog.yes24.com/nomunhui

헬프 1, 2
캐스린 스토킷 저 | 정연희 역 | 문학동네 | 2011

1960년대 초 인종차별이 심한 미국 남부의 잭슨을 배경으로 서로 다른 개성의 세 여자가 용기를 내어 자신들 앞에 놓인 어려움을 헤쳐 나가는 이야기이다. 생계를 위해 자신의 아이는 남에게 맡겨두고 백인 가정에 들어가 백인 아이를 돌보아야 했던 사람들. 작가는 자기에게 어머니와 같았던 흑인 가정부 디메트리를 떠올리며, 자신이 한 번이라도 진정으로 그녀의 입장이 되어 생각해본 적이 있는지 자문한다. 인종차별, 남녀차별, 계급차별, 그리고 그것들이 만들어놓은 거대하고 높은 벽. 「헬프」는 접점이 별로 없어 보이는 세 여성이 함께 이 거대한 벽에 도전하는 이야기이자, 이런 작은 힘들이 모여 세상과 삶을 보다 인간답고 아름답게 변화시키는 이야기이다.

며칠 전, 한밤중에 반짝반짝 불빛을 비추며 자동차 한 대가 골목을 지나갔다. 그저 익숙한 파출소 경찰들의 순찰 정도로 생각했다. 그리고 다음 날 아침, 동네가 시끄러웠다. 모른 척 그냥 지나가려고 해도 사람들의 쑥덕거림을 들을 수밖에 없었다. 전날 밤 우리 집 앞 상가에 도둑이 들었고, 누군가 도망치는 사람 두 명을 봤고, 어두컴컴해서 얼굴을 자세히 못 봤는데 추측이 되는 사람이 있다고 신고가 들어갔단다. 용의자로 지목된 두 사람이 파출소로 잡혀가고 사건은 경찰서로 넘겨졌다고 했다.

그리고 며칠 후, 사건의 전말을 듣게 되었다. 용의자로 지목된 사람들은 이 동네에서 일하던 동남아시아 남자 두 명이었고, 상가에 도둑이 들기 전에 그 근처에서 배회하는 것을 본 동네 사람이 그것을 기억하고, 아마도 그들일 것이라는 추측(!)만으로 신고를 했다고 했다. 알고 보니 범인은 다른 사람이었고, 용의자로 붙잡혔던 동남아시아 남자 두 사람은 풀려났다.

동네 사람들이, 신고한 그 사람에게 왜 그들(동남아시아 남자들)이 범인이라고 생각했느냐고 물었더니 "한낮에도 돌아다니는 걸 봤는데, 눈빛이 음침해서……"라고 대답했다. 그들의 피부색이 우리와 조금 다르고 그들의 눈빛이 낯설어서 불편했을지 모르겠지만, 그게 도둑이라고 신고가 들어갈 이유가 되다니…… 눈 감고 귀 막고 살지 않는 이상, 어떻게 그런 이유로 그들을 신고할 수 있는지 모르겠다.

불과 며칠 전의 기억과 맞물려 읽기 시작한 이 책 『헬프』는 상당히 불편했다. 말 그대로 불편한 진실을 만나게 되는 순간은, 몸도 마음도 불편하다. 누군가 터뜨려주기를 바라면서도, 나 역시 방관자임을 스스로 인정할 수밖에 없음에 또 한 번 더 가슴은 답답해지기 때문이다. 끝까지 읽고 나면 분명 미안한 마음이 가장 크게 들 것이기에……

　미국 노예제도의 연장선상에 있는 것 같은 흑인 가정부의 이야기가 펼쳐지는 이 책의 배경은 1960년대이다. 솔직히 '그 시기에 미국에 그런 역사가 있었지'라고만 생각하고 살아왔고, 그저 학창시절에 배운 세계사 과목에서 열심히 외운 한 부분일 뿐이었는데, 또다시 만나는 어려운 역사 시험공부 같아서 피하고 싶은 마음도 생겼다. '일부러 부딪쳐야 할 이유가 없지 않나?' 하는 생각도 들었다. 그들이 말하고자 하는 진실을 굳이 내가 들어야 하나? 그런데, 희한하게 끌린다. 아이빌린, 미니, 스키터, 이들 세 사람이 각자의 시선으로 보는 이야기와 열세 명의 가정부들이 풀어내는 이야기가 자꾸만 무언가를 엿보고 싶게 만든다. 사람이 기본적으로 가지고 있다는 그 심리를 여기서 또 한 번 발견하게 된다. 그래서 미스 스키터가 숨어서 조용히 진행하는 가정부들의 인터뷰에 자꾸만 귀를 기울이게 된다. 그렇게, 숨죽이고 소리를 내야만 하는 그녀들의 이야기를 그렇게 듣기 시작했다, 나는……

흑인 가정부와 백인 성인여자_

　흑인 가정부(이하 가정부)는 백인 성인여자(이하 백인 여자)의 그림자다. 백인 여자의 뒤에서 당연하다는 듯이 한몸으로 움직이는. 백인 여자와 도플갱어인 듯이, 백인 여자가 해야 할 모든 일들을 해내는 역할을 한다. 백인 여자들은 가정부가 없으면 아무것도 할 수 없다. 먹는 것도 치우는 것도, 입고 있는 옷을 갈아입을 여유분의 옷도 구경할 수 없다. 빳빳하게 다린 옷이 아니라 쭈글쭈글 빨랫줄에 널려 있을 상태 그대로 입어야 할 것이다. 아이들이 빽빽 울어대도 적당한 온도의 우유 한 모금도 아이의 입에 넣어줄 수 없고, 아이들의 똥기저귀 한 번 갈아줄 수도 없다. 백인 여자들의 모든 일상은 가정부의 손을 거치지 않고서는 할 수 있는 게 아무것도 없다. 아침에 눈을 떠서 저녁에 눈을 감고 잠자리에 드는 그 순간까지……

그럼에도 백인 여자는 가정부에게 그 고마움을 표현한 적이 없다. 그저 자신의 소유물 중 하나쯤으로 여긴다. 기분이 나쁘면 그들을 내다버리는(?) 짓도 서슴지 않고 할 정도로. 심지어 병균이 옮는다는 이유로 가정부가 이용할 화장실을 집 밖에 따로 만든다. 그들이 해주는 음식을 먹고, 그들이 정리해준 집에서 살며, 그들의 손길이 미치지 않는 곳이 하나도 없는 환경에서 살면서도, 정작 백인 여자들에게 가정부는 손끝조차 닿으면 안 되는 불결한 존재인 것이다.

그런 상황에서 그녀, 미스 스키터가 흐릿하지만 분명한 모습으로 등장한다. 같은 백인 여자이면서도 백인 여자가 아닌 그저 인간인 미스 스키터로.

흑인 가정부_

전쟁으로 보자면, 흑인 가정부와 미스 스키터는 대치상황이 분명하다. 그것도 이미 그 승패의 결과가 보이는, 거의 끝나가는 전쟁이다. 그럼에도 그런 결과쯤 아무것도 아닌 것처럼 무시하고, 그녀들은 같은 편이 되어 조심스러운 목소리로 새로운 전쟁을 시작한다. 서로에게 필요한 한 줄기 빛을 보고자……

그저 그런 인터뷰가 아니다. 가정부 입장에서는 목숨을 걸어야 한다. 어느 순간 들이닥칠지도 모를 총구를 늘 눈앞에 두고 시작해야 하는 일이다. '그런 위험한 일을 가정부들은 왜 굳이 하려 하는가? 그냥 살아왔던 대로 살면 되지' 하는 의문도 들겠지. 하지만 그런 위험을 무릅쓰고 굳이 작은 목소리라도 내려 하는 가정부들이 바라던 것은 오직 하나다.

> "내가 바라는 건 그저…… 아이들이 사는 세상은 달라졌으면 좋겠다는 거예요."
>
> _1권 366쪽

세상을 바꾸고 싶지 않느냐는 미스 스키터의 물음에 생각할 겨를도 없이 좌절하고, 희망의 'ㅎ'조차도 떠올릴 수 없었지만, 분명 가정부들의 가슴에는 들끓는 세상에 대한 외침이 심어져 있었던 것이다. 결코 숨길 수 없었던 것이다.

"누구든 백인 여자가 내 이야기를 읽을 때 이걸 알아주면 좋겠어요. 누군가 당신에게 베푼 것을 기억하며 진심을 담아 고맙다고 말하는 것은……" 그녀는 고개를 흔들며 식탁의 긁힌 자국을 내려다본다. "정말 좋은 일이라고."

_2권 44쪽

그들의 숨겨진 인간성(가정부와 백인 여자들 사이의 좋고 나쁜 여러 가지 교류)을 하나씩 세상 밖으로 드러내려고 하는 것이다. 진실 그대로. 그렇게, 미스 스키터와 함께 가정부들의 조심스러운 외침은 시작되었고, 계속되었다.

미스 스키터_

세 사람의 시선으로 시작된 이야기이지만, 생각해보면 미스 스키터의 입장에서 읽은 경우가 많았다. 결국은 내가 바라보고 싶었던 입장이기도 하고. 나는 그저 방관자이고, 굳이 나서서 소란을 피울 일이 없는 백인 여자의 입장이었던 것이다(내가 가정부를 부리는 부유한 형편은 아니지만). '가정부를 소유물이 아닌 인격체로 대하고 있으니 그거면 된 거 아닌가' 하는 마음으로. 그들의 불편한 진실을 밝히는 것은 굳이 내가 아니어도 된다는 입장만 고수했다. 누군가가 해도 그만 안 해도 그만인 일이라는 안일한 생각에, 변화를 필요로 하는 것이 아닌 계속 그래온 일들 중 하나라고 생각하면 그만이기에.

처음에 미스 스키터는 자신의 꿈을 위한 발판으로 삼을 인터뷰가 필요했을 테지만, 어느 순간부터 그녀에게는 그게 중요한 일이 아니었다. 가정부들의 인터뷰를 진행하면서, 또 그사이에 아무렇지도 않게 일어났던 흑인들에 대한 무자비한 폭력을 직접 보면서 미스 스키터는 더이상 나약한 방관자가 아니라 아슬아슬한 줄타기의 곡예사가 된 것이다. 자신의 위치가 어떻게 될지 뻔히 알면서도 백인 사회에서 그녀만의 외줄타기를 시작한 것이다.

"문제를 일으키려는 게 아니야, 스튜어트. 문제는 이미 존재하고 있어."

_2권 241쪽

그녀 때문에 시작된 문제가 아니라 이미 계속되어온 문제를 이제는 누군가 나서서 풀어야 할 때인 것이다. 그 문제 풀이의 대상이 된 것이 그녀, 미스 스키터일 뿐이다. 그리고 그녀는 어느 정도 보장된 자신의 미래를 버린다. 불편한 진실을 폭로함으로써, 안일하고 편안한 미시시피 주 잭슨 시에 사는 백인 여자의 삶이 아니라, 한 명의 인격체로서 본인이 원하는 것을 이루고자 하는 삶을 향해 한 발을 내딛게 된다. 저절로 얻어진 것이 아니라, 목숨 걸고 인터뷰에 응한 가정부들과 자신 역시 남겨진 삶을 걸어 세상에 드러낸 이야기로. 그러면서 인간이기에 믿음에 대한 도전과 걱정을 동시에 한다.

정말 가능할까? 나는 처음으로 이 문제를 진지하게 생각한다. 정말 내가
할 수 있을까?

_2권 311쪽

결국 그녀는 그런 고민을 무색하게 만들어버리지만, 그 과정을 절
대 잊지는 못하리라.

작은 움직임이었으나 대담한 결과물을 가져온 그녀들의 인터뷰.
분명 누군가는 해야 할 일이지만 동시에 아무도 나서지 않는 일이었
다. 그런 일에 누군가는 도전을 하고, 누군가는 한 줄기 빛이 보이는
희망의 메시지를 들고 온다. 각각의 개인에게는, 자유를 향한 또 다
른 꿈을 꾸게 만들고(미니), 자신의 재능을 펼칠 길을 걷게 만들기도
했다(아이빌린). 그리고 더 큰 꿈을 실현하기 위해 뉴욕 행을 감행하
게 했던(미스 스키터) 그녀들의 인터뷰. 이는 여러 사람의 인생을 결정
지어준 일이다. 더 크게는 그 시간부터 다시 써질 역사의 한 부분일
지도 모른다. 단순히 누군가를 취재하고 기록하는 일로 멈춘 게 아닌
것이다.

'내 일이 아니면 상관 말자고, 조용히 가늘고 길게 살자'고 생각하
면서 이 나이 먹도록 살아온 내가 만나게 된, 미스 스키터와 가정부들
이 세상 밖으로 드러낸 진실은 충격이다. 그 내용도 그렇지만 그녀들
이 행동으로 보여준 능동적인 발언은 나 같은 사람의 가슴을 콕콕, 그
것도 아주 깊게 쑤시는 일이었다. "너 이따위로 자꾸 모른 척 살아갈
래?" 하면서 말이다. 부끄럽다. 마치 나 혼자 사는 세상이라고 한쪽 구

석을 차지하고 살아온 것처럼…… 분명하게도 이 순간 다른 시선을 가진 눈으로 살아야겠다는 생각을 하게 된다. 이제부터라도 나는 가정부들이었고, 또 그들과 함께 기록을 남긴 미스 스키터가 되고 싶기에.

이 책에 대한 리뷰를 쓰면서 시간적 역사적 배경을 굳이 따로 세세하게 언급하지 않은 이유는, 내가 보기에 이 책에서 그건 그다지 중요한 일이 아니라고 생각했기 때문이다. 1960년대 미국에서 보여준 그들의 인종차별의 역사가 그 모양새만 달라졌지 아주 사라진 것도 아니고, 꼭 미국이란 나라에서만 있는 일도 아닐 것이기에 말이다. 유색인종에 대한(혹은 나와 피부색이 다른 사람들에 대한) 차별은 그때도 지금도 꾸준히 계속되고 있다는 것을 우리는 굳이 말로 하지 않아도 잘 알고 있지 않은가. 백인 사회에서 유색인종이 차별받고 있는 것이나, 내가 며칠 전 경험한 이 작은 시골 동네에서 일어난 일이나 마찬가지다. 『헬프』는 노예제도와 인종차별의 역사에서 시작된 이야기이지만, 과거 역사의 한 부분으로 끝나는 일이 아니기 때문이다. 어쩌면 역사적이고 시간적인 배경에서 조금 벗어나, 그녀들의 새로운 시작의 과정을 더 깊게 보고 싶었던 나의 바람이라고나 할까…… 불편한 진실로 시작했던 그녀들의 이야기가 이제 조금은 바라도 될 소중한 몸부림으로 기억될 것 같다.

햇살이 환하다. 나는 눈을 크게 뜬다. 사십 년 남짓한 세월을 그래온 것처럼 버스 정류장에 선다. 내 삶이 삼십 분 만에…… 송두리째 끝났다. 어쩌면 나는 계속 글을 써야 할 것이다. 신문에 싣는 글만이 아니라 뭔가 다른 것을. 내가 아는 모든 사람과 내가 겪은 모든 것에 대해. 어쩌면 무언가를 새로 시작하기에 내 나이는 그리 많은 나이가 아닐지도 모른다. 이 생각에 울음과 웃음이 동시에 터진다. 어젯밤만 해도 나는 내 인생에 새로운 것은 전혀 없을 거라고 생각했으니까.

_2권 343쪽

이제, 그녀들의 새로운 인생이 시작된다. 그 안에 나도 끼어들고 싶다는 간절한 바람을 저절로 품게 된다.

1853년 『톰 아저씨의 오두막』을 세상에 내놓은 작가 해리엇 비처 스토 부인은 책을 통해서 비참한 흑인 노예들의 삶을 그들을 대신해 세상에 전해주었다. 개나 돼지만도 못한 삶을 살고 있는 그곳의 진실을 그대로 적나라하게 보여준 것이다. 그리고 책 판매의 수익금 모두를 노예제철폐운동에 기탁했다고 들었다.

지금도 어디선가 들리는 듯하다. 비록 저자의 이름이 무명으로 나왔지만, 가정부 모두의 이름이 가명이었지만, 미스 스키터와 흑인 가정부들이 한목소리로 내놓았던 『가정부』 역시 그 어디선가 그 수익금이 같은 뜻에 쓰이고 있지 않을까, 하는 생각을 해본다.

"We knock on the door with a sharp pen to the closed world."

제5회
블로그 축제
인기상

나의 인생궤도는
일정하게 흘러가고 있을까?

● **깽이** http://blog.yes24.com/wkh0628

위험한 관계
더글라스 케네디 저 | 공경희 역 | 밝은세상 | 2011

이 소설의 주인공 샐리 굿차일드는 독립적인 생활과 완전한 자유를 갈망하는 여성 기자다. 그녀는 우연히 매력적이고 저돌적인 영국 기자 토니와 연애에 빠져들고, 이내 임신을 하여 토니와 결혼한다. 그러나 행복한 선택인 줄만 알았던 런던의 결혼생활은 처음부터 불협화음을 일으킨다. 임신으로 예민해진 신경, 급격한 감정 변화, 히스테리, 불면증에 시달리는 샐리에게 어느 누구 하나 도움의 손길을 내밀지 않는다.

나날이 도를 더해가는 절망감 속에서 샐리는 결국 아들 잭을 낳지만 심각한 산후우울증을 겪으며 인생 최대의 위기를 맞이한다. 고통스럽게 불면의 밤을 보내는 샐리에게 남편 토니는 조금도 위안이 되지 않는다. 이 소설은 샐리와 토니의 만남과 로맨스에서 시작해 치열한 법정공방전으로 마무리되는 섬뜩한 결혼 이야기를 선보인다.

작년에 한창 『빅 픽처』가 베스트셀러 상위권에 올랐을 때도 구매를 했었다. 한데 읽지도 못하고 책을 분실하는 바람에…… 어쨌거나 이 작품이 더글라스 케네디와의 첫 만남이다. 『빅 픽처』와 함께 저자의 3대 작품에 속한다는데…… 글쎄다. 정확하게 내 느낌을 말하자면 291쪽까지 읽는 데 일주일 가까운 시간이 소비되었다. 그만큼 몰입감이 현저하게 떨어졌다, 내게는. 물론 그 후에는 반전이 기다리고 있기에 꽤 빠르게 속도를 내어 읽어갈 수 있긴 했는데, 어쩜 292쪽을 읽기까지 이렇게 몰입하기가 힘든지! 이런 경우는 진짜 처음이다. 반 정도의 분량을 일주일 내내 잡고 있었다니…… 따분하고 지루하다기보다는 아마도 내 자신과 주인공과의 공감대 형성이 턱없이 부족했던 거 같다. 책을 읽어나갈 때 특히 소설을 읽어나갈 때는 주인공과 나와의 호흡이 무엇보다 중요하다고 생각하는데 완전 엇박자로 호흡을 해버렸다. 노래로 치자면 아주 완벽한 불협화음이었달까.

이 불협화음의 원인은 아마도 아직 내가 전혀 겪어보지 못한 상황에 대한 이야기가 주를 이루기 때문이 아닐까 유추해본다. 그도 그럴 것이 중반까지의 내용은 산후우울증을 다루고 있다. 시집은커녕 임신도(헉! 그럼 안 되지) 경험해보지 않은 처녀가 산후우울증을 어찌 공감하겠어. 당최 괴팍하고 종잡을 수 없이 극으로 치닫는 주인공의 감정 폭발은 정말이지 따라잡으려야 잡을 수가 없었다. 읽으며 '아니 왜 이렇게 신경질적이야. 어떻게 이런 반응이 나올 수 있는거야'라며 처음엔 놀라고 나중엔 좀 짜증스러웠달까. 아무튼 이 산후우울증이라는 게

심하게는 자살로 이어질 수도 있을 만큼 위험한 질병이라는 걸 알고는 있지만 어디까지나 내게는 아직은 조금 먼 얘기니까. 여태 산후우울증을 이 정도로나 겪는 주변 사람들도 보지는 못했고.

소설 속에서 산후우울증과는 별개로 하나의 주안점을 꼽자면 '미국인과 영국인의 결합'이라는 데에 있다. 같은 영어권이지만 문화적인 차이로 인해 겪게 되는 부부간의 소통 단절.

> 미국인들은 인생을 심각하지만 가망 없진 않다고 믿는다. 그 반면 영국인들은 인생을 가망 없지만 심각하진 않다고 믿는다.
>
> _47쪽

사회부적응자로까지 낙인찍히는 샐리의 모습은 보기에도 안쓰럽다. 보스턴포스트 신문사의 카이로 특파원 샐리 굿차일드는 삼십대 전문직 여성으로서 당당하고 열정적인 면모를 두루 갖춘 모습을 보여준다. 결혼보다 일에 더 매달리던 그녀가 우연하게 같은 업에 종사하는(영국의 크로니클 지) 토니 홉스를 만나게 되고 그들은 급속도로 가까워진다. 토니 역시 샐리처럼 자신만만한 데다 유머까지 두루 갖춘 매력적인 남성이었다. 다만 한 가지, 자신의 사적인 이야기는 의도적으로 피하려 한다는 것만 제외한다면 문제될 것은 아무것도 없어 보였다. 그들은 만난 지 한 달 만에 임신을 하게 되고, 서로가 아이에 대해서는 큰 애정이 없었지만, 자신들의 일 외에는 무엇에든 얽매이지 않는 서로의 성격에 만족한 두 사람은 초스피드로 결혼을 하고, 샐리는 영국으로 이주한다.

이들의 결혼생활은 처음부터 삐걱거리고 그럴 때마다 미국인과 영국인이라서 그렇다는 반응과 체념을 거듭한다. 그 와중에 2세가 태어나고 부부의 불화는 점점 달아오르기 시작했다.

우리는 짧은 생의 많은 시간을 타인과의 불화에 써버린다. 생명은 짧고, 우리 모두 언젠가 소멸한다는 걸 모르는 사람들처럼⋯⋯

_286쪽

이야기는 크게 두 부분으로 나뉜다. 앞서도 얘기했지만 주인공 샐리가 산후우울증을 겪는 중반까지와, 법정 공방으로 이어지는 후반 부분인데(아, 이건 스포일러이니 말하진 않을 거다) 이때부터 아주 그냥 몰입도가 엄청나게 상승하니까 집어던지지 말고 인내심을 가지고 끝까지 읽기를 바란다.

곰곰이 생각해보면 이 소설은 모성에 중점을 둔 이야기라는 것을 알 수 있다. 한 여성이 출산을 하고 엄마로 거듭나는 과정을 어떻게 보면 충격적이랄 수도 있는 상황으로 풀어나간다(반전 상황에서 좀 많이 놀랐다! 그전까지 너무 지루해서 그런가?). 모성애에 배신이라는 부수적인 요소를 보태었는데, 신생아와 배신, 이 두 단어는 얼마나 모순적인 구도인가. 의외로 책을 읽기 전에는 남녀의 사랑에 중점을 두지 않았을까 싶었는데, 그게 아니었다. 남녀의 사랑은 전혀 별개였고…… (내 생각에는 다루어지지 않았다는 게 맞는 거 같다) 엄마와 아들, 부모자식 간의 사랑의 확립에 기반을 둔 이야기인 듯하다.

자식을 매개로 당당하고 전투적인 전문직 여성이 추락했다가 다시 일어서는 과정을 엮어낸 뭉클한 소설이다. 근데 이게 법정이라는 곳에서 진흙탕 싸움으로 이어지기에 뭉클함이라는 표현에 설핏 반감을 가질 수도 있을 듯하다. 아무튼 솔직히 생각했던 것보다는 실망이긴 했지만(전작의 호평 리뷰를 너무 많이 봐왔기에) 주인공의 내면적인 심리묘사, 이야기의 얼개 등을 꽤 치밀하게 보여준 소설임에 틀림없다. 남성 작가임에도 불구하고 어쩌면 이렇게 여성의 심리와 산후우울증에 처한 상태를 잘 그려냈을까, 하는 놀라움도 살짝 들고…… 아마도 엄마라는 경험을 해본 사람들은 분명 나보다 훨씬 공감하며 읽을 수 있을 거 같다.

사람들은 인생의 궤도가 일정한 코스로 흘러간다고 생각하며 산다.

_54쪽

하나 샐리의 인생궤도는 순식간에 급물살을 탔고―나라를 옮기고 직장생활을 중단하고 엄마가 되고―그로 인해 자신의 정체성까지 큰 혼란을 야기하고 엄마 자격이 없는 낙오자라는 낙인까지 찍히는 상황으로 치닫는다. 세상 그 어느 누구든 자신의 인생궤도가 안정적이고 편안하게 나아가길 바라지 않을까. 그런 의미에서 오늘, 내 인생궤도는 똑바로 흘러가고 있는 건지 한번 점검해봐야겠다.

제5회
블로그 축제
인기상

We do big things 『헬프』

● **삼순이딸** http://blog.yes24.com/egoist2718

헬프 1, 2
캐스린 스토킷 저 | 정연희 역 | 문학동네 | 2011

캐스린 스토킷Kathryn Stockett
1969년 미국 미시시피 주 잭슨에서 태어나 그곳에서 자랐다. 앨라배마 대학교에서 영문학과 문예창작학을 전공하고, 이후 뉴욕에서 9년 동안 잡지 출판과 마케팅 관련 일을 했다. 캐스린 스토킷은 미시시피에 대한 향수와 어린 시절의 경험에서 영감을 얻어 첫 소설 『헬프』를 썼다. 이 작품은 뉴욕타임스 베스트셀러 1위에 올랐으며, 발표된 이래 아마존에서 116주간, 뉴욕타임스에서 109주간 연속 베스트셀러에 오르며 3백만 부 이상 판매되는 큰 성공을 거두었다.

부엌은 나의 요람이다. 나는 부엌에서 태어났고, 그곳에서 자랐다. 어머니는 밥을 짓다 산기(産氣)를 느꼈고, 갓난쟁이를 들쳐 업은 채 하루 종일 가족을 위해 부엌에서 종종걸음을 쳤다. 요리를 하는 엄마의 뒷모습을 바라보며 나는 옹알이를 시작했고, 김치를 담그는 엄마의 손길을 보며 성장했으며, 군침을 돌게 만드는 된장찌개 냄새에 행복을 느꼈다. 무엇보다 그곳에서 나는 삶의 지혜를 배웠다. 개선장군처럼 으스대며 내 생애 첫 백 점짜리 시험지를 자랑하던 곳도 부엌이었다. 엄마는 젖은 손을 행주에 닦고 딸의 시험지를 조심스레 건네받았다. 내 엉덩이를 토닥이던 엄마의 손길에선 자랑스러움이 묻어났다. 하지만 엄마는 "인생은 70점짜리로 살아야 한다"는, 어린 나로서는 이해할 수 없는 말씀을 하셨다. 지금이야 그때 엄마 말이 무슨 뜻인지 알 것 같지만, 그 당시에는 백 점짜리 시험지에 대한 칭찬이 적어 서운하기만 했다. 그러나 다음 날 부엌에는 내 백 점짜리 시험지가 붙어 있었다. 엄마의 시선이 자주 머무는 벽에 막내딸의 시험지는 엄마의 훈장으로 그곳을 장식했다. 학교에서 친구들과 다퉈 그 속상함을 풀던 곳도, 남자친구와의 이별의 상처로 죽을 것처럼 아픈데 따뜻한 죽 한 그릇을 게 눈 감추듯 목구멍으로 넘겼던 곳도 부엌이었다. 내게 부엌은 이런 곳이었다. 삶을 위로받는 양호실이었고, 잠시 세상으로부터 몸을 숨길 수 있는 대피소였으며, 다시 세상이란 전쟁터로 뛰어들기 위한 막사였다. 노력한 것의 결과에 감사해하고, 가진 것에 겸손하며 매 순간 최선을 다하라는 뜻의, 70점짜리 인생성적표의 지혜는 이렇듯 부엌에서 나왔다.

캐스린 스토킷의 『헬프』를 읽는 동안, 부엌은 나뿐만 아니라 누구에게나 인생의 요람임을 알았다. 지혜와 감사, 사랑의 발원지인 부엌에서 우리는 삶을 배웠고 살아낸다. 때문에 그곳에서 일어난 작은 변화가 고집쟁이 세상을 긍정적으로 변화시킬 수 있음을 소설가는 흑인 가정부 아이빌린과 미니, 그리고 목화밭 농장주의 딸인 백인 여성 스키터를 통해 명징하게 보여주고 있다. 그것은 인생의 무게에 눌려 무언가를 포기하고 싶은 이들에게는 희망으로, 세상과의 긴긴 대거리로 지친 이들에게는 화해로 읽힐 것이다.

소설은 1960년대 초반, 인종차별을 당연시하던 미국 남부 미시시피 주의 잭슨을 배경으로 펼쳐진다. 백인 중산층 가정, 그것도 그들의 부엌에서 일어난 흑인 가정부와의 갈등과 해결을 모색하는 이야기로 요약할 수 있는, 소설의 스토리는 주 무대인 장소의 협소함 때문이라도 미니멀하게 읽힌다. 하지만 시간적 배경인 1962년부터 1964년까지를 놓고 보자면 소설이 함의한 내용이 결코 만만치 않음을 절감하게 된다. 미국 역사에서 이 시기는 결코 간과할 수 없는 시간이었다. 당시 미국 사회는 혼란과 공포, 그 자체였다. 베트남 전쟁을 끝내려던 제35대 미국대통령 존 F. 케네디는 1963년 텍사스 주 댈러스에서 가두행진 중, 리 하비 오스월드의 총에 암살당했고, 백인우월주의 극우 비밀 결사단체 KKK단(Ku Klux Klan)은 흑인들을 무차별적으로 살해했다. 2차 대전 이후, 미국은 외적으로는 세계 최강대국으로 역사 위에 우뚝 섰지만 내부적으로는 보수 세력의 정치권 독점과 인종차별로 역사의 후퇴를 겪던 시기였다. 기득권 세력의 이권을 지키려는 보수주의의 만연은 철저하게 변화를 거부했다. 캐스린 스토킷의 소설은 바로 이 지점에서 출발한다. 변화가 불가능한 시대에 변화를 일으킨 여성들의 이야기. 그 변화의 진원지는 마틴 루터 킹 목사가 이끄는 비폭력 가두행진이 행해졌던 거리가 아니라 부엌이었다. 거기서부터 후퇴만 일삼던 역사도, 우리네 인생도 다시 전진했다.

삶의 지혜가 담겨 있는 곳_

유색인 여성인 아이빌린과 미니는 백인 중산층 가정이 모여 사는 벨헤이븐 동네에서 가정부로 일하고 있다. 아이빌린과 미니는 각각 미스 리폴트와 미스 힐리의 가정부이다. 부엌은 우리에겐 요람이지만 그녀들에겐 일터였다. 시간당 평균 1달러의 돈을 받고 아침부터 저녁까지 그녀들은 백인의 부엌에서 요리를 하고 백인 아이들을 키운다. 그러나 그곳에서 그녀들에게 허락된 자리는 집 밖으로 나 있는 유색인 전용(가정부 전용) 화장실이 전부였다. 흑인 여성이 해주는 요리를 먹고 그녀들이 빨고 다린 옷을 입고, 그녀들의 손에서 자신의 자식들이 자라나는데도, 백인들에게 흑인은 병을 옮기는 더럽고 멍청한 존재에 불과했다. 시간 배경상 50년 전 이야기에 불과하지만, 지금의 사고로 보자면 아이빌린과 미니로 대표되는 그 시대 흑인 여성들의 삶은 우주 밖 별나라 이야기만큼 낯설다. 그러나 50년 전에는 온 집안 살림을 도맡아 하더라도 피부가 검으면 차별을 받는 건 당연했다. 물론 아직도 인종차별은 사라지지 않고 있다. 그럼에도 아이빌린이 미스 리폴트의 집에서 하는 단 두 마디의 말은, 그 시절 존재의 부정으로까지 치달 았던 인종차별의 실태를 여실히 보여준다. "네, 미스 리폴트" "감사합니다, 미스 리폴트" 그녀가 기계처럼 뱉어내는 두 마디 말은 유색인들에게 오로지 복종과 감사만을 요구했던 백인 사회의 저열한 단면을 상징한다.

십대 시절부터 백인 가정의 가정부로 일을 시작했던 아이빌린에게 개집처럼 집 밖에 있는 유색인 전용 화장실도, 그들이 무슨 큰 선심을 쓰듯 건네주던 낡은 옷가지들도 참을 만한 것이었다. 그녀에게 세상의 지배논리가 옳지 않은 일로 느껴지는 경우는, 자신이 키운 백인 아이들의 변화였다. 아이빌린은 누구보다 훌륭한 유모이다. 그녀 손으로 키운 아이들은 미스 리폴트의 큰딸 메이 모블리까지 합쳐 무려 열일곱 명에 달한다. 아이빌린에게 아이들은 피부색과 상관없이 끊임없는 관심과 사랑으로 양육해야 하는 신성한 존재였다. 그건 그녀가 흑인 가정부여서가 아니라 삶의 진실이었다. 그러나 흑인 유모를 엄마처럼 따랐던 아이들이 백인만이 다니는 학교에 입학하고 나서 아이빌린에게 던지는 첫 질문은, "왜 우린 피부색이 다르죠?"이다. 엄마의 마음으로 그들을 키웠어도, 백인이 흑인보다 우월하다고 가르치는 사회 시스템 안에서, 아이빌린은 아이들의 질문에 "네" "감사합니다"라고 답할 수밖에 없었다. 백인의 부엌에서 일을 하는 한 말이다. 미스 힐리의 말을 듣고 유색인 전용 화장실을 만든 미스 리폴트가 그 일로 아이빌린에게 듣고자 한 말은 인종차별에 대한 불만이 아니라, 감사하다는 말이었다. 그게 당연한 사회였다. 아이빌린의 손에서 자라는 자신의 딸 메이 모블리처럼 미스 리폴트 역시 흑인 여성의 품에서 자랐다. 피부색이 다르다 하여 당연하다는 듯 차별하는 사회에서 그들을 키운 훌륭한 유모는 세상이 잘못되었음을 느낀다. 부엌은 그녀에게 신성한 일터였으나, 세상의 모순이 충돌하는 장소이기도 했다.

이해할 수 없는 모순으로 가득한 세상이지만, 오십대의 흑인 가정부가 열일곱 명의 백인 아이들을 키워낸 부엌은 삶이 고스란히 녹아든 지혜의 보고였다. 메이 모블리가 가장 좋아하는 맛있는 딸기케이크를 만드는 법부터 개가 쓰레기통을 뒤지지 못하게 막는 방법까지, 모두 이곳 부엌에서 터득했다. 설사 그곳이 그녀의 것이 아닌 백인의 부엌이더라도 말이다. 일상을 행복하게 만드는 소소한 인생의 지혜를 누구보다 많이 알고 있는 베테랑 가정부를, 단지 그녀가 유색인이라는 이유만으로, 백인에게 질병을 옮기는 더럽고 무식한 존재라고 폄하한다는 것은 세상이 옳지 못하다는 말과 같다. 인종차별이란 불편한 소재를 차치하더라도, 아이빌린의 현명함은 그녀를 고귀하게 보이게 한다. 그 고귀함은 부엌에서 나왔다. 그렇다면 세상을 바꿀 수 있는 힘 또한, 그곳에서 나오는 게 마땅하다. 목화밭 목장주의 딸이자 미스 리폴트의 친구인 미스 스키터가 어느 날 부엌에서 "현실을 바꾸고 싶다는 생각을 해본 적이 없느냐?"고 바보 같은 질문을 해서가 아니라, 아이빌린의 부엌에는 이미 오래전부터 세상을 바꾸고, 작게는 그녀 자신의 삶을 변화시킬 지혜가 담겨 있었다.

삶의 이유가 요리되는 곳_

허구한 날 폭력을 행사하는 남편과 개 부리듯 가정부를 부려먹는
미스 힐리의 인종차별적 대우에 미니는 자신의 존재가 초라하게 느껴
진다. 하지만 그녀가 부엌에 들어선 순간, 그곳은 세상에서 가장 맛있
는 요리가 만들어지는 특별한 장소가 된다. 미니가 불합리한 환경 속
에서도 인생을 살아내는 이유이기도 하다. 때문에 손만 움직이면 누구
나 감탄을 금하지 못할 정도로 맛있게 만들어지는 미니의 요리는 그
녀가 결코 하찮지도 초라하지도 않다는 증거이자 옳지 않은 세상에
맞서는 자존심이었다.

1960년대 미국 남부에서는 유색인의 인권을 차별하는 법이 버젓이
자행되고, 화장실 외에도 유색인 학교와 도서관, 병원이 따로 있었다.
흑인 인권을 주장하는 발언을 하면 쥐도 새도 모르게 백인우월주의자
들에게 두들겨 맞을 수도, 심한 경우 살해당할 수도 있었다. 소설가를
꿈꾼 아이빌린의 아들이 백인의 차에 치어 죽었어도, 말대꾸했다는
이유만으로 미니가 툭하면 일자리를 잃어도, 그녀들의 억울함을 들어
줄 수 있는 곳은 아무 데도 없었다. 백인 가정의 부엌에서 일어난 인
종차별은 사회라는 테두리 안에서 보자면 그저 사소한 문제에 불과했
다. 이렇듯 1960년대 미국 남부의 상황은 타협점 없는 흑백논리처럼,

백인으로서의 삶과 흑인으로서의 삶이 보이지 않는 선에 의해 철저하게 구분되었다. 인간으로서의 공통점마저 부정할 만큼 피부색은 다름과 차별의 표시였던 것이다.

하지만 부엌만은 달랐다. 모든 것이 흑백으로 나뉜 세상에서 부엌은 백인과 흑인이 함께하는 유일한 장소였다. 백인 사회의 환부를 엿본다는 비판적 시각에서 흑인 가정부의 상징성을 읽어낼 수도 있지만, 이 소설에서는 흑인 가정부라는 설정에 내포된 상징성을 화해와 변화로 읽는 게 적확하다. 왜냐면 피부색과 무관하게 삶이 공존하는 부엌이야말로 그것들을 가능하게 만드는 유일한 장소이기 때문이다.

'백인 가정에서 가정부로 일한다는 것'을 주제로 책을 내려는 풋내기 작가 지망생 미스 스키터가 아이빌린과 미니를 인터뷰한다는 설정도 이 같은 맥락에서, 세상과 삶을 바꾼 세 여성의 놀라운 여정의 출발점으로 이해된다. 캐스린 스토킷의 소설을 단순히 흑인 여성들의 시선을 통해 백인 중산층의 모순을 꼬집어 다분히 정치적 비판과 희망을 끄집어내는 이야기라고 생각했다. 그런데 놀랍게도 소설가는 차별이 당연시되던 그녀들의 일터에서 비판이 아닌, 삶의 이유를 설득력 있게 풀어내고 있었다. 흑인 가정부는 집 안의 허드렛일이나 하는 일꾼이 아니었다. 미시시피 주 잭슨 출신 백인 여성 소설가는, 자신의 실제 경험을 바탕으로 한 이 소설로 흑인 가정부가 또 다른 의미에서 미국 사회의 어머니라고 말하고 있다. 적어도 백인들에게 이 이야기는 놀라운 얘기가 아닐 수 없다. 여기에 동의한다는 것은 그녀들의 일터인 부엌이 지금의 미국을 만든 요람이라고 인정한다는 말과 같다. 그런데 50년 만에 미국은 매우 상징적인 존재로 이 사실을 받아들였다.

2009년에 미국은 역사상 처음으로 흑인 대통령(정확히 말해 흑백혼혈인)을 탄생시킨 것과 더불어 백악관의 안주인으로 역사상 처음으로 흑인 여성 미셸 오바마를 맞이했다. 퍼스트레이디 미셸 오바마는 19세기 사우스캐롤라이나 농장에서 일한 노예의 후손으로 추정되며, 그녀의 아버지는 시카고에서 노동자로 일했다. 뛰어난 패션 감각으로 블랙 재클린이라고 불리는 미셸 오바마가 가지는 역사적 의미는 굳이 여기서 설명하지 않아도 누누이 회자되고 있다. 내 관심을 끄는 건 그녀의 부엌이다. 50년 전만 해도 흑인 여성은 사회 기득권 세력인 백인 가정에서 가정부로 일했다. 그런데 미국 그 자체를 상징하는 백악관 부엌의 현 안주인은 블랙 재클린이다. 미셸 오바마는 백악관 텃밭에서 직접 재배한 각종 유기농 야채를 인근의 학생들에게 보내고 있다. 미셸은 "미국의 어떤 어린이도 굶주린 채 잠자리에 들어서는 안 되며, 어떤 가족도 먹을 것이 없다고 걱정해서는 안 된다"는 취지로 지난 2월 아동비만 퇴치와 학교급식 개선을 위한 범정부 프로그램인 Let's Move를 발족하기도 했다. 아이빌린과 미니가 인종차별에 굴하지 않는 방법은 세상에서 가장 맛있는 요리를 만드는 것이었고, 피부색이 달라도 그네들의 아이들을 사랑으로 키우는 것이었다. 흑인 가정부의 정직함과 강건함은 인종차별 철폐를 목 놓아 부르짖지 않아도, 최초의 흑인 퍼스트레이디의 부엌에서 이어지고 있었다. 미니의 부엌에서, 부조리한 세상일지라도 희망을 포기하지 않게 하는 삶의 이유가 맛있는 포

크찹으로 요리되었기에 가능한 일이었다.

변화가 시작되는 곳_

이 소설에 등장하는 백인 여성들은 모두 다 『바람과 함께 사라지
다』의 여주인공 스칼렛 오하라의 후예들이다. 퇴락한 지주의 딸인데
도, 자신의 허리를 코르셋으로 꽉 조여 개미허리로 만들어주는 흑인
가정부의 복종을 당연시했던 스칼렛처럼, 그들에게 내일의 태양은 당
연하게 자신들만의 것이었다.

아이들을 포함해 집 안의 모든 살림을 일임할 만큼 흑인 가정부들
의 도움을 받고 있으면서도, 미스 힐리와 미스 리폴트로 대표되는 잭
슨의 백인 중산층 여성들은 흑인이라는 이유만으로 그들의 가정부를
신뢰하지 않았다. 질병으로부터 자신들을 보호하기 위해 집집마다 유
색인 전용 화장실을 만들라는 미스 힐리의 '가정부 위생 발의안'은 불
평등을 평등이라고 우기던 그 시대 보수주의자들의 치명적 모순을 여
실히 보여준다. 흑인 가정부와의 갈등은, 외적으로는 부엌의 주인이 백
인인 자신들임을 과시한 데서 비롯했지만 내적으로는 노예로 부리던
흑인과 세상을 공유하고 싶지 않아서였다. 거듭 말하지만, 미스 힐리
의 생각과 주장은 1960년대 미국 남부 지역에선 지극히 당연한 것이
었다. 그러나 세상은 하루가 다르게 변하고 있었다. 최초의 우주비행사
가 달에 착륙했고, 축구선수들의 유니폼 색깔을 구분할 수 있는 컬러

텔레비전이 보급되었으며, 피임약이 개발 시판되었다. 무엇보다 저항과 반전, 히피즘의 아이콘인 노래하는 음유시인 밥 딜런의 노래에 사람들이 귀를 기울이기 시작했다. 변화를 거부하는 잭슨에도 이런 변화의 바람은 불고 있었다. 그 바람을 잭슨에서 처음으로 의식한 사람은 미스 스키터였다.

목화밭의 안주인이자 아름다운 외모의 소유자인 스키터의 엄마는 자신의 딸이 자신처럼 살길 바란다. 반면 그를 키운 흑인 가정부 콘스탄틴은 스키터에게 삶의 지혜와 이유를 부엌에서 가르쳤다. 부엌은 콘스탄틴의 강인한 생명력으로 넘쳐나던 곳이었다. 그 생명력은 신뢰와 공감의 관계 속에서 스키터의 정신에 유전되었다. 그는 자신의 엄마가 목화밭의 안주인 말고도 피부색이 검은 여성이라는 사실을, 친구들과 달리 잊지 않았다. 검은 피부의 엄마에게서 물려받은 생명력은 정해진 규칙처럼 결혼해서 사는 인생보다는 더 넓은 세상에서의 다른 삶을 꿈꾸게 만들었다. 스키터가 아이빌린과 미니와 교감할 수 있었던 것도 바로 이 생명력 덕분이다. 스키터의 생명력은 피부색은 달라도 아이빌린과 미니의 그것과도 닮아 있었다. 물론 무의식에는 인종차별을 당연시하는 뿌리 깊은 편견이 잔존할지도 모른다. 이것은 이상한 문제가 아니다. 스키터는 콘스탄틴과 함께 식탁에 앉아 식사를 하고 싶어도, 그것조차 용납하지 않는 사회에서 자랐다. 정작 중요한 문제는 백인의 집에서 가정부로 일하는 흑인 여성이란 주제로 책을 집필하려고 잭슨의 흑인 가정부들을 인터뷰하는 과정에서 미스 스키터에게 일어난 변화이다. 막연하게만 느꼈던 옳지 않은 일에 대한 변화의 필요성을, 현실에서 실천하게 만드는 의식의 자유가 뚜렷하게 생겼으니 말이다.

How many years can some people exist before they're allowed to be free?
얼마나 오랜 세월이 흘러야 사람들에게 진정 자유가 올까요?
The answer is blowin' in the wind.
바람만이 대답할 수 있답니다.

_밥 딜런 〈Blowin' in the Wind〉(1963)

『바람과 함께 사라지다』에서 사라진 것이 무엇이냐는 질문에 밥 딜런은 바람만이 대답할 수 있다고 노래했다. 스칼렛의 태양을 기다리기보다 밥 딜런의 노래를 들었던 스키터만은 차별이란 단어를 바람결에 날려버렸을 것이다. 강인한 생명력이 유전되는 부엌에서 불기 시작한 변화의 바람을 온몸으로 맞으면서 말이다.

Those Women do big things_

너와 나를 구분하고 타자화하는 선(線)이 실제로 그어져 있다면 우리는 인생에서 많은 것을 포기해야만 한다. 그러나 그 선은 보이지도 않을뿐더러 실재하지도 않는다. 실재하지도, 보이지도 않는 선에 연연하면서 사는 것이 인생에서 얼마나 많은 가능성과 희망을 잃는 일인지, 우리는 생각보다 잘 모르고 있다. 나 역시도 그랬다. 머리로는 그 선이 안 보이는데 마음으로는 그 선이 보인다고 착각하며 살았다. 아이빌린과 미니, 그리고 미스 스키터의 공감을 바탕으로 한 소통과 화해는, 그 선이 정녕 존재하지 않음을 마음으로 확인하게 만든다. 아이빌린에게 백인 여성 스키터의 존재는 열일곱 명의 백인 아이들을 사랑으로 키워낸 자기의 인생이 헛되지 않았음을 증명해준다. 미니에게도 마찬가지이다. 인종차별을 당했으나 음식 솜씨로 자존심을 지켜낸 그녀의 인생이 옳았음을 미스 스키터와 새로운 집주인 미스 셀레스는 확인시켜준다. 반대로 백인 여성들에게 흑인 가정부는 그들을 있게 한 근간(根幹)이었다. 사회라는 테두리 안에 사는 한, 개인의 삶은 외따로 있을 수 없다. 어떤 식으로든 우리는 서로의 삶을 공유하기 마련이다. 그 공유가 소통과 화해의 시작점이라면, 보이지 않는 선(線)을 선(善)으로 바꾸는 일이야말로 우리네 인생에서 무엇보다 중요하다. 열세 명의 흑인 가정부들을 인터뷰하여, 아이빌린과 미니와 공동 집필한 스키터의 책 『가정부』는 바로 이런 선(善)의 결과물이다. 책만으로 차별을 당연시하는 세상을 한 방에 변화시킬 수는 없다. 그럼에도 변화의 가능성을 끊임없이 타진하고 희망을 단단히 붙잡아두는 것 또한 그 선(善)이다.

스키터를 키운 가정부 콘스탄틴은 백인 남성과의 사이에서 딸을 낳았다. 백인보다 더 하얀 피부를 가진 그녀의 딸은 백인이었으나 흑인이었고 흑인이지만 피부가 하얗다는 이유로 엄마인 콘스탄틴의 품에서 자랄 수 없었다. 흑백 혼혈인은 50년 전까지만 하더라도 그 누구도 인정하지 않는 투명인간이었다. 차별사회에선 보이지만 보이지 않는 존재였다. 아직까지 피부색이 차별을 당연시하게 만드는 표시이자 증거라고 주장하는 이가 있다면, 흑백 혼혈인은 그들이 내세우는 그 빌어먹을 선(線)을 반박하는 유일한 증거일 것이다. 적어도 흑백 혼혈인 버락 오바마는 2008년에 제44대 미국대통령에 당선돼, 그 스스로 선은 없을뿐더러 차별을 추종하는 이들이 결코 역사의 승리자가 될 수 없음을 몸소 증명해냈다. 비록 허구의 이야기이지만 『가정부』에 담겨 있는 열세 명의 흑인 가정부의 희망도 이런 것이 아니었을까? 흑백 혼혈인 딸을 버리고, 대신 백인의 딸을 키워야 했던 콘스탄틴 같은 여성이 더이상 생기지 않게 만드는 일 말이다.

아이빌린은 책 때문에 일자리를 잃는다. 세 살이 된 꼬마 아가씨 메이 모블리의 생일을 축하하기 위해 맛있는 딸기케이크를 만들던 미스 리폴트의 부엌에서, 잔인하게도 늙은 흑인 가정부와 그녀를 엄마라고 부르던 백인 꼬마 메이 모블리는 이별한다. 차별이 사라지지 않는 한, 공감이란 핏줄이 연결되어 있어도 그들은 가족이 될 수 없다. 그녀는 떠났다. 누군가를 사랑으로 키우고 먹이기 위해 타인의 부엌에서 요리를 하는 그녀를 우리는 다시 만날 수 없을 것이다. 안타깝게도 차별은 지금도 계속되고 있다. 가난해서, 많이 배우지 못해서, 유색인이어서 누군가가 누군가를 끈질기게 차별한다.

문득, 삶의 지혜가 가득한 아이빌린의 부엌을 우리의 기억과 삶 속에서 이렇게 상실하기에는 너무 아깝다는 생각이 들었다. 되찾고 싶었다. 그래서 내 인생의 요람이자 70점짜리 인생 성적표의 지혜를 배운 엄마의 부엌에 오래도록 서 있어본다. 이곳은 어느 누가 찾아와도 최고로 맛있는 음식을 대접하기 위해 엄마의 손이 바삐 움직이던 곳이고, 좌절과 실패로 죽음을 생각한 못난 딸년을 살려낸 장소이기도 했다. 부엌에서 차별이란 단어는 용납되지 않는다. 오직 공감과 정직한 삶의 태도만이 허락된다. 엄마의 뒷모습에 아이빌린과 미니의 모습이 겹친다. 그녀들은 이미 오래전에, 차별 없는 세상을 희망하는 이들의 부엌으로 돌아와 있었던 것이다. 세상 속에서 보자면 부엌은 하찮을 정도로 협소한 공간이지만 그곳에는 세상을 변화시킬 '용기'라는 지혜가 담겨 있다.

　버락 오바마가 올 초 의회를 상대로 한 연설문에 "We do big things(우리는 대단한 일을 해냅니다)"라는 말이 나온다. 우리 모두 알고 있다. 그 대단한 일이 그녀들의 부엌에서 시작되었음을 말이다. "Those women do big things"

나의 삼십대는 어땠지?

● **Indiaman** http://blog.yes24.com/plantbact

깍두기 삼십대
조한웅 저 | 소모(somo) | 2011

'비자발적 프리랜서의 인생점검 여행기'라는 부제를 단 이 책은 단연코 여행 이야기가 아니다. 삼십대 청춘의 치열하고 때로는 희화화된 기록이라는 편이 맞겠다. 매 에피소드들은 여행을 통해 발현된 자아의 성찰이며, 지난날 자신의 모습을 떠올리게 하는 매개였으니 말이다. 치기 어리던 시절, 헤어진 옛 애인 앞에서의 허세, 술이 빚어낸 호탕한 실수와, 때로는 여전히 변한 것 없이 산다고 자학을 하는 저자의 모습이 가감 없이 그려진다.

깍두기 삼십대, 스물네 개의 이야기가 삶의 한쪽을 비춘다. 소위 말하는 낀 세대, 이십대의 청춘과 사십대의 중년 사이에 있는 결단의 시간이라고 해야 할까, 인생이라는 큰 지도 위에서 어디로, 어떻게 가야할지 고민하는 시간이다. 사람은 누구나 과거가 있고, 그 속에서 내가바라보는 시절은 언제인가? 삼십대라! 나의 삼십대는 지나가버렸다. 그래서 더 부러운 것인지도. 그 시간의 의미는 무엇일까? 나에게도 저런시절이 있었다. 무언가가 겁나게 알고 싶고, 미래를 위해 무엇을 해야할지도 모르겠고 그러면서 시간은 흘러가버린다. 나는 뒤떨어져, 저앞에 가고 있는 사람들을 바라본다. 왜 나는 항상 그 자리인가? 이런시간에 우리는 일탈을 꿈꾸는 것 같다. 많은 사람들의 일탈인 여행, 그것도 홀로 떠나는 여행은 인생의 좌표를 잡아주는 나침반이 될 수있을지도.

일과 자유 그리고 돈 속에서 고민하지 않는 사람은 없을 것이다. 우리는 생존을 위해 돈을 가져야 한다. 물론 그 돈이 얼마인지는 사람에 따라 다르겠지만, 돈을 위해 일을 해야 한다. 하고 싶은 일을 하면서 돈도 벌면 얼마나 좋을까? 그러기는 쉽지가 않은 세상이니 고민도많고, 생각도 많은 것 같다. 연봉 5백만 원짜리 작가를 꿈꾸는 작가 지망생은 없을 것이다. 하지만, 이것은 현실이다. 우리의 수준이다. 최근에는 번듯하게 사는 퓨전 능력형 캐릭터들이 제법 등장하여 부러움을사지만, 어휴! 정작 자기 자신이 그렇게 하기는 쉽지 않다.

연애와 결혼, 누구나 꿈꾸고, 대부분 하는 연애와 결혼, 우리는 대부분 그 시간을 정한다. 언제 연애를 하고, 언제 결혼을 한다. 나이는 한 살 두 살 늘어나 노총각, 노처녀라는 말로 나를 지정하고 정의해버리지만, 나는 나이다. 그러나 다수 속의 소수 "짝 있는 다수에서 비켜난 소수이기에 외로운 것일지도 모른다"는 소외감 아닌 소외감을 느낀다.

왜 한결같은 주위의 시선을 의식해야 하는가? 그것이 삶인지 모른다. 여자와 남자가 만나면서, 점점 서로를 파악해가는 과정, 연애와 데이트 속에서 발전과 더불어, 연애가 아닌 미래의 결혼을 생각했기에 상대를 길들여놔야 편하다는 얄팍한 속내도 있었던 것 같다. 미리부터 찌든 생활을 그리는 것은 어리석다. 그러니 제발 사랑할 때는 사랑만 하라. 걱정은 그 뒤에 해도 충분하니.

여행은 많은 것을 준다. 아니 자신을 돌아보게 해준다. 여행은 숨겨지고, 감추어진 나를 찾는 숨바꼭질이다. 나는 항상 곁에 있지만, 진정한 나의 모습은 잘 알지 못한다. 이런 나의 모습을 알기 위해선 어떤 사건에 부딪혀보아야 한다. 외로움, 고통, 기쁨, 많은 감정과 예측불허의 사건들이 숨어 있는 여행이 제격이다. 여행을 통해 만나고 스쳐가는 많은 사람들, 좋기도 혹은 그렇지 않기도 한 세상 속에서 부대끼고 생채기가 나면서 나를 싸고 있던 껍질들이 하나씩 둘씩 벗겨지게 된다.

물론 모든 것이 내가 생각하기 나름이니, 나를 얼마나 버리는가가 사람들과의 관계 맺음에서 중요한 문제인 것 같다. 코스에서 벗어나야

코스를 볼 수 있다. 난 어떤 길 위에 서 있는지. 평소에 영적인 나라이며 동시에 가난의 나라인 인도에 관심이 많았다. 그래서 인도에 관한 책을 많이 찾아 읽었고 결국 그곳에 가서 몇 년간 여행하며 생활하기도 했다. 인도에서의 여행은 자연경관과 유적지의 관광이라기보다는 인도 사람들과의 만남이었다. 난 인도 사람들을 잘 몰랐다. 아마 여행의 시작은 까먹음인가보다. 내가 암기하고 외우고 공부한 인도는 인도의 한 켠에 지나지 않았다. 나는 아직도 여행중이다. 다만 인도의 길에서 한국의 길로 바뀌었을 뿐이다.

만만한 세상살이는 없는 것 같다. "카페 사장은 실상 손님들의 휴식을 위해 자신의 자유를 저당잡혀야 하는 자리였다." 타인을 위해 일을 한다는 것, 돈을 벌기 위해 하는 일. "군대라는 조직에서는 누군가 편하기 위해 누군가는 고생을 해야 한다." 사회라는 것이 자급자족의 사회에서 벗어난 이상, 수많은 사람들과 부대끼며 살아가고 누군가 해야 할 일이니 자신의 일에 충실하는 것이 사회를 위한 길이다. 하지만, 나 없는 사회는 어떤 의미일까 생각해본다. 조직과 사회도 나도 소중하기에 잘 어울려가는 세상이었으면.

책 속의 그림들은 독특하고 신선했는데, 그래서 약간 생소하게 느껴지기도 했지만, 글과는 잘 어울리고, 글을 간략하게 잘 정리해주었다. 아마, 작가와 평소 친한 화가의 교감 때문인 것 같다. 삼십대의 삶은 많은 이야기를 들려준다. 어쩌면 평범한 이야기이지만, 자신을 찾아가는 과정이기도 하기에, 더 많은 용기를 주고 싶다는 생각이 든다. 옆에 두고 가끔 펼쳐볼 수 있는 책인 것 같다.

삶은 항상 나름의 힘듦을 짊어지고 가는 외로운 길이다.

열정의 씨앗이 없다면
읽을 필요 없다, 크리티컬 매스

● 수퍼스타(How愛) http://blog.yes24.com/loveasj

크리티컬 매스
백지연 저 | 알마 | 2011

대한민국의 대표적인 인터뷰어로서 수많은 사람들을 인터뷰해온 앵커 백지연이 놀라운 성취와 성공의 비밀을 찾아 나섰다. 그녀는 한 편의 드라마 같은 감동이 있는 인터뷰 쇼 〈백지연의 피플 인사이드〉에서 지난 2년여간 1백여 명의 삶과 지혜를 경청해왔다. 이 책은 그들의 이야기를 종횡으로 가로지르며 지혜의 정수를 온전히 담았다.

커뮤니케이션 디자이너 백지연은 그들이 경험에서 농익어 흐르는 지혜를 툭! 흘릴 때 자신의 오감이 반응하기 시작했으며, 통찰력 배인 생각의 한 자락을 풀어놓을 때는 세상에서는 볼 수 없는 보석을 찾은 듯 흥분했다고 말한다. 그녀는 인터뷰어로서 숭고한 사명감을 가지고 동시대인들의 정신을 아카이빙하며 삶의 핵심 진리를 풀어낸다.

이번 달 독서에 새로운 목표가 생겼다. 신청해서 듣고 있는 온라인 교육 과목의 제목은 '한비자 리더십'. 이 강의를 듣게 된 이유는 리더십에 대한 책들을 꾸준히 읽어왔던 터라 온라인 교육을 통해 리더십에 대한 이론을 한번 정리해보자는 취지였다. 하지만 사실은 거기에 더해 이름은 익히 들어 잘 아는 '한비자'에 대해 배울 수 있는 기회라고 생각하여 신청해서 듣게 된 것이다. 목적을 가지고 듣게 된 강의다보니 매일 빠짐없이 들었고, 컴퓨터 앞에만 앉으면 온라인 교육 화면을 먼저 띄우게 되었다. 하지만 리더십에 대한 내용이 주가 되다보니 한비자보다 리더십 이론이 교육 내용의 대부분을 차지해 조금씩 아쉬움이 더했다. 그래서 한비자에 대한 책을 한 권 주문했고, 내친김에 이번 달은 한비자에 대한 책이나 자료 들을 찾아 우선 공부해보기로 했다. 일단 관심 있었던 주제를 목표로 정하고 보니 좀더 알아야겠다는 열정이 생겼다. 적어도 한 달간은 꾸준히 한비자를 읽어낼 것 같았다.

적절한 비유가 됐는지 모르겠지만 조금 알게 되면 관심이 가고, 꾸준히 관심을 갖다보면 잘 알게 되고, 더 깊이 공부하다보면 전문가가 될 수 있다는 사실을 말하고 싶어 그냥 내 이야기를 먼저 써보았다. 물론 내가 한비자와 법가사상에 대해 깊이 연구해보겠다거나 이 분야 전문가가 되겠다는 말은 아니다. 단지 남들이 상식이라고 하는 만큼은 알아야겠다는 생각만 해오다 이제야 조금 알게 되니 관심이 생기고 더 알고 싶다는 단기목표가 생긴 것뿐이다. 하지만 자신의 분야에서 전문가나 천재라고 불리며 크게 성공한 이들의 시작도 이런 작은 관심에서 비롯된 것이 아닐까? 누구나 자신이 알고 싶어 하거나 잘 아는 분야, 그리고 잘하는 분야에서 더 월등해지기 위해 남들보다 더 열심히 실력을 쌓기 위해 매진하게 된다. 그런 노력이 결실을 맺고 어느 정도 경지에 이르면 그 속에서 인생의 중요한 의미를 찾기도 하고 때론 그것이 살아가는 이유가 되기도 하는 건지 모른다.

누구나 인생의 목표란 것을 가지고 있을 것이다. 하지만 단지 내가 운이 없었던 것일까? 내 주위에서 인생의 큰 목표나 야망을 실현하기 위해 치열하게 노력하는 사람을 직접 만나본 적이 없다. 목표가 있다고 해서 단지 그것만으로 뜨거운 열정을 갖고 있는 건 아니라는 얘기다. 진심으로 관심이 있고 정말 잘 할 수 있다는 강한 자신감이 동반될 때 열정의 씨앗은 서서히 만들어진다고 본다. 그렇지 않으면 작은 실패나 장애물에도 쉽게 포기하거나 절망해버릴 것이다. 자신의 분야에서 일가를 이룬 사람들은 모두 그런 열정의 씨앗을 품고 키워온 사람들이다. 그 열정의 씨앗이 식지 않고 계속될 때, 불꽃이 되어 사람을 움직이는 강력한 동인이 되기도 하고, 멈추지 않고 계속하는 힘, 사력을 다해 최선을 다하는 힘의 동력이 되기도 할 것이다.

만일 뚜렷한 목표가 없으면 어떤가? 그런 사람에게 열정이란 찾아볼 수 없다. 반면 뚜렷한 목표는 없지만 무작정 열정만을 불태우는 사람들은 있다. 그런 사람들은 성과 없는 일에 매달려 조만간 녹초가 돼버릴 것이다. 혹시 나는 열심히 살고 있다고 생각하는데 눈에 보이는 성과가 없다면 과연 중요하고 핵심적인 일에 매달리고 있는지 잘 살펴보아야 한다. 그들은 단지 방향만 올바로 잡으면 성과를 만들 수 있다. 그런데 만일 목표도 없고, 열정도 없다면 주위에서 아무리 목표와 열정을 가지라고 좋은 말로 꼬드겨도 효과를 기대하기 힘들다. 스스로 열정이 샘솟지 않는 이상 억지로 만들 수 없다는 말이다. 물론 인생을 살다보면 일생일대의 중요한 기회를 만나기도 한다. 하지만 그런 기회역시 평소 노력하며 준비해온 사람들의 몫이란 걸 우리는 매우 잘 알고 있다. 그래서 성공하는 사람은 이미 성공의 씨앗을 내면에 만들어놓은 '준비된 사람들'이라고 볼 수 있다.

이 책 『크리티컬 매스』는 성공 방정식을 찾으려는 독자들에게 필요한 핵심 메시지를 담은 책이다. 먼저 '크리티컬 매스'의 의미를 사전에서 검색해보면 '핵분열 연쇄반응을 유지하는 데 필요한 최소질량'이란 정의가 나온다. 물리학 용어로 '임계질량'이란 말이다. 여기서는 '유효한 변화를 얻기 위해 필요충분한 수나 양'이란 개념으로 쓰였는데, 좀

더 쉽게 감을 잡으려면 끓는 물의 온도를 연상하면 된다. 물이 끓기 시작하는 상태를 목표로 가정한다면 100도가 되는 순간을 말한다. 물이 열을 집중적으로 받아 온도가 100도가 되면 비로소 끓게 되듯, 쌓이고 쌓인 성공인자들이 마침내 폭발하여 원하는 결과를 얻게 되는 순간을 지칭하는 말이다. 그래서 저자는 그간 자신이 인터뷰한 인터뷰이들에게서 발견할 수 있었던 성공인자들의 공통점을 찾아본 결과 이 크리티컬 매스가 결정적인 이유였음을 알게 되었다고 한다. 이 크리티컬 매스에 이르기까지 미친 듯 죽어라 집중했던 노력이 있었기에 가능했다는 것을 보여준다.

이 책의 표지에서 부제를 놓치지 말아야 한다. '1퍼센트 남겨두고 멈춘 그대에게'. 어떤 독자가 읽어야 할지를 가르는 중요한 말이다. 열정을 다해 사는 사람들에게 힘을 주는 책이다. 열정의 씨앗을 품은 이들은 한마디 자극에도 불꽃을 만들어낼 수 있기 때문이다. 하지만 단순히 성공방정식을 알고 싶어 머리로만 이해하겠다고 달려든다면 이 책은 단순히 남들이 말한 성공방정식을 정리한 평범한 자기계발서 중한 권일 뿐이다. 이 책에는 저자가 인터뷰했던 많은 명사들이 등장해

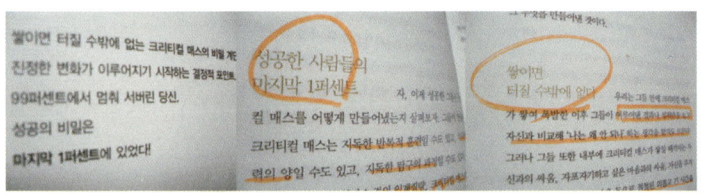

크리티컬 매스에 도달할 수 있었던 과정들을 소개했다. 바로 이 성공 지점을 잘 포착해 인생의 변화를 직접 만들어낸 이들의 경험을 담았다. 저자도 이야기했듯이 '아는 것'과 '이해하는 것'은 다르다. 또 '이해하는 것'과 삶에 '적용하는 것'은 다르다. 누구든 목표를 향해 열정의 씨앗을 품고 발로 뛰고 있지만 '1퍼센트 남겨두고' 멈춰 서서 망설이고 고민하는 이가 있다면, 이 책은 그를 위한 것이다. 한마디로 발로 뛰는 사람들을 위한 책이다.

나를 찾아 길을 떠나다

● **산티산티** http://blog.yes24.com/nopark9

황홀한 자유
이지상 저 | 팝콘북스 | 2006

답답한 일상을 벗어나 어디론가 떠나고 싶은 욕망. 스치듯 지나가면서 보는 이방인의 눈이 아니라 현지 사람들과 동화되어 그곳을 느끼려는 여행자의 로망. 20여 년간 전 세계를 누벼온 저자의 여행은 그래서 특별하다. 해외여행이 힘들었던 시절에, 어떻게든 여행을 다니고 싶어 세상에 뛰쳐나왔고, 생활고에 시달리면서도 끝내 여행을 버리지 못한 채 중년에 이르렀다. 답답한 일상에 지칠 때, 정말 열심히 하고 있다고 생각은 하는데 문득 가슴 한편에 찬바람이 불 때, 모든 걸 버리고 훌쩍 떠나고 싶어질 때, 저자와 함께 떠나는 여행은 감동과 그리움으로 다가올 것이다.

철없던 시절 남편을 만나 여느 친구들과는 달리 이른 결혼으로 표피적인 안정을 찾아가는 듯했지만 다른 가치관과 생활방식으로 쉽게 화합하지 못하고 심리적 방황이 컸다. 직장생활을 병행하며 두 아이를 돌보는 일은 생각보다 힘든 상황이어서 결혼생활에 염증을 불러일으켰고, 자괴감마저 들었다. 큰아이가 초등학교 졸업을 앞두고 있을 무렵 갈망해오던 인도 여행을 감행하기로 했다. 불혹(不惑)을 앞둔 서른아홉에는 뭔가 새로운 전기를 마련해 삶에 변화를 줘야겠다는 생각이 무엇보다 강렬했다. 그동안 바깥 활동에 초점을 맞추고 지내던 남편의 응원 한마디가 여행 준비에 좀더 적극성을 가지고 임하게 하였다. 인도 여행 준비를 마쳤을 때 이웃 지인들은 왜 하필이면 오지로 여행을 가느냐며 알다가도 모르겠다는 표정이 역력했다.

'인크레더블 인디아'라는 말이 풍기는 묘한 환상에 이끌려 제대로 된 준비도 없이 길을 나선 초보 여행자가 맞닥뜨린 인도는 지금껏 살면서 맛보지 못했던 시큼하고 짭짤하며 쓰디쓴 일상의 연속이었다. 릭샤 왈라와 흥정을 벌이고 릭샤에 올라서는 곡예 운전하는 그에게 목숨을 저당잡힌 채 '오늘 하루도 무사히'를 바라던 일들이 떠올랐다. 터덜거리는 골목을 돌아 먼지가 덕지덕지 묻어 있는 숙소로 들어와서는 먼지만 대충 털어낸 뒤 잠자리에 드는 것만으로도 감사하게 되었다. 정해진 규범보다는 "노 프로블롬" 한 마디면 통하지 않을 게 하나도 없는 나라에서 현지인들 깊숙이 들어가 그들과 호흡하며 지내는 일이 녹록치 않았다. 땅덩이가 넓어 공간 이동을 할 때면 기차 안에는 곳곳에 쥐가 기어들기 일쑤였고, 방풍 기능이 약해 모래바람이 몰아치기 일쑤였다. 2등급 열차 안에서 스물서너 시간을 시달리며 목적지에 내렸을 때는 배낭을 둘러메고 자유롭게 걸을 수 있다는 것만으로도 행복했다. 또 다른 설렘으로 미지의 공간을 찾아나서는 길, 힘든 검문 과정을 마치고 정해진 시간 내에 국경을 넘어 이슬람의 나라 파키스탄으로 들어왔다. 오토바이를 개조한 교통수단에 올라 이동할 때 현지 신문에 일행의 사진이 실려 함께 웃으며 여행을 곱씹었던 기억이 난다.

정교한 틀에 갇혀 지내는 답답한 생활에 하릴없이 의탁하고 살면서 늘 가슴 한구석에는 답답한 세상으로부터 벗어나 자유로이 세상을 떠돌고 싶은 열망이 커져갔다. 『황홀한 자유』는 한 여행 중독자가 대만을 시작으로 아시아 구석구석을 여행하며, 그곳에서 만난 현지인들의 일상을 카메라에 담고 생각을 덧붙인 여행서이다. 꽉 조이는 옷을 입었을 때의 불편함이 마뜩치 않은 것처럼 저자는 조직의 일원으로 빈틈없이 움직이며 별다른 감흥 없이 지내는 생활에 반기를 들고 새로운 자신을 발견하는 길에 나섰다.

급변하는 사회에서 더 높은 자리에 오르기 위해 속도를 내며 지내는 현실에 지쳐갈 때, 잊고 지냈던 유년시절의 향수를 떠올리며 위안을 삼을 때가 있다.

인도를 위시한 동남아는 문명세계와 조금 거리가 있지만 일상에 매몰된 채 살아오느라 잊고 지냈던 시절에 대한 시원적 그리움과 따스한 인심을 담아 좀더 열심히 살게 하는 정신적 토대를 마련해준다.

음울한 회색빛으로 가득한 하노이 구시가지에서 걸음을 늦추고 빈둥거리며 익명의 존재로 여행자들의 웃음소리에 자신을 방기하였다. 그러면서 천천히 이방인으로서 현지인들과 소통을 시도해갔다.

티베트 현지인들의 부엌에서 음식을 배우며 들여다본 그들의 생활은 적게 가지고도 만족하며 신에게 감사하는 모습이었다. 하지만 이들과는 달리 많이 가지고도 별반 행복해하지 않는 자신을 돌아보며 행복한 삶은 일상에서 비켜나 사소한 일에도 미소를 머금을 수 있는 생활에서 찾을 수 있음을 깨달았다.

6개월 이상의 장기여행을 계획하고 길을 나설 때는 한정된 돈을 어떻게 소비하며 길 위에 설 것인지 고민하게 된다. 첫 여행지인 홍콩에서는 경비를 아끼기 위해 안간힘을 썼다. 낯선 공간을 여행할 때 고국의 음식을 맛보는 일은 특별한 의미를 갖는다. 그중에서도 홍콩 반찬가게에서 김치를 맛본 일은 오랫동안 잊히지 않을 기억으로 남아 자그마한 선물을 전하며, 길 위에서의 인연에 감사한 일은 또 다른 추억으로 남아 삶의 활력소 기능을 한다. 길 위에서 새로운 세상을 만나다 보면 달갑지 않은 급작스러운 일들도 많이 생기지만 그것 역시 그동안 호사를 누리며 살았던 삶의 대가라고 생각해버리면 마음이 한결 가벼워진다.

기온이 40도를 웃돌아 조금만 걸어도 땀이 흐르는데, 땀에 먼지가 섞인 지친 몸으로 그늘을 찾아 망연해 있을 때 청량음료를 내밀며 팬

찮느냐고 묻는 청년의 따사로운 손길은 쉽사리 잊히지 않는다고 현지인들의 살가운 모습을 회상했다. 빈부의 차가 큰 나라 인도에서는 가난한 자들의 자식이 생계수단으로 전락한 것처럼 보일 때도 있지만, 그들 나름의 삶의 방식을 우리의 잣대로 재단할 수 없는 것처럼, 있는 그대로를 봐줄 필요도 있다. 어쩌면 이들은 저자의 말대로 갖지 못한 것을 갖기 위해 욕망하기보다는 현세의 삶에 순응하고, 신을 향한 기도를 더 소중하다고 여기는지도 모른다.

신앙심으로 척박한 환경에 순응하며 지내는 이들은 먹을 게 없어도 자신의 카르마대로 순응하며 살고, 석공들은 내세에는 현세보다 더 나은 삶을 기원하며 정교한 조각을 새긴다. 이들의 솜씨를 볼 때면 절로 경외심이 든다. 오로지 신의 가르침대로 살며 신에게 귀의하는 종교적 순응이 아니면 불가능한 것처럼 보이는 사원의 조각들이다. 거리의 수행자로 불리는 성자들이 도처에 자리하며, 카르마를 불사르기 위해 살아 있는 신처럼 이 세상과 등지고 살아가는 이들을 볼 때면 신앙의 나라답다는 생각이 들었다.

마음먹고 거리로 나선 순간, 더이상 인생의 패배자가 아니라 속세의 가치보다 더 높은 가치를 찾아 길을 나서는 용감한 개척자이고 싶다는 저자의 말은 안일한 삶을 돌아보게 한다. 물질적 풍요로움 속에서 편의시설이 잘 갖춰진 선진국을 여행하는 것은 서로 간에 에티켓을 지키며 편리하게 움직여 불편함은 덜하지만 공허함으로 인해 쓸쓸할 때가 있다. 무질서하지만 생명체들이 어우러져 살며 뿜어내는 열기와 자유로움을 체득하기는 힘들다. 저자는 다니던 직장을 과감하게 그만두고 문명적 질서와는 거리가 먼 동남아에서 여행자로 길을 나서다 여행 중독자로 변모했다. 천의 얼굴을 가진 나라에 사는 이들은 각기 다른 인생 이야기를 깊숙이 품고 있듯이, 낯선 공간으로 길을 떠나는 이들 역시 가슴속 묻어둔 사연을 풀어내느라 힘든 여행길에 기꺼이 오르는지도 모른다. 콩깍지 속의 콩들이 햇볕 아래 튀어 오르듯 나 역시 갑갑함을 벗어나 자유로움을 동경하며 길을 나섰다.

선셋 포인트에 올라 일몰을 본다. 주변을 붉게 물들이며 황홀한 아름다움을 주고 흔적 없이 자태를 감추는 노을의 강렬함이 그동안의 피로를 삭여준다. 주위를 뜨겁게 달구고 이내 사라지고 마는 황혼은 늘 매캐한 연기로 자욱하고, 타다 버린 주검 앞에 어슬렁거리는 짐승들 너머에는 바라나시 강가가 있다. 영혼의 젖줄인 바라나시의 성스러운 물로 오욕을 정화하는 이들과 주검이 재로 화하는 순간이 공존하는 성스러운 강 주변은 늘 순례객으로 넘쳐난다. 삶과 죽음이 공존하는 공간에서 유한한 인생에 열심히 살아야 할 당위성을 부여하며 관념적인 삶을 초월하여 몸으로 부대끼며 살아가는 자유로운 영혼이고 싶다.

가슴보다는 머리를 쓰며 타산적으로 살았던 정교한 삶의 질서를 이탈하여 자신을 옭아매고 있던 관념적 사슬을 풀고 조금은 느리게 걷고 사유하며 지내는 여행을 선호한다.

여행은 돈을 쓰고 시간을 허비하며 지내는 소모품이 아니다. 세파에 시달리고 찌든 나를 정갈한 에너지로 채우고 일상으로 돌아와서는 더욱 열심히 살아갈 삶의 당위성을 부여하는 일이다.

이 세상 모든 사랑의 방식

● **Kel** http://blog.yes24.com/kelpark

별이 가득한 심장
알렉스 로비라 셀마, 프란세스 미라예스 공저 | 고인경 역 | 비채 | 2011

프랑스의 고아원에서 부모 없는 아이들이 무기력하고 우울한 얼굴로 하루하루를 보내고 있었다. 그러나 미셸이라는 소년은 달랐다. 그는 삶의 기쁨을 주변 사람들에게 전염시켰다. 소년이 그렇게 할수 있었던 것은 그만이 가진 소중한 보물이 있었기 때문이다. 그 보물은 바로 같은 고아원의 소녀 에리였다. 둘은 걸음마를 떼던 순간부터 줄곧 함께하는 사이였다. 미셸은 에리를 사랑하였다.
그러던 어느 추운 겨울날, 에리는 잠에서 깨어나지 않고, 미셸은 절망에 빠지고 만다. 소중한 친구를 위해 자신이 할 수 있는 일이 아무것도 없었다. 그때 거리에서 우연히 만난 할머니가 미셸에게 아홉 가지의 사랑을 찾아 각각 그들의 옷에서 별 모양으로 천 조각을 오려오라고 제안을 한다. 그 아홉 가지 천 조각을 꿰매면 소녀를 낫게 해주겠노라고. 이에 미셸은 가위 하나만을 든 채 거리로 나서는데……

어제 저녁에 한 외국인 신부를 보았다. 젊은 시절에 찍은 그의 사진보다 더 주름이 지고 머리숱도 적었지만, 봉사를 하는 그의 얼굴은 부드럽고, 환하고, 깨끗하고, 맑고, 아름다웠다. 요즘 들어 점점 더 느끼는 바이지만, 나이가 드는 얼굴은 아무리 꾸민다고 해도 속마음이 투영되기 마련이다. 저자 후기를 보니, 공동작가인 알렉스 로비라 셀마 또한 아주 힘든 일을 겪으면서 더욱더 사랑과 감사를 배우게 되었고, 이를 통해 이런 아름다운 동화를 쓸 수 있었던 것 같다. 게다가 그는, 조금 더 친절해서, 장마다 잊지 말라고 팁까지 달아주었다. 정성 어린 인형선물 이야기도 감동적이지만, 인큐베이터 안의 신생아에게 손을 올리고 자장가를 불러주었던 의사 이야기에서 나도 저자처럼 가슴이 뭉클한 감동을 받았다. 음, 그 아이에게 정말로 필요한 건 의학적 뒷받침이 아니라, 보이지도 않고 들리지도 않는 세상에서 그리워했던 엄마의 온기 어린 손길과 목소리였을 것 같다.

1946년 프랑스의 슬롱스빌이란 작은 도시. 제2차 세계대전은 끝났지만, 전쟁이 끝난 기쁨보다는 상흔이 남아 있는 곳이다. 전쟁에서 죽은 사람, 실종된 사람을 그리워하면서도, 적은 물자로 어떻게든 먹고 입고 살아야 하는 지경인 이 마을에 이상한 일이 일어났다. 처음에는 우체국 직원, 그다음은 회계사. 그들이 입고 아끼는 옷이 별 모양으로 잘려져나간 것. 이제 추위도 다가오는데……

그것은 시립고아원에 사는 미셸이란 남자아이의 짓이었다. 부모에게 버려졌어도 다른 아이들과 달리 언제나 밝은 아이였는데, 그 밝음의 원천이었던 사랑하는 에리가 갑자기 코마에 빠져버리자 혼란스러워진다. 그때 거리에서 만난 할머니 에르미니아에게서 그녀를 구할 수 있는 마법과 같은 방법을 전해 듣는다. 사랑이 고픈 에리에게, 별이 가득한 심장을 대신 짜주라는 것. 즉, 아홉 가지 갖가지 사랑을 하는 이들의 옷을 그들 모르게 별 모양으로 오려서 가져오면 그걸로 별이 가득한 심장을 만들어주겠다는 것이다. 단, 마지막으로 완성하기 위해 열번째 비밀의 별이 필요하다는 것.

사랑이 뭔지 잘 모르겠지만, 일단 미셸은 거리로 나선다. 매일 고아원 아이들에게 주어진 짧은 자유시간에, 다른 아이들은 웅크려 절망하는 시간에, 그 아이는 가위를 주머니에 숨기고 주변의 사람들을 하나씩 바라보기 시작한다.

그리고 하나씩 이어지는 아홉 가지 사랑 이야기. 글쎄, 맨 처음 연인간의 사랑 이야기는 약간 구태의연한 이야기일지 모르겠다고 생각했다. 그런데, 아직도 여전히 나에게 필요한 이야기인 듯하다. 자신을 먼저 사랑해야 한다는 것은. 그런 생각이 들었다. 싱글일 적에 (누구나 한 번쯤은 겪어본 일인데) 갑자기 괜찮은 남자들이 한꺼번에 생기는 일이 있다. 이는 아마도, 누군가를 만나 스스로 행복해지고 또 그런 행복한 모습이 여러 사람들의 눈에 띄어서가 아닐까. 누구나 힘들어하는 사람보다는 행복해하는 사람 곁에 있고 싶어하잖아(물론, 그럼에도 힘들어하는 사람 곁에 있어주는 사람이 정말 더 좋지만).

　　그리고 사랑에는 부단히 연료가 필요하단 말. 최근에 '결혼은 인생
의 무덤'이라고 신혼부부에게 말을 하곤 스스로 부끄러워 '아, 왜 그
런 말을 했을까' 한 적이 있는데…… 어떤 사랑이든 힘들고 답답한 점
이 있는 거잖아. 맨 처음엔 다소 힘든 적응과 노력이 필요하지만, 습관
이 되면 힘이 들지 않게 되고 거기에 마음까지 더해진다면, 요즘 많이
나오는 의학 관련 기사에서처럼, 심장과 심신을 따뜻하게 도는 혈액과
같이 심장병도 이기고 건강해지지 않을까.

　　군인의 이야기를 읽으며 기리노 나쓰오의 『물의 잠 재의 꿈』이 떠
올랐다. 사랑하는 여자보다는 친구의 얼굴을 닮은 여자애를 보는, 결
국 그 아이를 딸로 삼는 젠조의 모습에서 말할 수 없는 감동을 느꼈
다. 그리고 어제저녁에 〈트랜스포머 3〉를 봤는데, 죽을지도 모르는 상
황에서도 서로에게 절대적으로 의지를 하며 전투에 나가는 모습에서
매우 강한 유대감이 존재함을 느꼈다. 사랑이라고 말하기엔 사랑의 방
식이 정해져 있고, 우정이라는 말에 더 가깝다고 하지만, 우정도 사랑
이란 감정의 다른 모습이잖아.
　　그리고 개에 대한 사랑.

　　"나는 애들에게 장님을 인도하는 법을 가르쳐. 그리고 이 녀석들은 내가
　　살아가면서 나 자신을 인도하는 법을 가르쳐주지. 개들은 내게 현재를 살

아가는 기술을 훈련시켜준단다. 특별한 이유 없이도 즐거울 수 있고 장난치고 싶은 마음을 잃지 않도록 날 가르치는 거지. 이 이상 뭘 더 바라겠니?"

_89쪽

난 우리 강아지를 만나서 그전보다 조금 더 나은 사람이 된 것 같다. 그전에는 이해하지 않으려고 했던, 사람들의 방식을 이제 좀더 이해하게 되었고, 또 지금도 이해하지 못하는 방식도 어쩜 내가 판단하는 것과 다를 수 있다고 생각하게 되었다. 그리고 내가 생명을 나눠주고 싶어도 내 1년이 강아지에겐 7분의 12 = 1.7개월밖에 되지 않으니, 내가 살아가기도 짧은 시간을 우리 강아지는 더 짧게 살아야 한다. 마음이 조급하고 1초도 아깝고 헛되이 쓰지 않아야겠다는 생각이 든다. 즐겁게 같이 웃고 싶어서 나는 한숨과 눈물을 지우고 웃는다.

동물의 눈은 위대한 언어를 말하는 능력이 있다.　　　　_마르틴 부버
동물은 좋은 친구다. 질문도 비판도 하지 않기 때문이다. _조지 엘리엇

그리고 책에 대한 사랑.

좋은 책이란, 다 읽고 나서 저자에게 한잔 사고 싶은 마음이 드는 그런 책이다.　　　　　　　　　　　　　　　　　　_마틴 에이미스

단 한 가지 이해를 못 하는 것은, 행복하지 않아도 사랑을 계속해

야 하느냐는 것. 그건 아마도 내가 사랑이란 감정과 행복이란 감정을 묶어놓고 생각하기 때문인지도…… 글쎄, 아직도 다 모르겠다. 저자의 친절한 충고 속에서, 나는 아직 책도 마구마구 씹으며 읽고 싶고, 더 시간이 지나야 깨달을지도 모른다. 뭐, 10년 전엔 지금보다 훨씬 더 몰랐으니까. 10년 후엔 좀더 깨달을지 몰라. 그러기에 잊지 않고 간직했다가 나중에 읽기 위해 침대 옆 테이블에 꽂아두었다. 소중해서 막 잔소리해주고픈 이들에게 주고 싶다.

살아야 할 이유가 있는 사람은 그 어떤 삶의 방식도 견딜 수 있다.
_프리드리히 니체

세상 모든 사람들이 뭔가 위대한 일을 이루려 시도하지만 인생이 소소한 것들로 이루어졌다는 사실은 깨닫지 못하고 있다. _프랭크 클라크

책에 더 좋은 말도 많지만, 내가 요즘 핸드폰 메모에 저장해놓은 글을 하나 덧붙인다. 존경하는 슈바이처 박사의 말이다.

가장 중요한 것은 나의 내부에서 빛이 꺼지지 않도록 노력하는 일이다. 안에 빛이 있으면 스스로 밖이 빛나는 법이다.

그 빛이 뭘까, 이 글귀가 쓰인 책은 뭘까, 했는데, 그 빛은 사랑이었다.

안전하게만 놀아다오

● **withmepark** http://blog.yes24.com/withmepark

엄마, 이젠 걱정 마세요
배경희 글 | 하의정 그림 | 소담주니어 | 2011

생활 속에는 위험한 상황이 많다. 특히나 어린이들의 사고는 언제 어디서 어떻게 일어날지 예측할 수 없다. 우리가 늘 이용하는 엘리베이터에서, 놀이터에서, 생일 파티에서, 마트에서도 아이들은 언제나 위험에 노출되어 있다. 사건이나 사고는 준비한다고 일어나지 않는 것이 아니지만, 사건이나 사고에 관한 충분한 지식과 대응 요령을 알고 있다면 더 큰 사고로 이어지는 것을 막을 수 있다. 이 책은 안전을 위한 올바른 대처법을 아이 스스로 익히게 해 아이들이 마음껏 뛰어놀 수 있게 한다. 각 상황별로 부모와 함께 실천할 수 있는 코너가 따로 있어 재미있게 익힐 수 있으며, 권말에 장소별로 아이들의 안전을 지키고 예방할 수 있는 안전 수칙을 수록해 부모들에게도 도움이 된다.

아이들의 안전은 아무리 강조해도 지나치지 않는다고 생각하지만, 24시간 따라붙을 수도 없는 노릇이고 잠깐의 방심이 화를 부르는 일은 누구에게나 일어나는 법이다. 그러기에 늘 조심스러울 수밖에 없다.

'Safe Child Self 생활 속 위험 상황에서 나를 지키는 방법'은 아이들 스스로가 위험을 감지하고 주의를 기울이는 생활을 하도록 잘 설명해주고 있다. 예를 들면,

엘리베이터가 멈추었을 때라든지(이건 어른들도 당황스러운 일이다!)

놀이터에서의 안전교육이라든지(정글짐에서도 화상을 입을 수 있다니!)

야외활동에서의 안전교육이라든지(산에서 네 살 난 아이가 벌에 쏘여 난리였던 적도 있는데, 그 아이의 손에는 사탕이 들려 있었다나 뭐라나)

비 올 때의 야외활동이라든지(장마라 밖에 못 나가는 조카들은 집에서 액션영화를 찍는다. 이것도 위험하긴 마찬가지)

특히, 마트에서의 카트 사고라든지!(수박에 손을 뻗던 조카가 카트에서 떨어지기도 했고, 카트가 넘어지면서 같이 넘어질 뻔! 했다고도 한다. 에휴)

이렇게 저렇게 따지고 보면 모든 것이 위험해 보이는 일들 투성이지만 일상생활 속에서 일어나는 일이니 주의를 시킬 수밖에 없다. 때론 귀찮게 들릴지라도.

조카가 이제 다 컸다고 여름캠프를 간단다. 그것도 1박 2일! 소심한 이모는 지금부터 걱정이다. 물놀이는 안전하게 하고 올지, 밥은 잘 먹

을지, 잠은 잘 잘지. 그러고 보면 아이들은 그 나이 또래에 맞게 차근
차근 성장하고 있는데 아기 때만 생각하는 이모가 문제인지도 모른다.

그러나! 한순간만 눈을 떼면 이러는 조카들을 보면 걱정을 안 할
수가 없다니까!

Movie

나를
한 뼘 키워준
영화

영화, 삶을 가르치다

● **개츠비** http://blog.yes24.com/sretre7

죽은 시인의 사회
피터 위어 감독 | 로빈 윌리엄스, 에단 호크 출연 | 드라마 | 미국 | 1989

1859년에 설립된 명문 웰튼 고등학교에 이 학교 출신인 키팅이 교사로 부임한다. 그는 첫 시간부터
파격적으로 수업을 진행하며 학생들에게 참다운 인생의 눈을 뜨게 한다. 닐, 녹스, 토드 등 일곱 명
은, 키팅에게서 '죽은 시인의 사회'라는 서클에 관한 이야기를 듣고 자신들이 그 서클을 이어가기로
한다. 그들은 학교 뒷산 동굴에서 모임을 가지며 짓눌렸던 자신들을 발산한다. 그러나 아버지에 의
해 연극을 하고자 하는 꿈이 꺾인 닐은 권총 자살을 하고 만다. 이 사건으로 키팅은 학교에서 쫓겨
나고, 그가 떠나는 날, 학생들은 권위와 압박의 상징인 책상 위에 올라가 "오 캡틴 마이 캡틴"을 외치
며 눈물의 작별을 고한다.

사람의 기억력은 생각보다 질기다. 한번 읽은 책이나 한번 본 영화에 대한 기억이 우리의 전 생애를 지배할 수 있다. 수많은 영화와 책이 지금 이 시간에도 만들어지고 대중의 기억 속에 차곡차곡 쌓이고 있지만, 쉽게 불멸의 영역으로 들어설 수 있을까? 피터 위어 감독의 〈죽은 시인의 사회〉는 연기나 구성, 풍경보다는 대본의 철학적 깊이가 남다른 영화다. 이 영화가 오늘날, 다시 각광을 받는다면 그건 로빈 윌리엄스의 명연기나 토드 앤더슨으로 출연한 에단 호크의 풋풋한 청소년기 비주얼 때문만은 아닐 것이란 확신이 든다. 그건 이 영화가 인생의 어떤 진실에 대해 영화 역사상 가장 직접적이고, 가장 분명한 어조로 관객을 가르치고 설득하려 했기 때문이다.

생각해보면, 살아가며 그러한 영화나 책을 만나기는 쉽지 않다. 내 젊은 날의 독서에서 나의 혼을 빼놓고 나를 잠식해버린 책이 있었나? 나는 한때, 프랑스 소설가 알베르 카뮈에 빠져든 적이 있었다. 그에 관한 책이라면 빼놓지 않고 읽었고, 보탬이 될 만한 자료를 찾아 국외 인터넷 사이트를 종횡무진 누빈 적도 있었다. 작가와 작품에 대한 영어 원문을 번역하는 일은 한때 깊이 심취했던 청춘의 사업이었다. 카뮈에 빠져든 것은 제2차 세계대전중, 독일군의 폭격과 총성을 피해 레지스탕스 현장에서 쓴 그의 짧고 단호하고 감성적인 에세이 『시지프의 신화』를 읽고서였다.

인생의 어느 시기에 심취한 작가와 작품에 대해, 훗날 같은 평가를 내리고 열광할 순 없다. 시간이 지나면 생을 바라보는 시각이 달라질 수 있기 때문이다. 그것은 작품과 독자, 그 누구의 탓도 아니다. 작품을 딛고 독자가 성장했다는 증거일 수 있는 것이다. 〈죽은 시인의 사회〉의 DVD를 다시 돌려보며, 이 영화를 재발견하려 한 건 무엇 때문일까? 영상과 언어 속에서, 하나도 바뀌지 않은 우리의 교육현장을 비춰볼 수 있어서만은 아니다. 이 영화는 그 시절 인생의 목적이 명문대 진학이라 착각하며 공부했던 열혈 학생들에게 스크린 속으로의 짧은 일탈을 선물해주었다. 키팅 선생은 J. 에반스 프리처드의 「시의 이해」란 교과서 서문을 찢어버리라고 선동하더니, 아이들에게 하고 싶은 일을 하고 살기에도 인생은 짧다며, 라틴어 '카르페디엠(carpe diem, 현재를 즐겨라)'이란 단어를 가르쳐준다.

하지만 요즘이나 영화가 개봉했을 20여 년 전이나, 키팅 선생의 가르침은 시원하고 멋있지만 '현실적이지' 못하기에 심정적 공감 이상의 '행동'을 이끌어내진 못했을 거란 생각을 해본다. 사춘기 아이들은 어른보다 영악하고, 지극히 계산적임을 우리는 잘 알고 있다. 이 영화를 간간이 반복해서 보아왔지만, 내게 큰 감흥이 남지 않았던 것도 경쟁적 '현실'과 너무 동떨어진 위험한 가르침 때문이었을까? 그러니까 영화를 보면서는 보수적인 교장을 욕하지만 실은 키팅의 말을 믿지 못했던 것이다.

영화 속, 연극을 사랑하는 닐은 의사가 되기를 강권하는 아버지의 뜻을 꺾지 못하고, 권총 자살한다. 녹스는 애인이 있는 크리스에게 구애하며 용기 있는 사랑을 감행하고, 키팅 선생의 가르침에 확신을 얻지 못했던 아이들은 영화의 마지막 장면에서 교장 선생의 명을 거부하고, "오 마이 캡틴"을 연호하게 된다.

실천하지 못하더라도 무엇이 생의 진실인지 그들은 키팅으로부터 배운 것이다. 전통과 역사를 자랑하는 고교 웰튼은 키팅 선생이라는 독특한 교육철학을 가진 이를 통해 변화의 시점을 맞이하지만, 영화 끝 그의 쓸쓸한 퇴장은 세속의 욕망이 얼마나 강고하고 든든한 것인지 증명하는 데 그친다. 교장의 말을 거부하고, "오 마이 캡틴"을 연호하던 학생들은 키팅의 마지막 인사말 "Thank you, boys. Thank you"를 듣고 다시 '출세를 위한' 일상으로 돌아갔으리란, 이 쓸쓸한 상상은 뭘까?

그럼에도, 나는 이 영화가 우리 삶에 뜨거운 화두는 던져주었다고

믿는다. 그것은 앞에서 언급했듯, 영화 역사상 가장 직접적이고 명쾌한 키팅의 가르침 때문이다. 키팅 선생은 시의 감상을 수학적 계산 방식으로 해설하는 프리처드의 교과서 서문을 찢어버리라고 일갈하며 이렇게 말한다.

"쓰레기. 시를 어떻게 아메리카 톱텐처럼 평가할 수 있겠니? 찢어버려 몽땅."

그리고 시에 관한 그의 철학과 생각을 아이들에게 들려준다.

"시가 아름다워서 읽고 쓰는 것이 아니다. 인류의 일원이기 때문에 시를 읽고 쓰는 것이다. 인류는 열정으로 가득 차 있어 의학, 법률, 경제, 기술 따위는 삶을 유지하는 데 필요하다. 하지만, 시와 미, 낭만, 사랑은 삶의 목적인 거야."

이 명쾌한 가르침을 이해하지 못할 사람이 얼마나 될까? 하지만, 우리는 시를 목적으로 여기며 살지 못한다. 그래서 우리의 삶은 풍족함에도 불행한 것이다. 키팅 선생의 이 짧은 가르침 속엔 인생의 모든 진실이 감추어져 있다. 세상이 불행한 이유는 인류가 이 가르침의 반대편으로 끝없이 걸어 들어가고 있기 때문은 아닐까?

시와 미와 낭만, 사랑은 예술의 영역에 있다. 인류가 삶을 풍족하게 유지하는 데 들이는 노고에 비하면, 인생의 목적을 고민하는 데는 얼마나 게으른가? 또 그 결과 세상은 얼마나 비정하고 불행해졌는가?

이 사회의 가진 자들은 더 갖기 위해 노동자들을 부려먹고 살인과도 같은 해고를 일삼으며, 노예 취급을 한다. 이 사회 최고 엘리트들은 서민이 일평생 모은 돈을 뇌물로 받고 흥청망청 써버리고도 반성할 줄 모른다. 그걸 심판해줄 정의는 복지부동한다. 이것이 오늘날 우리 사회를 유지시키는 엘리트들의 현실이다. 학창시절을 생각하면 공부 잘하는 아이들이 무척 부러웠다. 세상의 천재들은 존재 자체로 동경의 대상이었으니까. 그러나 지금은 아니다. 천재들은 세상을 바라보는 관점이 범인(凡人)들과 다르고, 격조 있고, 우아할 것이란 착각을 오랜 시간 해왔다. 그런데 생을 살아가면서 그런 환상은 여러 번 깨졌다. 그래서 한 인간을 평가하는 가장 공정한 방법은 그가 얼마나 똑똑한가도, 얼마나 좋은 학벌로 세탁되었는가도, 돈이 얼마나 많은가도, 그가 어떤 지위에 올라와 있는가도 아니다. 머리가 좋은 것과 품격 있는 인성은 전혀 다른 차원이다. 우리가 예술을 인생의 목적으로 알고 살아가야 하는 이유도, 바로 거기에 있다. 예술은 궁극적으로 인성을 가꾸고 키운다.

키팅 선생은 복도에 아이들을 모아놓고, 빛바랜 사진 속 웃고 있는 졸업생들을 보여준다. 흑백사진을 가리키며 키팅은 얘기한다. 이 아이들에게도 꿈과 부푼 미래가 있었으리라고, 그리고 그들도 너희처럼 젊고 아름다웠던 한때가 있었으리라고. 하지만 지금은 차가운 땅 밑에서 잠자고 있다고. 그러니 '카르페디엠', 현재를 즐기라고 말이다.

"시간이 있을 때 장미 봉오리를 거두라. 시간은 흘러 오늘 필 꽃이 내일이면 질 것이다."

명문 고교 웰튼의 사학이념은 아이들을 이 사회의 지도층으로 내보내는 것이었다. 공부를 잘해 사회의 지도층이 되면, 그는 부와 명예를 갖게 되겠지만, 인성이 곧은 인간이 되리란 보장은 없다. 키팅은 사색하는 인간, 모든 것을 회의하는 인간이 되어야 한다고 강조한다. 이 얼마나 훌륭한 가르침인가? 남을 짓밟고 성공하기 위해, 시조차도 수학공식마냥 풀이할 수밖에 없는 교육으로 전락한 학교 현실. 오늘 우리 교육 현장의 아이러니와 전혀 다르지 않다. 아이들은 키팅 선생이 언급했던 시 낭독 비밀결사인 '죽은 시인의 사회'를 재현한다. 동굴에 모인 아이들은 담배를 피우고, 야한 사진을 돌려보며 딴청을 피우더니, 한 아이가 일어나 헨리 데이비드 소로의 개회 시구를 기념으로 낭독한다.

"나는 자유롭게 살기 위해 숲 속에 왔다. 삶의 정수를 빨아들이기 위해 사려 깊게 살고 싶다. 삶이 아닌 것은 모두 떨치고 삶이 다했을 때 삶에 대해 후회하지 마라."

19세기 초 미국 매사추세츠 주 콩코드에 살았던 한 사람. 불멸의 저서 『월든』의 작가, 소로는 하버드 대학교를 우수한 성적으로 졸업하고도 평생 별다른 직업 없이 전전했다. 그의 독특한 이력은 여기서 그

치지 않는다. 그는 콩코드의 숲 속 월든 호숫가에 작은 오두막집을 짓고 2년간 기거하는 실험을 강행한다. 그 소소한 삶의 기록이 바로 『월든』이다.

아이들이 동굴에서 읊던 이 시구는, 바로 그의 명저 『월든』의 도입부에 나오는 구절이다. 『월든』은 어떤 책인가? 미국의 작가 E. B. 화이트는 "만약 우리 대학들이 현명하다면, 졸업하는 학생 한 사람 한 사람에게 졸업장과 더불어 『월든』을 한 권씩 주어야 한다"고 주장한 적이 있다. 인도의 성자 간디가 교과서로 삼은 책? 키팅이 가르치려 한 것은 바로 소로의 인생철학이었다.

카뮈는 이십대의 나를 온전히 잠식했던 작가이지만, 그것은 이십대로 한정돼 있다. 그러나 어느 날 소로의 『월든』을 읽고부터, 나는 언제나 소로의 글을 찾아 읽었고 곱씹어 읽어왔다. 한 권의 책과 한 사람의 저자가 줄곧 어떤 이의 인생에 영향을 미치고 있다면, 그건 인생을 가르치는 위대한 스승이라 불러도 되지 않을까? 소로의 삶과 사상은 21세기, 신자유주의와 물신주의가 판을 치는 이 시대, 마음속에 품기에 불온하고 부적절할지도 모른다. 그가 가르치는 것은 명상과 가난, 무소유와 고독, 자연과의 교감, 가진 것에 대한 만족, 평온한 호숫가, 사색의 즐거움 등이기 때문이다.

우리는 더 많은 것을 얻으려고만 끝없이 노력하고, 때로는 더 적은 것으로 만족하는 법을 배우지 않을 것인가? 사람들이 수레와 헛간으로 피할 때 그대는 구름 밑으로 피하라. 밥벌이를 그대의 직업으로 삼지 말고 도락으로 삼으라. 대지를 즐기되 소유하려들지 마라. 진취성과 신념이 없기 때문에 사람들은 그들이 지금 있는 곳에 머무르면서 사고 팔고 농노처럼 인생을 보내는 것이다.

_헨리 데이비드 소로 『월든』 중에서

우리는 학교에서만 배우지 않는다. 배움은 학교를 졸업하는 순간에 진정 시작되는 것이다. 배움은 일평생 계속되는 것이며, 한 권의 책과 한 편의 영화는 어른들에게 훌륭한 교과서가 되고, 그 안에서 우린 잊지 못할 지혜를 얻는다. 청소년기의 영화를 DVD로 다시 돌려보며, 그 시절 긍정하지 못했던 키팅의 가르침을 다시금 되돌아본 것은 그 때문이다. 그리고 이제 나는 서른 줄에 깊이 발 담그고서야 그 시절 교실을 떠나는 키팅 선생을 의심 없이 지지하게 되었다. 하여, "오 마이 캡틴"을 연호하는 스크린 속 아이들에 섞이는 즐거운 상상을 해본다.

우리는 매일 더 많은 돈을 버는 방법을 연구하고, 높은 수익률을 얻기 위해 주식시장을 기웃거리고, 좋은 투자 대상을 물색한다. 어느 날 주식이 오르면 환호하다가도, 시세가 형편없으면 하루 종일 울상이 되기도 한다. 돈이 우리를 조울증에 빠뜨리고, 우리 소중한 인생을 희롱하고 있다고 생각하지 않는가? 현대를 살아가는 우리가 물신주의로부터 도피하긴 어렵다. 그러나 사람은 영원히 살지 않고 우리는 유한한 존재라는 걸 알고 있다.

더 높은 지위, 더 많은 돈, 화려한 성공과 물질적인 풍족함은 인생을 살아가는 목적이 아니라 그저 부수적인 수단일 뿐이라고, 더 소중한 그 무엇에 삶을 바치라고, 키팅은 이 영화 속에서 직접적이고 명쾌한 어조로 관객을 가르치려 한다. 이후, 나는 어떤 영화에서도 그러한 지혜로운 육성을 듣지 못했다.

남자다움의 생산적 파괴

● **밤9시의 커피** http://blog.yes24.com/jslyd012

빌리 엘리어트
스티븐 달드리 감독 | 제이미 벨, 줄리 월터스 출연 | 드라마 | 영국 | 2000

영국 북부 탄광촌에서 열한 살 소년 빌리는 광부인 형, 아버지와 함께 살고 있다. 가족의 명예를 회
복하기 위해 체육관을 찾은 빌리는 자신의 발이 손보다 훨씬 능란하게 움직인다는 사실을 알게 되
고, 발레 선생님의 독려에 힘입어 권투를 그만두고 발레 교실을 다니게 된다. 이 사실을 알게 된 빌
리의 아버지는 발레를 그만두라고 하지만, 빌리는 로열발레학교 입학시험을 열심히 준비한다. 그리
고 빌리의 춤을 본 아버지도 발레만이 빌리가 탄광에서 벗어날 수 있는 유일한 탈출구라는 사실을
깨닫고, 아들을 런던으로 보내기 위해 그가 가지고 있는 돈을 모으기 시작한다……

To. 빌리_

안녕, 빌리. 소식 들었어? 아마 지금 넌 뉴욕 주에 살고 있어서 그 소식에 환호하지 않았을까 생각이 들긴 하는데…… 뉴욕 주의 동성 결혼 합법화! 동성 커플이 결혼할 자유가 제도적으로 보장됐고, 동성 커플도 이성 커플이 받는 기초적 보호를 누릴 수 있게 됐잖아.

물론 앞서 미국의 메사추세츠, 뉴햄프셔, 코네티컷, 아이오와, 버몬트 주가 동성 결혼을 제도화한 바 있어서, 이번 뉴욕 주의 담대한 결정은 여섯번째였지만, 인구(1900만 명)를 감안했을 때, 그 파급효과는 남다를 거란 분석도 나오더라.

너도 만났을지도 모를 이 사람. 〈천재 소년 두기〉에서 두기 역을 맡았던 닐 패트릭 해리스. 5년 전 프러포즈를 했던 동성 약혼자와 곧 결혼하겠다고 하더라. 몇 년간 약혼반지만 끼고 있어야 했던 고문(!)은 이제 끝이라지? 그래, 다행이고, 잘된 일이야.

남들 다 하는 '결혼'이 그렇게 어려웠던 사람들. 뭔가 죄를 지은 것도 아니요, 음모를 꾸민 것도 아니고, 그저 죄라면 사랑한 죄? 사랑하면 결혼하고 싶은 게 당연한데도, 그것을 제도적으로 막는다는 게 말이 돼? 응? 그래, 뉴욕 주의 결정, 잘된 거지. 잘된 거. 널리 널리 퍼지면 좋겠다는 생각도 들더라.

"동성을 좋아한다는 게 뭐가 나빠? 미국도 이번에 동성애자 결혼 합법화한다고 하잖아. 그네들 삶인데 그걸 왜, 내가 그렇지 않다고 해서 욕할 필요는 없는 거야."

데뷔 48주년, 100편이 넘는 연극에 출연한, 〈예술하는 습관〉에서 동성애자 시인 역을 맡은, 일흔 살의 배우, 한국의 이호재 아저씨는 이런 말도 하더라. 배우 예술을 하는 분이라, 타인의 삶을 잘 이해하고자 하시는 것 같아.

아무튼 뉴욕 주의 소식을 듣곤 빌리, 네가 떠올랐어. 뜬금없지? 네가 동성애자인 것도 아니고(물론 영화에선 너의 성정체성을 알 수 없지만) 영화가 동성애를 직접적으로 내세운 것도 아닌데, 왜 너였을까?

아마도 그건, 너를 통해 내가 남자다움에 대한 첫 회의(懷疑)를 할 수 있었기 때문일 거야. 넌 내가 껍질을 깨고 나올 수 있게끔 도와준 거야. 무슨 얘기? 빌리, 그래 천천히 읽어보렴. 이 편지는, 온전히 널 위한 연서니까.

〈빌리 엘리어트〉, 그 다양한 함의들_

〈빌리 엘리어트〉. 그 영화를 통해 널 처음 만났을 때, 나는 네게서 꿈을 보았어. 아버지에게, 세상에 번번이 부딪히고야 마는 꿈이었지만, 네가 그 꿈을 포기하지 않고 뚜벅뚜벅 걸어 나갈 때, 나는 꿈을 꾸고 싶은 사람이었거든. 꿈이 있다면 좌절하지 말고, 발걸음을 내딛어라! 그렇게 단순했다. 그것이 발레이든, 무엇이든.

처음 봤을 때부터 영화 〈빌리 엘리어트〉에 홀딱 반했던 나는, 간혹 널 보기 위해 일부러 시간을 잡곤 했어. 어떻게 널 잊을 수 있겠니. 두 발을 딛고 비상하는 네 모습. 그 한 장면만으로도 영화는 충분했어. 한데, 이상한 건, 널 볼 때마다 영화가 달리 보였다는 것. 희한했어. 그러니 넌 늘 새로웠다.

다시 만날 때는, 성장통을 다룬 성장영화였어. 아이는 어떻게 어른이 되어가는가. 아버지와 아들은 어떻게 갈등을 빚고 화해하는가. 그것도 처음에는 소년이 먼저였지만, 다시 볼 땐 아버지도 성장할 수 있다는 것이 보였어. 우리는 모두 성장할 수 있구나. 나는 절대 변하지 않을 것 같던 네 아버지의 변심(?)이 정말 놀랍게 보였거든. 어쩌면 아버지의 성장이 더 극적이었어.

〈빌리 엘리어트〉를 다시 봤을 때, 그것은 신자유주의 반대 영화이기도 했어. 신자유주의의 신봉자였던 마거릿 대처가 빚어낸 광산 공동체의 와해가 여실하게 드러났지. 오늘날 폐해를 잔뜩 뿜어내고 있는 신자유주의는 어떻게 인민을 짓밟고 일어섰는지, 노동자들은 어떻게 신자유주의에 대처해야 하는지 등을 보여주었지. 정말, 정치적인 영화였어. 〈빌리 엘리어트〉는.

그것으로 끝이냐. 노노(No No). 연대가 왜 중요한지도 알려준 영화였어. 그것이 꼭 노조의 이야기만을 말하는 것은 아니었어. 너와 네 친구, 마이클. 너와 발레 교사였던 윌킨슨 선생님. 그리고 네 진학을 위해 없는 살림이지만 삼삼오오 돈을 내놓는 탄광촌 사람들. 그래, 네가 살던 그곳에서 느꼈던 짠한 공동체. 당장 눈앞에 닥칠 공동체 붕괴의 고통 앞에서도, 미래를 굳이 떠올리진 않았겠지만, 널 위해, 공동체의 아이를 위해 주머니에서 페니를 꺼내는 사람들. 그들은 널 희망이라고 불렀지, 아마. 지금-여기, 네가 잘 알지 못하는 한국이란 곳에서 많은 사람들이 '희망버스'를 타고 고통받는 사람들을 응원하는 이유도 그것이란다. 연대. 그들은 폭압적인 자본의 위세 앞에 서로를 보듬고 껴안기 위해 희망을 이야기하고 있어.

〈빌리 엘리어트〉가 놀라운 건, 이런 다양함 때문이었어. 어떤 시선에서, 누구를 주목해서 보는가에 따라 달라지는 카멜레온. 넌, 거기서도 물론, 항상 가장 강렬한 포스를 가진 주인공이었지만.

'동성애 혐오증'이 남자들에게 미치는 악영향_

그리고 무엇보다 날 깨어나게 한 것은, 네가 빚어낸 남자다움에 대한 생산적 파괴였어. 처음에 한 얘기를 계속 이어가자면 〈빌리 엘리어트〉 곳곳에는 동성애 혐오증(호모포비아)이 묻어나. 광산의 남자들. 거기서 연상되는 정형화된 이미지와 편견도 있겠지만, 그들이, 특히 아버지가 끊임없이 보여주는 행동이 그래.

남자다움. 아버진 네게도 권투를 하라고 강요하잖아. 그건 어쩌면, 네가 게이처럼 보이지 않게 하려는 마초 아버지의 눈물겨운 부성애(?)였을지도 몰라. 네가 게이로 비춰지는 데 대한 두려움이었을까? 난 네 아버지의 그런 모습이 위태해 보였어. 정작 넌 아무렇지도 않았지만, 아버지나 형, 대부분의 남자 광산 노동자들은 그런 것에 의식이든 무의식이든 시달렸을지도 몰라.

네 아버지도 그래. 감정을 잘 표현하지 않잖아. 고작해야 화내는 게 전부야. 그 화조차도, 자신의 감정을 들키는 것이 두려워서 나오는, 즉 자기방어 본능에 지나지 않는 것 같아.

그러니까 동성애 혐오증 같은 거지. 호주에서 한 연구 결과가 있었
대. 이성애자 남자들은 게이처럼 보이지 않으려고 자신을 제한하는 여
러 방식이 있다는. 가령 이런 거야. 학창시절, 미술, 음악, 문학 수업을
피한대. 여자들이나 하는 수업이라는 핑계로. 심지어 학문적 기술이
다소 여성적으로 보인다며 일부러 실력 발휘를 하지 않는 형태로도
나온대.

동성애 혐오증은 결국, 이성애 남자들에게 해를 끼치는 셈이야. 자
신(의 감정)을 억누르고, 재능조차 감춤으로써 진짜 자신에게서 멀어지
게 되는 거지. 그게 뭐야. 자신이 자신을 감춰야만 하다니.
　　연구는 또 이렇게도 말하고 있대. 일부 나이 든 남자의 경우는 감

정을 잘 표현하지 않거나 자신의 건강을 소홀히 하는 것까지도 이른
대. 게이처럼 보일까봐 그런다는 거지. 허참, 죽음에 다다를지도 모르
는 지경까지 나아가는 경우도 있다니…… 동성애에 대한 두려움이 어
떤 결과를 초래하는지, 그거야말로 진짜 무섭고 두려워 보이네.

빌리, '남자다움'의 진짜 의미를 보여주다_

마초이즘이 지배하는 광산촌. 그 속에서 발레를 하겠다는 너의 결
정과 아버지에게 저항하는 너의 행동이 가져다준 충격은 꽤 컸다. 나?
네 아버지나 형보다 아주 조금 덜했을지는 몰라도, 나, 마초였다. 바닷
바람 맞고 자랐다는 이유로, 마도로스의 고장에서 태어났던 이유로,
그곳 남자들은 '(비겁한 혹은 비루한) 남자다움'을 은연중에 강요받고 자
랐거든.

그 남자다움이란 게 이래. 투박하고 무뚝뚝한 것을 자랑처럼 여기
는 풍토 속에, 퇴근해서 아내에게 하는 말이 딱 세 마디래. "아(애)는?
밥 도(줘)! 자자." 남자는 여자처럼 입을 놀리는 것이 아니라, 말하지
않아도 통한단다. 이른바 한국 갱(경)상도 남자들의 전형. 그런 동네에
서 태어나 자랐으니, 나라고 별수 있겠어. 발레하고 무용하는 남자는
머스마(사내)도 아닌 기라.

조금씩 그런 물이 빠지곤 있었다고 하나, 마초이즘이 횡행하는 도

시가 아니더라도, 한국 남자들에게 요구되는 이상한 덕목들이 있어. 빌리, 너로선 당최 이해가 안 될 것이긴 한데, 가령 이런 거야. '남자는 세 번 운다. 태어날 때, 부모님이 돌아가셨을 때, 나라가 망했을 때.'

어때? 이거이거, 완전 폭력적이지 않아? 그런데도 그 말이 여기에 선 아직 통용돼. 남자의 눈물이란 그저 끔찍한 것이거나 지질한 것이거나. 사실이 그러하니, 네 아버지와 형이 단호하게 너의 발레를 반대했던 건, 일견 이해가 가더라. 광산의 힘든 노동과 시위로 일생을 살아왔을 그들에게, 남자가 발레를 한다? 그건 말도 안 되는 일이지. 더구나 아들이자 동생이? 아유, 그건 동네 창피한 일이자 수치였던 게지.

마초들에겐 때론 아무것도 아닌 사소한 것이 모든 것이 될 때가 있어. 특히 어쭙잖은 남자다움에 대한 편견 때문에. 내가 널 보면서 깨닫게 된 건, 그 남자다움에 대한 허상이었어. 그건 남자다움도 아니요, 남자로서 해야 할 일도 아니었던 거야. 아버지가, 형이 그리고 세상이 옭아매온 인습과 편견에서 벗어나는 것. 그게 진짜 남자다움은 아닐까.

아버지 세대에서 형에게까지 묻어난 남자다움을 생산적으로 파괴했던 너. 나는 그것이 통쾌했어. 그리고 그 통쾌함이 내 가슴을 흔들어 깨우더라. 나의 남자다움이 얼마나 허술하게 조직돼 있었는지. 눈물을 보이지 않으려고 애쓰고, 감정을 드러내는 일에 미숙하며, 강하지도 않으면서 강하려고 애를 썼던 모습. 내 부끄러움이 보이더라.

동성애라면 미친 사람들이나 하는 짓처럼 여겼던 우둔함까지. 나는 널 보면서, 나를 감싸고 있던 허울 좋은 마초 옷이 날 얼마나 옥죄고 있었는지 알았던 거지. 그래, 〈빌리 엘리어트〉는 남자처럼 보이지 않는다는 것, 즉 동성애 혐오증이 어떤 식으로 소년을 가둬놨는지를 보여준 영화였어.

너는 그 감옥에서 빠져나온, 그 마초 옷을 찢고 나온 용감하고 바람직한 남자였지. 모든 남자가 아마 너처럼 운이 좋은 건 아니겠지만, 널 만나 그런 옷을 입고 있다는 것을 알게 되고, 그런 옷을 찢어버렸으면 좋겠다는 생각을 하게 된 운 좋은 나도 있어.

흠, 그리고 성인이 된 네가 〈백조의 호수〉에 등장해 멋있게 도약하고 비상하는 장면을 나는 영원히 잊지 못할 거야. 물론 너의 그 비상을 본 누구나 다 그렇겠지만. 네게 고마움을 전하고 싶은 건, 네가 이뤄낸 남자다움의 생산적 파괴가, 내 속 좁았던 마음의 도약을 도왔다는 것. 그것으로 나는, 내게도 무언가 다른 것들이 있음을 알아가고 있어. 남자다움에 포박되지 않고, 내 마음과 감정에 조금 더 다가가고 표현할 수 있게 된 것을 감사해.

빌리, 네게만 하는 말인데…… 너처럼 멋있게 도약하진 못하겠지만, 예순이 됐든, 일흔이 됐든, 나는 발레리노가 될 꿈도 꾼다. 취미일지라도, 나는 네 덕분에 발레가 그렇게 매력적인 것임을, 발레리노가 얼마나 멋진 것인지 알아버렸거든. 그래서 여전히 네가 했던 말도 난 기억해. 춤을 출 때 어떤 생각이 드는지에 대해 묻자 네가 답했던.

음 모르겠어요. 그냥 좋아요.
활활 타오르는 불길 같은 느낌.
날아가는 것 같아요.
모든 걸 잊어버려요.
춤을 출 때 저는 한 마리 새처럼 날고 있어요.

그러니 내가 한 마리 새처럼 날고 있을 그때, 널 초대하고 싶어. 올 수 있겠니? 고마워, 빌리. 오늘, 이걸로 줄일게. 안녕. 이만 총총.

삶과 사랑의 사실주의적 재현

● **홉스북** http://blog.yes24.com/jangjy

옥희의 영화
홍상수 감독 | 이선균, 정유미, 문성근 출연 | 드라마 | 한국 | 2010

〈옥희의 영화〉는 〈주문을 외울 날〉 〈키스 왕〉 〈폭설 후〉 〈옥희의 영화〉 총 네 편의 단편으로 구성되어 있다. 영화과 여학생 옥희는 자신이 사귀었던 한 젊은 남자와 한 나이 든 남자에 대한 영화를 만들 었다. 만 1년을 사이에 두고 각 남자와 한 번씩 아차산을 찾았던 경험을 영화적으로 구성했다. 그 산 에서 각 남자와의 경험을 공간별로 짝을 지어 보여준다. 주차장, 산 입구, 정자 앞, 화장실, 목조 다 리 앞, 산 중턱 등의 공간에서 각 남자와 있었던 모습을 나란히 보여주며 두 경험 사이의 차이와 유 사점을 구체적으로 알 수 있게 한다. 그런 구성 덕에 옥희와 두 남자 사이의 관계에 대한 어떤 총체 적 그림을 보고 있다는 느낌을 가질 수 있다.

홍상수 감독의 영화가 관객들에게, 특히 그의 마니아들에게 어필하는 부분은 무엇일까? 기존의 영화와는 다른 영화적 느낌 혹은 영화적 향취 때문이기도 할 것이고, 또 감상자들에게 무언가 주인공과 동질감을 느끼게 하여 감정적 동요를 일으키고, 내면에 자극을 주기 때문이기도 할 것이다. 그리고 우리 삶의 편린들과 구조화된 모습들을 잘 그려주는 사실성과 시나리오와 드라마가 가진 독특하게 잘 짜인 재미 때문이기도 할 것이다. 또 다른 감상자들은 홍상수 감독의 영화 속 주인공들의 모습에서 관객 자신과 유사한 부분을 많이 발견하기 때문에 좋아하기도 한단다. 뿐만 아니라 그의 영화를 보고 나서 감상자들은 생각할 거리, 이야기하고 토론해볼 거리, 생각을 나눠볼 거리, 나의 성(sex)과 사랑, 나의 생활과 관념 들에 대해 되짚어볼 거리들을 제공받는다.

홍상수식 사실주의_

홍상수 영화에서 주된 이야기 소재는 남자와 여자 간의 만남과 사랑 그리고 그 과정에서 얽히고 벌어지는 여러 에피소드와 이야기, 사건 들의 전개이다. 홍상수는 그것을 사실적으로 담아내고 진실성 있게 그려 관객들에게 당혹스럽지만 동질감과 웃음을 선사한다. 영화관에서 관객들은 홍상수의 영화를 보며 다른 사람들의 시선이나 눈치를 보지 않고 자신 내면의 은밀하고 속물적인 야한 감정 그리고 본연의

욕망과 탐욕을 바라보게 되어 부끄러움과 함께 한편으론 억눌렸던 욕
망의 분출을 느끼게 된다. 그리하여 영화가 끝나고 영화관을 나서는
순간 약간의 통쾌함과 즐거움, 흥겨움, 재미를 만끽할 수 있다.

홍상수 감독의 이전 작품들도 그랬지만 〈옥희의 영화〉에서도 주된
스토리는 남자와 여자의 일상에서 벌어지는 연애 이야기다. 대단한 사
건이나 이야기가 벌어지는 것이 아니고 소소한 일상과 삶의 편린들이
주된 소재이지만, 그 속에서 벌어지는 주인공들의 모습과 이야기 들은
어느 순간 우리 삶의 조각조각들을 모아서 펼쳐놓고 보여주어 한 편
의 이야깃거리가 있는 영화로 탄생하게 된다. 물론 남녀의 '성과 사랑'
이야기는 홍상수 영화에서 빠지는 법이 없다.

홍상수 영화 속 남녀가 부부 등 정상적 관계인 경우는 없다. 유부남
과 유부녀 혹은 유부남과 처녀 등 내 아내, 내 남편이 아닌 다른 대상
과의 만남, 조우, 포옹, 사랑, 연애 속에서 벌어지는 대화와 갈등과 관계
가 전개되는 모습이 영화의 주된 구성이다.

대한민국에서 살아가는 남자와 여자라면 한두 번쯤 생각해보고 상
상해보았을 법한 그런 이야기들과 연애 스토리가 펼쳐지는 모습에 관
객들은 열광하고, 몰입하고, 감정적으로 빠져드는 것이다.

홍상수 감독 작품의 주인공들은 무척 사실적이다. 그들은 일상 속

보통 사람들의 삶을 보여준다. 홍상수 감독의 영화에서 교수나 잘나가는 부자라도 그 모습은 무척 소탈하고 사실적이며 현실적인 무력하고도 평범한 한 인간의 모습으로 그려진다. 돈 있고 좋은 직업 있다고 당당하고 뻔뻔스럽지 않고, 또 돈 없고 든든하고 튼튼한 직장을 가지지 못했다고 삶에 당당하지 못하거나 비굴하게 그려지지도 않는다. 그의 주인공들은 삶의 현장에서 살아 있는 인간으로서 오늘도 내일도 당당히 삶을 맞이하고 대응해나가고 살아간다. 그런 와중에 남자와 여자가 만나 사랑하고 이야기 전개가 이루어진다.

모름지기 예술이 감상자에게 감동과 현실감, 교훈을 주기 위해선 현실의 '나'와 관련성을 느낄 수 있어야 하고 사실성과 진실성을 띠어야 한다. 또 감상자가 현실 속 '나'의 삶과 조건에 변화와 자극, 추진력을 제공받을 수 있어야 한다. 그래야 감상자들이 작가의 작품을 좋아하고 진정한 감상도 할 수 있다. 이런 측면에서 본다면 홍상수 감독의 영화들이 국내외를 막론하고 진지한 감상자들의 깊이 있는 애호와 평가의 대상이 된다는 것은 그만큼 영화 속에서 그려지는 이야기들이 사실성과 개연성을 가지고 있다고 할 수 있을 것이다.

사실감 있는 이야기와 〈위풍당당 행진곡〉_

홍상수 감독의 주인공들이 대부분 그러하지만 〈옥희의 영화〉 속 주인공들도 모두 다 당당한 연애꾼들이다. 연애에 머뭇거림이 없고, 아주 당돌하고 씩씩하게 연애를 한다. 때문에 영화 속 주인공들은 남녀 간에 무언가 새로운 사건을 만들어내고 이야기를 만든다. 영화 시작 때 나오는 푸른색 바탕에 흰색 손 글씨로 적은 등장인물 크레딧이 영화 속 네 편의 이야기가 시작될 때마다 반복해서 나오는데, 감독의 당당한 자신감과 영화의 사실감을 느낄 수 있다. 이 영화에서 배경음악으로 계속 반복해서 나오는 에드워드 엘가의 〈위풍당당 행진곡〉은 그 곡의 느낌만큼이나 힘과 자신감, 활력을 느낄 수 있게 해주는 음악이다.

홍상수 감독도 이 영화의 배경음악인 〈위풍당당 행진곡〉에 대해 "마디마다 넉넉하게 쉬고 싶었다. …… 각 편이 다른 영화임을 표시하고, 하나의 영화가 시작하는 형식을 약식으로라도 나타내고 싶었다. 배우들의 이름도 반복해 보여주고 싶었다. 세 주연배우의 크레딧 순서는 각 편에서의 비중에 따라 편마다 다르게 배치했다. …… 〈옥희의 영화〉를 만드는 초기에 그 음악에 꽂혔다. 원래 좋아하던 곡을 오랜만에 들었는데 더욱 좋았다. 이 영화를 준비하는 동안 듣고 있던 음악이고, 그 곡이 내게 준 만족감과 쾌감이 있으니 영화(를 만드는 나의 상태)와 이 음악은 당연히 연결돼 있다고 본다"고 말했다.

〈옥희의 영화〉를 보며 〈위풍당당 행진곡〉을 듣는 관객들은 흥겨움과 장중함을 느끼는데, 이 곡은 옴니버스로 구성된 각 영화의 시작에서 앞으로의 이야기 전개가 어떨지 충분히 예고해주는 오페라 서곡 같은 기능을 한다. 실제로 〈옥희의 영화〉 속 네 개의 작품에서 펼쳐지는 주인공들의 이야기와 모습도 하나같이 당당하고 자신에 차 있다. 사실적이면서도 자신감에 찬 이야기를 만들어나가는 주인공들로 인해 영화적 재미와 활기를 느낄 수 있다고 표현해주는 음악이다.

일상의 다양한 사실적 모습들_

〈옥희의 영화〉 중 1편인 〈주문을 외울 날〉은 대학 영화과 강사인 진구가 아침 출근 때 희한한 주문을 외우며 집을 나서는 장면으로 시작한다. 그의 모습은 저런 사람이 있을까 싶은 기이함을 자아내고 영화 초반 관객들에게 모호함을 느끼게 한다. 이 때문에 이후 벌어지는 사건들을 보면 각각의 이야기가 더욱 사실적이고 현실적으로 다가온다. 또 진구의 아침부터 저녁까지 하루 동안 무척 다양한 사건과 이야기 들이 펼쳐져 오묘한 복합성을 느끼게 된다. 관객들은 영화 속 사건들의 인상과 느낌이 겹겹이 쌓여 감상의 두께가 두꺼워짐을 체험한다.

이 영화에서 보여주는 사실성 있고 현실적인 이야기의 편린들은 다양하다. 먼저 진구는 여학생의 연기를 지도하며 자꾸 새로운 연기를 요구하며 채근하다 결국 여학생과 마찰을 일으키고, 그날 오후 인사동에서 술이나 한잔하자고 달래는 장면이 나온다. 그리고 수업이 끝난

후에 송 교수의 방에 찾아가서 차를 마시며 이야기를 나눈다. 송 교수
가 이 시대 진정한 영화예술의 죽음을 탄식하며 이야기를 하는 장면
이 나오는데, 송 교수는 이런 암울한 시대에 우리가 할 일은 책을 펼
치고 공부하는 것밖에 없다고 한탄한다. 진구는 차를 마시고 나오다가
우연히 같은 과 다른 교수를 만나서 송 교수가 이번 신임교수 임용 시
뒷돈을 받았다는 귓속말을 듣게 된다. 의구심과 애매모호함으로 혼란
스러워하던 진구는 같은 과 교수와 강사 들의 회식자리에 참석한다.

진구는 회식자리에서 송 교수에게 뒷돈을 받은 것이 사실인지 노
골적으로 캐묻고 따진다. 하지만 송 교수에게서 핀잔 같은 잔소리를
듣고 이도저도 아닌 결과만 접한다. 그런데 그 와중에 진구는 그 신규
임용교수가 사들고 온 외국산 양주를 홀짝홀짝 달콤하게 마시는 이
중적인 모습을 보여준다. 1편에는 대학강사로서 강의하는 장면, 송 교
수와 예술의 죽음을 탄식하는 장면, 회식 장면, 교수 임용 과정에서의
뇌물 이야기 그리고 양주라면 사족을 못 쓰는 모습, 그러면서도 송 교
수에게 부정한 짓을 하지 않았냐며 따지고 묻는 모습 등 진구의 여러
모습이 나오는데 모두 우리 일상의 현실과 뉴스에서 들어본 이야기,
볼 수 있을 것 같은 현실성 있고 사실적인 이야기들이다.

이런 현실감 있는 이야기는 진구가 감독한 영화 시사회장으로 계
속 이어진다. 영화상영관 앞 무대에 인터뷰하러 나가서 관객과의 대
화를 가지는 시간에 진구는 한 여성으로부터 "유부남인 당신이 처녀

인 내 친구를 농락하고 버렸다"라는 공격과 함께 파렴치한 사람이란 추궁을 당한다. 무척 무안스런 말을 들은 진구는 "당신이 뭔데 그런 질문을 합니까? 그런 일 없습니다"라고 항변하지만 관객들은 그가 무척 곤란한 지경인 것을 보고 키득키득 웃으며 재미있어한다. 일상에서 다른 상대방을 비판하고 부정하면서도 나 자신은 아무런 부정과 잘못이 없는 사람인 듯이 살아가는 게 사람이지만, 이 영화에서 그런 모습의 진구가 잠시 후 자신이 (사실인지 아닌지는 알 수 없지만) 저지른 비행으로 비판의 대상이 되는 모습을 보임으로써 자기중심적인 인간의 면모를 보여준다. 다른 사람의 잘못된 모습을 보며 우리는 비난하기도 하고, 또 비판당하기도 하는 게 현실의 모습이다.

남자의 고백, 여자의 내숭_

2편 〈키스 왕〉은 대학생 시절의 진구와 옥희의 모습을 사실적으로 보여준다. 이야기의 주된 테마는 역시 진구와 옥희 간의 연애이고, 벌어지는 사건들도 그것과 관련된 청춘남녀의 내밀한 속내와 겉모습 들을 사실성 있게 보여준다. 진구는 옥희에게 술자리에서 자신의 연애감정을 털어놓으며 사귀자고 고백한다. 그리고 계속 귀찮을 정도로 전화를 걸어대고, 옥희는 그렇게 걸려오는 전화를 모른 척하며 몇 차례나 받지 않는다. 속 타는 진구는 옥희를 만나기 위해 옥희의 자취방 앞에서 한겨울 밤이 새도록 새벽녘까지 기다리고 앉아 있다. 결국 옥희도 그런 진구의 모습에 애처로움을 느껴 진구를 자신의 방으로 데리고 들어오고, 둘이 따듯한 사랑을 나누는 장면이 이어진다. 감독은 이 베드신도 과도한 노출을 하지 않고 두 사람이 사랑을 나누었다는 것을 간접적으로 보여주는 데 그쳐, 애틋한 청춘남녀의 사랑이란 것을 사실감 있게 느끼게 한다.

〈키스 왕〉 초반부에 진구가 옥희와 데이트를 하며 학교 식물원에서 첫 키스를 하는 장면도 나온다. 강소주를 가방에 통째 넣어 다니며 술을 마시는 진구의 모습이 이십대 대학 남학생의 혼란스럽고 풀리지 않는 머릿속 복잡함을 잘 묘사한다. 그리고 몇 번에 걸친 구애 그리고 결국 옥희와 입 맞추는 모습도 사실성이 있다. 대학생 진구의 남자로서의 욕망과, 역시 이십대 애틋한 여대생인 옥희의 여자로서의 내숭이 가득 들어차 있지만 한편으로는 그렇게 지조가 있는 것은 아닌 듯한 평범한 보통 여자로서의 모습을 보여주는데, 모두 다 이 영화의 이야기가 현실과 다르지 않은 사실적이고 진실성 있는 삶의 모습이란 것을 드러낸다.

관객들은 일상에서 자신을 포함한 주변의 남자와 여자 들의 연애를 되돌아보게 되는데, 각 나이대별 관객들에게, 그들이 과거의 시간 속에서 겪은 남녀 관계의 경험을 추억하고 반추하게 만드는 과거 회상의 매개체로서 이 영화는 추억의 동인을 제공한다. 홍상수 감독은 2편 〈키스 왕〉에서도 이런 이야기들을 현실감 있고 실제 벌어질 수 있을 듯한 수준으로 적절하게 전개하여 관객들이 한번쯤은 '나도 저랬던 것 같아' 또는 '저런 상상을 나도 해본 것 같아'라는 생각을 하게 만든다.

삶의 의미와 철학을 이야기하다_

제3편 〈폭설 후〉에서 진구, 옥희는 대학 초년생으로 그리고 송 감독은 대학강사로 나와서 수업 대신 삶의 의미와 사랑, 성욕, 믿음, 여자, 죽음, 현명함 등에 대한 선문답식 대화를 나눈다. 〈옥희의 영화〉 전체 네 편의 이야기 중에 가장 짧은 부분이면서도 대사의 농밀도와 사실감, 흥미 그리고 대사에서 느껴지는 삶의 현장감과 실제성은 가장 정제되어 있다.

진구와 옥희의 질문과 그에 따른 선생의 대답 형식이어서 더욱 그렇게 느껴지지만, 송 감독의 답변은 무척 간단하고 정성 없는 듯하면서도 삶의 단면들에 대해 편하게 대답하고, 그 답변들은 영화를 보는 관객들의 머릿속을 신선하고 시원하게 만들어줄 만큼 사실감 있고 교훈적이다. 일면 타당하고 맞는 듯하고, 합리적인 생각인 듯한 답변으로 느껴진다.

송 감독은 옥희와 진구의 질문에 다음과 같이 이야기한다. "누가 성욕한테 이기냐? 너 그런 사람 본 적 있어? 그런 사람 있다고 얘기나 들어본 적 있어? 안 돼! 그러니까 고민하지 마…… 사랑 절대로 하지

마. 정말로 안 하겠다라고 결심하고 버텨봐. 그래도 뭔가 사랑하고 있을걸…… (우리가 사람인지 아니면 동물인지) 그거 알아봐야 뭐 별로 달라질 거 없을 것 같은데…… (뭘 믿고 살아야 하는지는) 니가 믿고 사는 거니까, 니가 찾아야지. 그냥 니가 믿는 거야. 결정하는 거야…… (네가 영화에 재능이 있는지 없는지는) 자꾸 만들어보면 니 스스로 알게 돼…… 오늘은 이걸 원하고 내일은 저걸 원하고. 그러면서 사는 거지 뭐…… 살면서 정말 중요한 것 중에서 내가 왜 하는지 알고 하는 건 없어. 아니, 없는 것 같아."

이처럼 주인공들 간의 질문과 답변 속에서 홍상수 감독은 관객들과 상호 소통한다. 이는 꼭 영화적 줄거리와 사건 전개 및 장면들이 있어야만 관객에게 무언가 전달하고 의미가 통할 수 있다는 전통적인 고정관념을 깨뜨리는 신선한 모습이다. 또 영화 속 일상생활에서 모든 사람들이 느끼고 교감하는 방식인 대화와 화두 전달의 대사들에서 삶의 깊이감을 느낀다. 대사들도 삶의 진정성과 편린들을 사실적으로 잘 표현해놓은 것들이 많고, 이에 공감하는 관객들도 분명 많을 것이다.

현실적인 여성의 눈_

제4편 〈옥희의 영화〉는 일인칭 주인공 시점으로, 옥희는 1년간의 시간을 두고 진구와 송 교수와 번갈아 데이트하며 두 남자에 대한 평

가와 분석을 한다. 이때 세밀한 눈초리와 감성으로 남자를 분석하고 재단하는 옥희의 모습이 대단히 사실적이고 치밀하다. 대학생인 진구는 아직 경제력도 없고 풋풋하지만 미성숙한 모습을 보여주고 연애 감정으로 옥희를 대한다. 하지만 송 교수는 인생의 경험과 노련미가 묻어나는 대화와 이야기로 옥희를 감싸며 보듬어준다. 그리고 옥희의 대사를 통해 관객들은 두 명의 상대를 비교 평가하는 옥희의 남자 선택을 보게 된다.

아마도 젊은 남자 관객이라면 진구의 모습에서 동질감과 공감을 느낄 것이고, 결혼을 한 삼십대 이후의 남자 관객이라면 송 교수에게 좀 더 친밀감과 편애를 느낄 것이다. 여자 관객들이 옥희의 눈을 통해 바라보는 진구와 송 교수의 모습과 평가는 아마도 개개인의 심리 상태와 연애 경험, 남자를 보는 기준에 따라 다를 것이다. 하지만 남자 관객이든 여자 관객이든 현실 속 자신이 처한 입장과 상황에서 두 명의 남자와 옥희를 평가할 것이다. 또한 보통 남성우위, 남자 지배적 사회의 유형이 여전히 광범위한 우리 사회에서 옥희가 남자 두 명을 앞에 두고 비교하며 이야기하는 모습은 여성 관객들에게 묘한 쾌감과 즐거움을 느끼게 해줄 것이다.

남자 관객들은 진구와 송 교수 중 어느 쪽이 나의 모습과 가까운지 머리를 굴리며 생각에 잠길 것이고, 또 앞으로 살아갈 때 내가 나아가야 할 삶의 모습은 어떠해야 할지 연관 지으며 이야기를 되씹어볼 것이다. 또한 여자 관객들은 진정한 사랑이란 무엇인가, 그리고 나에게 가장 잘 맞는 상대는 어떤 사람인가에 대한 생각과 고민을 할 것이다. 4편에서 남자와 여자 주인공의 새해를 전후한 아차산 등반 모습도 무척 사실적이지만, 그 이야기를 통해서 남자와 여자 간의 이해관계와, 특히 속물적이고 양다리 걸치는 여성의 모습을 통해 일상적인 연애 감정과 사랑의 현실적 속성을 사실적으로 잘 표현하고 있다.

사실들의 피카레스크식 뒤섞임_

〈옥희의 영화〉 1편부터 4편까지의 시간 순서는, 대학 초년생인 진구와 옥희가 나오고, 송 감독이 시간강사를 하는 장면이 묘사된 3편 〈폭설 후〉가 시간적으로 제일 먼저이고, 대학시절 옥희에게 구애하는 진구의 모습을 보여주는 2편 〈키스 왕〉이 두번째, 아차산 등반 이야기가 나오는 4편 〈옥희의 영화〉가 세번째, 1편 〈주문을 외울 날〉이 삼십대 대학강사가 된 진구와 송 감독이 송 교수가 되어 나오므로 마지막 이야기가 될 것이다.

1편에서 4편까지 영화 속 인물들이 연관성이 없다고 이야기하지만, 〈옥희의 영화〉를 보는 관객의 입장에서는 피카레스크식 구성의 순서를 앞뒤로 섞어둔 것 같은 느낌이 들 수밖에 없다. 등장인물들이 동일한 인물들인 것도 그렇지만, 우리 주변과 일상의 대학을 배경으로 한 영화라서 더더욱 그렇다.

3편 〈폭설 후〉에서 진구가 차가운 겨울 날씨에 두 손을 점퍼 주머니에 쑥 집어넣고 꺼벙한 모습으로 급히 등교하는 모습은 전형적인 대학 청년 같다. 교실에서 송 감독과 주고받는 대화에서 옥희와 진구의 눈빛도 전형적인 대학 초년생의 눈빛이다.

2편 〈키스 왕〉에서 진구는 풋풋하고 발랄한 청년으로 나오고, 옥희를 대상으로 미숙한 연애를 시도하는 대학생의 모습을 보여준다. 옥희도 아직 남자를 어떻게 대해야 하는지 정확히 모르는 듯 미숙한 티를 드러내고 남자 관계에서 혼돈스러워하는 모습과 행동을 보인다.

4편 〈옥희의 영화〉에서는 2편 〈키스 왕〉에서보다 남자를 대하는 것이 노련해지고 경험이 많이 쌓여 성숙해진 옥희의 모습을 볼 수 있다. 옥희는 겉보기에 아직 순수한 대학생이지만 내면에는 자기에게 유리한 남성을 선택하려는 속물근성을 가지고 있다. 또 순수를 추구하는 풋풋한 모습도 있지만, 결국에는 여자로서 조금 더 나은 남성에 대한 욕심을 추구하는 모습을 보인다. 나이를 초월하여 송 교수에게 보여주는 모습은 관객들에게 여성의 미묘한 심리를 보여주고 생각해보게 만든다. 또 4편에서 보이는 송 교수의 모습은 중년의 대학교수가 자신의 여제자와 비윤리적으로 보이는 연애를 하고 있다는 것을 보여줌으로써 관객들에게 충격과 신선함을 느끼게 한다.

1편 〈주문을 외울 날〉에서 진구는 결혼한 삼십대 가장으로서 대학 강사로 생활하며 어느덧 영화감독이 되어 영화를 상영한다. 양주에 심취하는 모습 그리고 여자 관계가 복잡하고 모범적이지 못하다는 암시를 통해서 대학생 때와는 다르게 사회 속에서 속물적으로 물들어버린 진구의 모습을 볼 수 있다. 그리고 송 교수는 교수 임용에 관여해서 힘을 쓸 수 있을 정도의 높은 지위를 가지게 되었고, 그 과정에서 도덕성이 깨끗하지 못하다는 것을 관객들에게 보여주어 대학사회뿐 아니라 우리 사회의 도덕성과 윤리성에 대한 일반적 모습을 사실적으로 그렸다. 그리고 관객들은 영화 속 이야기를 보면서 바로 이 이야기가 우리 사회의 모습이고, 우리 주변의 이야기와 다를 바 없다는 것을 체감한다.

저예산 영화와 사실성_

홍상수 감독은 〈옥희의 영화〉를 만들 때 네 명의 스태프와 함께 영화를 찍었다고 한다. 예산은 5천만 원(필름 영사비를 제하면 2천만 원이 실제작비라고 함), 출연료는 없고 나중에 영화가 흥행하면 배분하기로 했다. 또 영화 촬영 도중 배우 문성근은 교통 통제를 위해 누가 시키지 않아도 직접 나서서 일했다고 한다. 더 좋은, 값어치 있는 것을 만들기 위해 큰돈을 들이지 않고도 괜찮은 영화가 나올 수 있다는 것을 이번 영화가 증명한다. 또 이런 저예산 영화를 통해서도 홍상수 감독의 예술성이 짙게 표현되는, 그의 스타일이 잘 드러난 영화를 만들 수 있다는 것도 알 수 있다. 사실상 영화 촬영에 2천만 원 정도가 소요되었다고 한다면 가공의 가상적인 장면이나 인위적인 사실을 재현하는 것은 극도로 제한되고 소수의 출연배우들에 의한 연기와 대사가 중심이 되는 영화를 만들 수밖에 없다. 이런 상황에서 홍상수 감독의 이 영화는 우리 일상 속 삶의 사실적 재현에 가까울 수밖에 없다.

물론 열세 번의 촬영으로 제작된 〈옥희의 영화〉는 예산이나 제작 환경이 열악했던 만큼 등장인물이나 장면 들이 다양하거나 복합적인 사건의 전개는 없다. 그렇다고 홍상수식 이야기 전개가 지루하거나 어렵다고 할 수 없고, 그의 이야기 전개방식이 일반 관객들이 받아들이기 어려운 것도 아니다. 단지 다른 일반 개봉영화나 할리우드식 블록 버스터에 비해 상대적으로 눈에 띄지 않고 화려한 볼거리가 없을 뿐이다. 하지만 홍상수의 영화를 감상함으로써 얻게 되는 문화적 감동과 인상은 다른 영화들에 비할 바가 아니다.

한국 사회에서 아직도 여전히 보수적이고 감추어져 이야기되고 취급되는 성인들의 '성과 사랑'에 대한 이야기를 노골적으로 이야기하고 공개함으로써 영화를 보는 관객들의 낯을 발갛게 물들이지만 한편으로는 그런 이야기에 몰입하게 만드는 것이 홍상수 감독의 영화이다. '성과 사랑'에 대한 이야기를 그리지만 그리 야하지 않고, 마치 내가 영화 속 이야기와 줄거리의 주인공이 된 듯한 느낌이 들게 하는 영화가 홍상수 감독의 영화이다. 현실에서·벌어질 법한, 우리 주변과 이웃의 이야기 일부를 그대로 옮겨놓은 것 같은 사실성이 느껴진다. 그래서 감상 후 약간 쑥스럽지만 한국 사회 성인들의 삶의 사회학을 묘사하고 그려놓아 이야기할 거리가 많은 영화가 그의 영화이다.

전체적으로 홍상수 감독의 영화에서 한국 사회의 '성과 사랑'은 주된 소재이고 관객들에게 어필하는 자극성이 있다. 그가 '성과 사랑'을 다루는 방식은 관능적이지 않은 듯하면서도 은근히 관객의 관음증적 욕망을 자극하기도 한다. 또한 홍상수 감독이 다루는 이야기들은 현재 한국 사람들의 일상적 삶과 사랑의 현실을 아주 적확하게 묘사하고 있다. 그리고 삶과 사랑의 사실적 재현을 통해서 관객들이 영화를 보는 동안 자신의 내면, 자신의 생각과 행동 들이 카메라로 촬영되어 스크린에 상영되는 듯한 느낌을 받게 만든다. 그리하여 관객들은 자신과 사회 그리고 현재 우리의 삶 속의 '성과 사랑'을 되돌아보고 생각하게 된다. 우리 삶 속의 '성과 사랑'에 대해 생각해본다는 것은 인간인 내가 놓여 있는 사회적 현실에서 어떻게 행동하고 살아갈지 그리고 내가 느끼고 싶고 갈망하는 욕망과 사랑의 길은 어떠한지 바라보는 것이다. 사랑에 대한 이야기와 생각이 인간의 머릿속을 평생 맴도는 삶의 주제라고 한다면, 홍상수 감독은 이 시대 최고의 연애소설 작가이자 삶과 사랑의 사실주의자, 리얼리스트라고 하겠다.

난 아니라고 생각했다

● 춤추는곰 http://blog.yes24.com/2004jiyoon

종로의 기적
이혁상 감독 | 소준문, 장병권, 최영수, 정 율 출연 | 다큐멘터리 | 한국 | 2010

남자를 사랑하는 남자들이 서로의 고단한 삶을 위로하며, 친구를 만나고, 사랑을 찾는 그곳. 낙원동은 언제부터인가 게이 남성들을 위한 작은 '낙원'이 되었다. 스태프와 배우 들에게 큰소리 한번 치지 못하는 소심한 게이 감독 준문, 세상을 바꾸기 위해 오늘도 바삐 움직이는 열혈 인권운동가 병권, 노래와 춤, 친구들을 통해 자기 안의 끼를 발견해나가는 숙맥 시골 게이 영수, 사랑스러운 애인과 함께 선구적 사랑을 실천하는 로맨티스트 율!
국내 최초 게이 커밍아웃 다큐멘터리. 말 그대로 '게이의, 게이에 대한, 게이에 의한' 국내 최초 다큐멘터리다.

나의 거주지가 이태원 근처였던 때, 룸메이트들과 가볍게 칵테일 한 잔하려고 바를 찾았다. 단골집까진 아니고 친구 소개로 알게 된 곳이었는데 색다른 디자인과 구조, 거기다 가격까지 착해서 두세번째 출석도장을 찍던 날이었다. 우리가 앉은 테이블 근처에 남자 네 명이 즐거운 술자리를 갖고 있는 듯 보였고, 이상할 것이 없었기에 전혀 신경 쓰지 않았다. 그런데 실컷 수다를 떨다 내 앞에 앉은 친구가 잠시 화장실에 다녀온다고 일어섰고 자연스레 옆 테이블을 쳐다본 순간, 난 목격하고 말았다. 두 남자의 진한 입맞춤을…… 내가 있는 곳은 다양한 문화와 사고가 공존하는 이태원이고, 저 둘은 그저 사랑하는 사이일 뿐이니까 이상할 게 없다고 생각하면서 자연스레 고개를 돌렸다(라고 생각하고 있지만 나만의 착각일지도 모르겠다. 당황했지만 최대한 자연스럽게 행동하려고 노력했던 것 같은데……).

평소에 난, 이성의 사랑이 아닌 동성과의 사랑도 충분히 가능하다고 생각했고 그건 옳고 그르다의 잣대로 규정지을 수 없는 무언가라고 생각했다. 또 아이돌 팬질의 필수 코스였던 팬픽을 통해 (동인녀라 불리는 경지까지는 아니었지만) 학창시절부터 나름 접한 게 많았던지라 이상해하지 않을 거라 생각했다. 그러나 막상 내 눈앞에 펼쳐진 리얼 상황을 접하게 되니…… 그때 받은 문화적 충격은 책이나 영화를 통해 본 것과는 또 다른 것이었다.

〈종로의 기적〉은 그동안 개봉했던 동성의 사랑을 소재로 한 영화들, 예를 들면 〈친구 사이?〉 〈후회하지 않아〉 〈헬로우 마이 러브〉와 같

이 가공된 이야기나 영상이 아니라 말 그대로 다큐이기 때문에 훨씬
더 불편함을 느낄 수 있다. 그리고 솔직히 '재미'로만 따진다면 건조하
고 따분할지도 모른다.

　실제로 나와 함께 상영관에 들었던 여덟 명의 관객 중 네 명은 영
화를 보다 말고 중간에 나갔다. 대학생으로 보이는 젊은 커플과 노부
부였는데(노부부는 하도 시끄럽게 떠들어서 나갈 때 오히려 기뻤다) 그 사
람들이 이 영화를 '게이들의 사랑, 삶과 같은 소재를 드라마틱하게 그
려낸 영화라고만 생각하고 들어왔다면 확실히 매력적이지 않겠구나'
하는 생각이 들었다. 15세 관람가라 청소년 관람불가 등급에서나 볼
법한 자극적이거나 선정적인 장면도 없고(예고편에 '체위'라는 단어가 등
장해서 유해 판결을 받았는데 그저 웃음이 날 뿐), 등장하는 네 명의 주인
공들이 그동안 팬픽에서 봐왔던 빼어난 외모를 가진 것도 아니다. 거

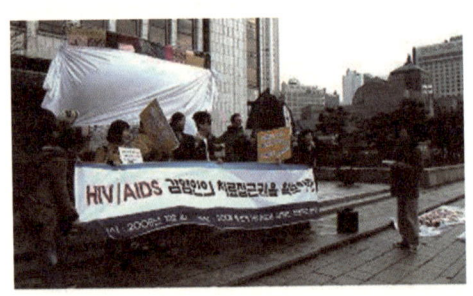

　　　　　　　　　　　　　　　Movie

기에 에이즈 감염인의 치료접근권 확보를 위한 시위나 인권운동을 하는 모습이 많이 나와서 이건 마치 공영방송 다큐를 보는 느낌도 든다. 그러니 다른 쪽으로 기대를 했다면 실망할 수밖에……

그럼에도 불구하고 〈종로의 기적〉을 보길 잘 했다고 생각한 이유는, 특별한 건 없다. 그저 주인공들이 밝게, 열심히 사는 모습이 보기 좋았다. 일부러 힘든 내색 하지 않고 밝게 살기 위해 더 많은 노력을 하는 것일지도 모르지만 그것 또한 쉽지 않다는 걸 잘 알기에 멋져 보였다. 나는 내가 색이 입혀지지 않은 투명한 안경을 쓰고 있는 줄 알았는데, 영화를 보면서 차라리 튀지 않고 그냥 무난하게 보통 사람처럼 사는 편이 낫지 않을까, 하는 생각을 하는 걸 보면 그렇지 않았나 보다. 겉으로만 그런 척했던 것 같다.

군대에서 동성을 사랑해본 적 있느냐는 질문에 체크를 했다가 정신병원에 갇혀본 경험이 있는 사람, 에이즈에 걸린 파트너와 1천 일 넘게 연애를 하고 있는 대기업 직원 등 다른 사람들이 보기엔 굴곡뿐일 것 같은 인생을 사는 주인공들…… 그들의 인권을 위해 적극적인 활동 같은 걸 할 정도는 아니지만 적어도 응원해주고 싶은 마음은 생겼다. 누구나 사랑을 하며 사는데, 다만 그 상대가 나와 같은 성(性)일 뿐이니까……

청춘의 맞춤법

● 소혹성 http://blog.yes24.com/orangezz

파수꾼
윤성현 감독 | 이제훈, 서준영, 박정민, 조성하 출연 | 드라마 | 한국 | 2010

한 소년이 죽었다. 평소 아들에게 무심했던 아버지는 아들의 갑작스런 공백에 매우 혼란스러워하며 뒤늦은 죄책감과 무력함에 빠지고, 아들의 죽음을 뒤쫓기 시작한다. 아들이 소중하게 보관하고 있던 사진 속에 동윤과 희준이 있다. 하지만 학교를 찾아가 겨우 알아낸 사실은 한 아이는 전학을 갔고, 한 아이는 장례식장에 오지도 않았다는 것. 뭔가 이상하다.
천진하고 순수했던 그 시절, 미성숙한 소통의 오해가 불러일으킨 비극적 파국. 독단적 우정이 가져온 폭력과 그 상처의 전염은 우리를 아프고 충격적인 결말로 이끈다. 서로가 전부였던 이 세 친구들 사이에서 과연 무슨 일이 벌어진 걸까?

철길 위에 세 소년이 서 있다. 한 발로 선 듯 불안하고 위태해 보이지만 어깨동무를 했기에 넘어지는 법은 없다. 그들은 그곳에서 캐치볼을 하고, 친구의 연애사에 어쭙잖은 조언을 하고, 그들만의 세상인 것처럼 실컷 웃고 떠들며 자신만의 성역을 쌓는다. 하지만 겉으로 보이는 그들의 영역은 속내를 파고들면 와르르 허물어지는 담이었으며, 그 담을 세우는 기술조차 어설펐다는 사실을 그들이 알기까지 그리 오랜 기간이 걸리지 않았다.

영화는 첫 장면에서 누군가를 때리는 아이를 보여준다. 이미 누군가의 가해자인 아이는 친한 친구를 불러내어 모욕을 주고, 패거리를 동원해 흠씬 두들겨 팬다. 다음 장면으로 바뀌면 한 아버지가 죽은 아들의 친구들을 찾아가 아들의 이야기를 묻는다. 죽은 아이의 얼굴과 몸에는 온통 멍이 가득하겠지, 가슴이 먹먹해지려는 순간 예상은 깨진다. 죽은 아이의 아버지는 아이에게 맞았던 친구를 찾아갔던 것이다. 죽은 아이의 이름은 기태, 기태를 둘러싼 세상은 오롯이 희준과 동윤이라는 친구들뿐이었다. 기태의 죽음 이후 셋은 아이에서 소년이 되었다. 스스로를 지키려다 아무도 지키지 못하게 된 아이들에게서, 나는 마음에 자리한 뒤로 없어지지 않는 한 시절을 보았다.

요즘 여기저기서 '아프니까 청춘이다'라는 말이 심심찮게 들려온다. 나는 어딘가 모난 구석을 품고 있어 그 말을 피해 이리저리 도망을 다녔다. '~니까 ~다' 식의 귀납식 설명이 청춘의 고통과 아픔을 가벼운 것으로 만들어버리는 것 같았다. 청춘은 어떤 시기에 한정된 것이 아니다. 어느 날 형성된 트라우마가 치유되지 않고 마음에 머물러 있다면, 그래서 링거 바늘처럼 이따금 콕콕 쑤신다면 그는 아직 청춘을 살고 있는 것이다. 기태가 죽고 뿔뿔이 흩어진 희준과 동윤에게 기태는 영원히 청춘인 것처럼.

영화는 생전의 기태와 사후의 기태를 넘나들며 빠르게, 그러나 기태의 의식을 붙잡으며 느리게 흘러간다. 전 촬영을 핸드헬드로 감행한 감독의 의도는 불안 속에서 자기를 놓지 않으려는 아이들을 표현하고자 함에 있었을 것이다. 클로즈업한 얼굴의 흔들리는 눈빛에서, 미세하게 떨리는 입술 끝의 움직임에서 그것을 읽을 수 있었다. 화면을 투과한 빛은 시나브로 나에게 스며들어, 수정 구슬을 삼킨 듯 알싸한 내면을 투시하고 있었다. 누구나 가해자였으며 피해자였을 시절, 미안하다는 한마디가 죽기보다 하기 싫었던 시절이 나를 대신해 사과하고 있었다. 친구들 앞에 권력으로 군림하지만 한없이 예민하고 여린 소년 기태, 그런 기태의 버팀목이었으나 열등감 때문에 기태와 멀어진 희준, 개구쟁이의 얼굴로 친구들의 싸움을 중재하는 동윤. 세 친구의 모습이 모자이크한 눈, 코, 입처럼 내 안에 얼기설기 붙어 있었다.

미숙과 완숙의 중간 지점에 있는 고등학교 시기. 2차 성징은 완전히 끝나 있는 상태, 그러나 정신적으로는 아직 채 자라지 않은 그때를 이름 붙인다면 뭐라고 해야 할까. 겉은 부풀었으나 밑은 까맣게 타버린

계란 프라이 반숙이라고 해야 옳을까. 미완성인 예술품은 어딘가 신비한 느낌을 품고 있고 기억은 오래될수록 아름답게 변해간다. 그러나 한창 예민할 때 친구에게 받은 상처는 좀처럼 없어지지 않고 외려 커지기만 한다. 사실 그 상처란 자신이 빚고 발효시킨 것이기 때문이다.

〈파수꾼〉을 보며 자연스럽게 떠올린 친구들이 있다. 가장 즐겁고 행복한 시간에 있다가 가장 우울하고 불행한 시간으로 옮겨간 친구들. 아직도 그 친구들을 생각하면 가슴이 아릿하다. 그때 내가 조금만 솔직했더라면, 조금만 더 받아줬더라면 지금과는 달랐을지도 모른다는 아쉬움이 이미 지나가버린 시간에 묶여 있다. 기태에게 심한 폭행을 당한 뒤 전학 간 희준의 집 앞에서 기다렸던 기태, 한참을 기다려 만나고는 자신이 제일 아끼던 야구공만 전해주고 간 기태에게서 나는 데칼코마니처럼 한 장면을 떠올렸다. 조금은 유치한 방법으로 나를 괴롭힌

친구, 내가 전학 간 뒤에 '미안해서 더 못살게 굴었다'는 문자를 보낸 친구를. 그때 나는 내가 받은 상처를 상처로 앙갚음하고 싶었다. 차갑고 냉정한 말투로 말하며 친구의 사과를 겉으로만 받아들였던 것이다. 미안하다는 말을 화내면서 하는 기태를 받아주지 않고 더 외롭게 만들어버린 희준을 보며 너무 잔인하다고 속으로 욕했던 것도, 실은 무의식중에 아팠던 기억에서 나를 놓아주려는 노력이었을지 모른다.

　청춘의 불안함은 끝나지 않은 문장 같다. 상처받지 않으려 상처를 주는 그때에 방점을 찍고 무르익어가지만 마침표를 찍으려고만 하면 빗나가는. 〈파수꾼〉은 빗나간 마침표를 자근자근 다독였고, 나는 스스로에게 한 뼘 성장의 마디를 선물했다.

Gigantic……!

● **조르주** http://blog.yes24.com/sorgio

빅 컨트리
윌리엄 와일러 감독 | 그레고리 펙, 진 시몬스, 캐럴 베이커, 찰턴 헤스턴 출연 | 서부극 | 미국 |
1958

동부의 신사인 맥케이는 테릴 소령의 딸과 결혼하기 위해 서부에 도착하지만 해녀시 가로부터 괄시
를 받는다. 테릴 소령 가의 목동장인 리치도 맥케이를 경계한다. 맥케이는 이 땅을 사들여 양가의 분
쟁을 해결하려고 계획한다. 그러나 해녀시 가와 테릴 소령 가의 관계는 극도로 악화되어 전 목동들
을 집결시켜 싸움을 벌이려 한다. 그러자 해녀시가 테릴에게 1 대 1 결투를 신청하고 둘 다 죽고 만다.

윌리엄 와일러 감독은 보수주의의 화신이다. 〈우리 생애 최고의 해〉 〈우정 어린 설복〉 등의 영화를 봐도 알 수 있지만, 그 주제의식이란 것이 거의 디즈니 애니메이션의 그것을 방불케 한다고 해도 딴죽 거는 이가 없을 만큼 아닐까. 이 영화 〈빅 컨트리〉 역시 그런, 건전한 보수주의의 미국적 가치를 긴 러닝타임 내내 설파하는, 요즘 세대가 보면 관람중 잠들어버리기 딱 좋은 그런 수면제표 영화라고 할 수 있다.

나는 개인적으로 이 영화의 '자매편'으로 꼽히는 〈우정 어린 설복〉을 초등학교 때 봤는데, 30분 만에 잠이 들고 말았다. 일어나보니 영화는 다 끝나 있었다. 이게 나름 좋은 영화만 골라 틀어주던 KBS 3TV(현 EBS)를 통해 본 것이었는데도 그랬다. 음…… 당시 '세계명작 여행'(제목이 정확하게 기억나지 않는다)에서 봤던 걸로는, 메릴린 먼로가 나온 〈버스 정류장〉 〈뜨거운 것이 좋아〉 등이 있었다.

〈우정 어린 설복〉은 저런 특수 채널(그 당시에는 케이블이 없었으니)이 아니고선 구경하기 힘든 영화이긴 했다. 반면 이 영화는, 대체 뭔 상관인지는 모르지만, 현충일이나 제헌절 등 전파를 송출하긴 해야 하나 마땅한 땜빵거리가 없을 타이밍에 단골로 쓰이던 메뉴였다. 어렸을 때 이 영화, 그다지 완성도가 높지 않은데도 순전히 그레고리 펙과 찰턴 헤스턴이 나온다는 이유만으로 (와일러 감독 역시 '스타덤' 거명에서 빠질 수 없겠다) 분에 넘치게(?) 자주 구경했던 필름이었다. 〈자이언트〉 역시 명절이나 이런저런 만만한 공휴일에 무난한 대타 요원으로 자주 불려

나오던 멤버[1]인데, 역시 호화 캐스팅에 기나긴 러닝타임을 갖추었다는 거 말고 별다른 이유가 있었을까 싶다.

　이 영화의 내용에 대해서는 딱히 말할 것이 없다. 아주 아주 고리타분하고 판에 박힌 주제에다, 펙과 헤스턴[2]의 연기 또한 솔직히 말해서 같은 시대 한국의 김진규나 최무룡을 구경하는 것처럼 스테레오타입이다. 여기에 일종의 모범생 콤플렉스를 갖고 사는 듯 보이는 와일러 감독의 연출로, 남부 미국을 배경 삼아 찍었으니 뭘 기대하겠는가? 그러나 영화 중에는 그 완성도에 탄복해서라기보다, 순전히 (작품 자체에 대한) 정과 (그 작품을 보던 정황에 얽힌) 추억 때문에 계속 보게 되는 영화가 있는데, 이 작품 역시 내 개인의 리스트 카테고리상으론 거기에 속한다. 앞서 말한 〈자이언트〉가 따스한 감동이라도 주는 면이 있다면, 이 영화는 그런 서비스 제공조차도 변변치 못한 아이템이다. 하지만 언제나 문제는 영화가 아닌, 그를 보는 관객에 있는 것이다. 고색창연한 필름의 죽은 광채도 나의 추억과 상기된 호흡 속에 베티 데이비스의 눈빛으로 거듭날 수 있으며, 짐 자무시나 베르너 헤어초크의 걸작도 늙은 돌대가리의 썩은 눈깔 망막에 접촉하는 그 순간 금성 텔레비전 브라운관에서 지직대는 구닥다리 〈여로〉로 돌변하듯 말이다. "띠리리리리리~"

---

1 제헌절 단골로 폴 뉴먼 주연의 〈심판〉(The Verdict, 1982)도 있었다. 나는 국민학생 시절 이 영화를 봤는데, 영화 하나 보면서 법률지식이 상당히 늘었던 것으로 기억한다. 일사부재리의 원칙을 거론하며 자신의 유죄 평결 번복 원용을 구태여 포기하는 갤빈 옹의 고결한 선택…… 으, 뭐 그런 게

지금도 기억난다. 1982년작인데(나는 한 1970년대 후반 작품인 줄 알았음) 당시 지상파 방송이 참 빨리도 이걸 사와서 틀어주었다는 생각이 든다.

2 이 시절 헤스턴은 조연도 그다지 어색하지 않았으니 초일류 배우는 아니었다.

나를
한 뼘 키워준
음악

Music

나는 '미전향 장기수'다
_빨간비 ♥

인생은 멋지니까 살 만하다!
_amelienabi

누군가 나를 위해 지금 이 순간 살아가고 있다
_yadaim

나는 나를 너무 사랑했다
_R군

공연장으로 첫발을 내딛는 처음 그 느낌처럼
_아르뛰르

봄, 아니 사막을 건너는 법
_안또니우스

나는 '미전향 장기수'다

● 빨간비 ♥ http://blog.yes24.com/smhan99

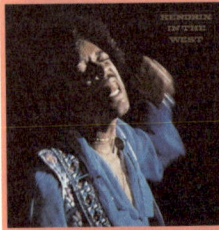

지미 헨드릭스(Jimi Hendrix)

미국의 전설적인 기타리스트로서 최고의 기타 연주자 중 한 명으로 꼽힌다. 지미 헨드릭스 익스피리
언스를 조직해 활동하여, 이후 기타 연주 역사에 남을 명 앨범들을 연이어 발표했다. 흑인 특유의 감
성을 기반으로 공격적이고 때로는 부드럽고 선율감 있는 명연주를 남겼다. 1970년 9월 18일 만 27세
의 젊은 나이에 약물 과다 복용으로 인한 합병증으로 사망하였다.

알 디 메올라(Al Di Meola)

말을 배우기 시작하면서부터 음악적인 재능을 보였다고 한다. 다섯 살 때 드럼을 배우기 시작해서
여덟 살 되던 해에는 드럼을 마스터할 정도였다. 발표하는 앨범마다 찬사가 이어졌고, 『기타 플레이
어』 지의 인기투표에서, 네 번 연속해서 베스트 재즈 보컬리스트로 선정되고, 세 번 베스트 기타 앨
범상을 받았다. 유럽과 남미의 독특한 분위기의 음악과 클래식의 영향을 받은 알 디 메올라는 플랫
피크 주법을 사용하는 연주자로, 연주에 자연스런 감정표현이 잘 드러나 있다.

리 릿나워(Lee Ritenour)

다섯 살 때부터 듀크 밀러에게 기타를 배운 리 릿나워는 미남 재즈 기타리스트이다. 그는 현재까지
3천 회가 넘는 세션 기록을 보유하고 있으며, 그의 용모만큼 깔끔하고 정갈한 프레이즈를 펼치는 것
으로 유명하다. 특히 부드럽고 감미로운 기타 톤은 그의 음악을 시적이게 한다.

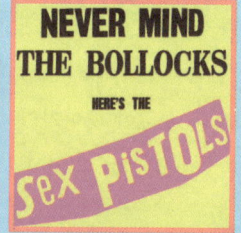
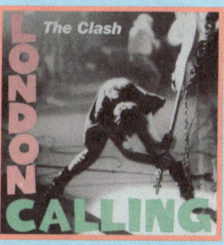

피터 게이브리얼(Peter Gabriel)

영국의 록 음악가이다. 그는 제네시스의 보컬이자 리더로 음악생활을 시작했으며 1977년 이후 솔로로 전향하여 월드뮤직 레이블인 리얼월드와 월드뮤직 축제인 WOMAD를 성공시킨 음악 사업가로서도 왕성하게 활동하고 있다. 2009년 폴라음악상을 수상하였다.

섹스 피스톨스(The Sex Pistols)

1976년 런던에서 일어난 펑크 무브먼트를 전 세계적으로 확대시킨 역할을 한 장본인이다. 파워풀하고 압도적인 스피드를 가진 그들의 연주는 당시의 젊은이들에게 커다란 충격을 주었고, 고슴도치풍의 짧은 헤어스타일부터, 앤티크풍의 징 장식까지 패션으로도 큰 화제를 불러일으켰다.

클래시(The Clash)

섹스 피스톨스가 영국 펑크록을 열어젖혔다면, 클래시는 이것을 좀더 양식화하고 고급화한 밴드라고 할 수 있다. 클래시의 '런던 콜링'은 펑크록을 통틀어 가장 위대한 앨범 중 하나로 손꼽힌다. 심지어 영국 펑크록의 원조 섹스 피스톨스의 문제작인 '네버 마인드'보다 음악적으로 더 높은 평가를 받는다. 이 앨범은 펑크 외에도 소울, 재즈, 로커빌리, 레게 등 다양한 장르의 음악들을 수용했다.

수감번호 8080. 나는 이곳 수용소에서 20년째 수감생활을 하고 있는 장기 수감자다. 나와 함께 잡혀왔던 동료들은 나이가 들면서 대부분 저쪽의 사상교육에 넘어가 전향을 하고 말았다. 전향한 동료들을 몇 명 떠올려보면, 대학교 다닐 때 알던 사운도 선배를 먼저 꼽지 않을 수 없다. 사 선배는 머리를 치렁치렁 기르고 가끔은 쇠사슬 액세서리도 같이 치렁치렁 달고 다니던 교내 록밴드의 기타리스트였다. 화이트스네이크와 도켄의 곡들을 떡 주무르듯이 연주하던 자칭 메탈의 화신이었다. 따르는 여학생들이 많았던 걸로 봐서 사 선배는 학교에서 꽤 유명한 편이었다.

졸업을 하고 몇 년 뒤 사 선배를 다시 만났다. 학교 앞에서 조그만 레코드점을 운영하고 있었는데 세상에나 세상에나…… 메탈의 화신이라던 양반이 클래식을 마음속 깊이 사랑하는 클래식 애호가가 되어 있었다! "기타 연주의 기교를 끝없이 좇아가다보니 결국 그 정점은 클래식이더라"라고 말하면서 단정하게 깎은 머리를 쓸어 올렸다. 내가 목격한 첫번째 사상 전향자였다.

다음 전향자는 바로 우리 누나다. 나보다 여섯 살이나 많고 중학생 때부터 팝송을 줄줄 외우고 다니던, 나의 팝송교 교주였다. 엘턴 존과 롤링스톤스와 심지어 레드 제플린까지 섭렵했던 걸 보면 당시에 스탠더드 팝을 좋아하던 또래들보다 누나는 분명 록음악 쪽으로 한 걸음 더 들어갔다. 대학생이 되어서 아르바이트로 음악다방 팝송 디제이를 하는 것까지는 좋았는데, 아뿔싸, 학교 방송국에서 클래식 방송을 1년 가까이 진행한 것이 화근이었다. 아마 그때부터 누나의 팝송과 록음악에 대한 사랑은 시들해지고 전향을 하기로 마음을 먹었던 것 같다. 올해 쉰이 된 누나는 클래식과 뉴에이지와 달콤한 스탠더드 팝의 감미로움을 더 즐긴다. 가장 든든한 동지였지만 그만큼 뼈아팠던 두번째 전향자다.

마지막 전향자는 내가 십 년 가까이 거래하던 은행의 차장님이다. 태진아와 주현미 같은 80년대 트로트를 참 좋아하시던 분이었는데 부지점장으로 승진하시면서 클래식으로 하루아침에 전향하셨다. 금융업계에서 임원 명찰을 달기 위해서는 갖추어야 할 덕목이 여럿 있는데 그중에 품위란 덕목이 있고, 클래식은 그 품위를 유지하기 위해 필수라는 말씀이셨다. 은행장님도 클래식과 오디오 마니아라고 하면서…… 처음에는 차장님 스스로도 좀 멋쩍어했지만 나중에는 사랑하던 트로트를 완전 무시하는 수준으로 사람이 확 변했다. 자의라면 나도 이해를 하는데 타의로 전향한 경우라서 가슴이 아팠다.

세 명만 꼽았지만 그동안 내 주위에 친구들도 여럿 전향을 했다. 나이 마흔이 넘어서까지 클래식과 재즈와 스탠더드 팝으로 전향하지 않고 시끄러운 록음악 사상을 유일사상으로 떠받들면서 나처럼 남아 있는 동료는 그리 많지 않다. 수감번호 8080, 나는 끈질긴 사상교육에도 전향하지 않고 아직까지 록음악을 샤우팅 창법으로 찬양하고 있는 미전향 장기수다.

오늘은 마침 교도관과 면담이 있는 날이다. 그동안 내 사상에 변화가 있는지, 전향 여부를 확인하는 정기 면담이다. 이제 면담장에 들어가야 하니까 사 선배가 필요 없다며 준 치렁치렁 쇠사슬과 가죽 재킷이나 꺼내 입어볼까.

　"수감번호 8080, 이름 빨간비…… 나이 마흔넷에 아직도 미전향이라……"

　"이름 옆에 하트는 빼먹지 말아주세요."

　나는 웃으면서 교도관에게 말했다. 면담 전에 분위기나 좀 누그러뜨리려고 유머랍시고 한번 던져봤는데 교도관의 표정은 여전히 굳어 있다. 우리 쪽은 허접 유머라도 웬만하면 깔깔거려주는데 저쪽은 어째 늘 뻣뻣하다.

　"기록을 보자면 이십대에 꽤 다양한 음악을 들었는데…… 록뿐만 아니라 팝, 재즈에 클래식도 좀 들었구만. 충분히 전향할 기회가 있었는데 그때 왜 전향하지 않았나?"

　"젊은 혈기만큼이나 듣고자 하는 음악에 욕심이 많았던 때였습니다. 기타를 좋아하다보니까 화려한 연주력을 자랑하는 음악에 점점 빠졌어요. 지미 헨드릭스와 수많은 헤비메탈 기타 영웅들, 그러다 속주왕 알 디 메올라와 까도남 리 릿나워의 퓨전재즈 연주곡까지 무지 들었고요. 복잡함으로 따질 때는 피터 게이브리얼의 제네시스 앨범 여섯 장이 최고였어요. 그런 프로그레시브 록은 '록음악, 어디까지 복잡할 수 있나'를 보여주는 것 같았죠. 사 선배와 누나의 영향을 받아서 쇼팽과 바흐 그리고 베토벤의 교향곡까지 찾아서 들었고요. 단순한 록음악에서 시작했다가 기교 있는 록으로 뻗어가고 그렇게 연주력으로 파고들다보니 사 선배 말처럼 클래식까지 찾아가게 되더라고요."

"전향의 문턱까지 갔군. 그런데 왜 거기서 그냥 말랐어?"

"햐~ 말랐다는 표현 좋은데요! 로큰롤~!! 그러다가 한참 들은 음악이 있었는데 바로 70년대 런던 펑크였죠. 섹스 피스톨스와 클래시의 음반이 한국에는 90년대 중반에 들어와서 그제야 펑크록을 음반으로 제대로 들을 수 있었어요. 연주는 한마디로 꽝이었지만, 제 음악 인생을 되돌아보고 또 앞으로도 절대 전향하지 않겠다고 다짐하게 만든, 대단한 에너지 덩어리 음악이었어요."

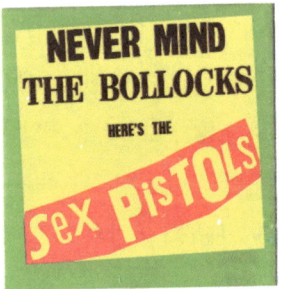

"아니, 연주력을 잘 좇아가다가 하필이면 연주 수준이 끔찍이 낮은 펑크록 때문에 전향하지 않겠다고 결심했다니, 이해가 안 되는군."

"히히. 그 끔찍한 펑크록 때문에 진정한 록 스피릿이 무엇인지 알아버린 거죠. 70년대에 서구에서 록음악이 공룡처럼 커지고, 기름진 연주를 하고, 돈도 많이 벌고…… 그런 거품 잔뜩 낀 록을 향해 '정신 차려, 이 친구야!'라고 한 방 날린 게 펑크잖아요. 50년대 반항과 60년대 저항의 상징이었던 진짜배기 록 정신으로 돌아가자는 메시지를 섹스 피스톨스는 단순유치하고 또 그 끔찍한 연주를 통해서 표현한 것이죠. 연주를 진짜로 못하는 건지 아니면 일부러 안 하는 건지 모를 그 미니멀리즘 연주를 듣고서 이렇게 깨달았죠. '아! 록이란 속주와 가창력을 가진 자만 하는 음악이 아니라, 열정과 응어리를 가진 자라면 누구나 할 수 있는 음악이어야 하는구나!' 물론 연주를 죽이게 하는 헤비록만 듣다가 펑크록의 깨는 연주를 듣고 처음에 저도 적응을 못 해서 고생 좀 했어요."

"참내, 여기 다른 전향자들을 보면 펑크록 때문에 마침내 전향을 결심한 사람도 있는데, 8080 당신은 그 저질 연주력의 펑크 때문에 전향을 하지 않기로 마음을 먹었다니……"

"그동안 화려한 연주나 아름다운 멜로디 같은 음악의 외적인 면을 보다가 그때부터 음악의 본질적인 또는 정신적인 면을 이해하면서 음악을 듣기 시작했어요. 연주와 멜로디 말고도 음악을 듣고 감동을 받는 데는 여러 가지 방법이 있구나…… 20년 가까이 내 스스로 쌓은 편견을 버리고 음악을 다시 듣다보니 눈이 조금은 뜨였다고 해야 하나요, 헤헤. 제 딴에는 혼돈과 깨달음의 시절이었죠. 덕분에 이 땅에는 여전히 음악의 이분법이 존재한다는 것도 알았고요."

"음악의 이분법? 클래식과 대중음악의 이분법을 말하는 건가?"

"네, 현대를 살고 있는 우리가 듣고 있는 모든 종류의 음악을 크게 세 가지로 나눈다면 클래식, 전통음악, 대중음악 이렇게 세 개로 나눌 수가 있어요. 전통음악 역시 고전이라는 범주에 들기 때문에 클래식으로 볼 수도 있어요. 하지만 오늘날 클래식이라고 하면 일반적으로 유럽의 고전음악을 의미하기 때문에 전통음악은 여기서 논외로 치고, 클래식과 대중음악 이렇게 두 개만 볼까요. 이 구분이 맞다면 클래식은 엄밀히 말해서 유럽 예술음악이라고 할 수 있겠죠. 유럽 예술음악은 애초에 종교와 왕정을 위해서 만들어지고 발전해온 음악이에요. 민중을 위한 음악은 아니었지요. 하지만 자본주의와 민주화가 진행된 근대에 들어서도 전 세계 제도권 교육은 유럽 예술음악을 우선적으로 배우기를 강요했어요. 오늘날까지 유럽 예술음악은 모든 음악 위에 있는 음악이고 대중음악은 무조건 그 밑에 있는 음악으로 바라보는 시각이 팽배해요. 그게 음악의 비민주적 이분법이지요."

"그거야 클래식, 좋아 유럽 예술음악이 말 그대로 예술적으로나 기술적으로 우월하니까 그렇겠지. 제도권 교육자들의 당연한 선택 아니었겠어?"

"유럽 예술음악이 굉장히 합리적인 음악이라는 것은 인정해요. 그리고 사람의 감정을 움직이는 연주의 화려함과 아름다운 기교, 역사적인 깊이와 방대함도 인정하고요. 하지만 그런 요소들이 있다고 해서 음악이라는 '예술 분야'에서 절대적으로 우월하다고 말할 수는 없어요. 말씀드렸다시피 음악을 듣고 감동을 받는 방법은 참 여러 가지

가 있더라고요. 합리적인 클래식의 기준으로 해금 연주를 들으면 엉망
이라고 말할 거예요. 도레미파솔라시도의 명확한 음계 구분도 없이 그
때그때 손으로 줄을 당기고 늦추는 것에 따라, 활로 세게 긁고 말고에
따라서 음정이 확 달라지지만 그 비합리적인 해금 연주로도 청중들은
클래식 이상의 감동을 받을 수 있어요."

"미국 흑인들의 블루스 음악도 마찬가지죠. 싸구려 기타 하나에 코
드 딱 세 개만 있으면 앞에 앉은 청중들에게 '오늘 고민이 뭐죠? 예?
일이 너무 힘들었다고요?' 이러면서 힘들었던 그날 일을 가지고 즉흥
적으로 노랫말을 만들어서 연주하고 감동을 줄 수 있어요. 완벽한 연
주를 해야만 하는 클래식 음악은 바로 앞에 악보가 없으면 청중들에
게 감동을 주기 쉽지 않지요.

사실 음악은 인간의 노동과 함께 탄생한 예술이에요. 일하면서 움

직이면서 리듬을 타고 그때그때 신나거나 슬프거나 하는 노랫말을 붙였지요. 누구나 흥얼거리면서 감동을 주고받곤 하던 놀거리가 바로 음악이었던 거죠. 유럽의 예술음악이 음악을 기술적으로 크게 발전시킨 것은 분명하지만 어찌 보면 단순했던 음악을 지나치게 화려함과 기교로 과대포장했는지도 몰라요. 교회와 왕궁과 귀족의 요구에 끊임없이 맞추기 위해서 작곡가들과 연주가들은 끔찍한 경쟁을 펼쳤는지도 모르고요. 넓은 음역을 연주하기 위해서 어릴 때부터 손가락을 찢어야 했고, 소프라노 목소리를 내기 위해서 고추도 잘리야 했고요, 많겠죠. 그렇게 무시무시하게 발전한 음악인데 유럽이 각국을 식민화하는 과정에서 식민지 제도권의 교육자들은 이런 합리적이고 완벽한 음악에 두 손 두 발 다 들 수밖에 없었겠죠. 자기 나라 전통음악은 클래식의 합리성을 기준으로 보면, 대체로 수준 낮게 재평가되었을 거고요. 저에게는 마이크로소프트 윈도우즈가 나오자마자 전 세계 컴퓨터를 순식간에 포맷한 것과 같은 맥락으로 보여요."

"참 이 친구 답이 없구먼, 클래식이라면 무조건 제도권 기득권 음악이라고 생각하는 당신 생각도 또한 이분법 아닌가? 클래식의 태생이야 그렇다 치더라도 이젠 당신처럼 일반 대중들도 즐기는 음악이잖아. 레코드점에 가서 데이비드 보위의 '화성인' 음반을 꺼내다가도 바로 등 돌리면 슈베르트의 〈송어〉 음반을 꺼낼 수 있다고. 팔만 뻗으면 개인 취향대로 고를 수 있는 게 요즘 세상인데, 이렇게 음악도 민주화가 되었는데 말이야."

"맞아요. 분명 음악도 민주화가 되었죠. 사실 클래식 음악을 사랑하고 감동받고 하는 일반 대중들에게는 아무 문제가 없어요. 제가 아는 그들은 음악을 진정으로 사랑하기 때문에 편견 없이 대중음악도 역시 좋아해요. 진짜 문제는 덮어놓고 클래식 음악을 품위 있고 수준 높은 음악이라고 보고, 일반 대중음악을 한두 계단 아래의 수준 낮은 음악이라고 보는 우리 사회의 이분법적 시각이 문제죠. 클래식을 품위와 교양을 유지하는 대상으로만 삼으려는 가짜 음악 사랑도 문제고요. 그런 이분법적인 시각이 우리나라에서는 어째 더 심한 것 같아요. 우리나라 클래식 음반 소비는 전체 음반 소비에서 2퍼센트도 안 된다고 들었는데, 여전히 우리 제도권 학교교육은 클래식이 절대왕권을 누리고 있지요. 98퍼센트나 되는 대중음악을 위한 교육은 무시되는 거죠. '음악학원'이라 하면 다들 피아노나 바이올린 이런 클래식 음악을 가르치는 학원이고, 대중음악을 가르치는 학원은 앞에다가 굳이 '실용'이라는 말을 붙이죠. 대학교 학과도 실용음악과라는 차별적인 이름을 붙이잖아요. 신승훈의 〈보이지 않는 사랑〉을 녹음할 때 인트로로 '이히 리베 디히~'를 불렀던 젊은 성악과 학생은 불후의 명곡이 될 그 노래에 자기 이름을 절대 올리지 말아달라고, 비밀로 해달라고 부탁했어요. 학교에서 알면 쫓겨난다고…… 오히려 클래식의 본고장 서구에서는 민주화와 함께 클래식이 점차 대중화되고 문턱도 낮아지고 대중음악과 다양하게 접목되기도 하는 모습인데요. 클래식이든 록이든, 국악이든 가요든, 재즈든 스탠더드 팝이든 간에 감동과 취향에 따라 편견 없이 선택할 수 있는 음악 장르일 뿐이라고 생각할 때 진정한 음악의 민주화가 이루어지는 거 아니겠습니까?"

"록쟁이 주제에 꽤 아는 척을 하는군."

"히히, 다 어디서 주워들은 거예요. 제가 음악평론가 임진모씨도 아니고, 디제이 배철수씨도 아니고, 그렇다고 신중현씨 같은 연주인도 아닌데…… 다만 제 나름의 음악관을 가지고 음악을 들으려고 하는 한 명의 음악 수요자일 뿐이지요. 하지만 저처럼 개똥철학이라도 각자의 음악관을 가진 음악 수요자가 더 많아야 한다고 믿어요."

"자자, 글이 산만한 데다 길어지기까지 하면 읽는 사람 고역이야. 이쯤 하자고. 교도관인 나도 전향하기 전엔 록음악 좀 들었어. 솔직히 록은 그 시끄러운 전기기타 소리만 아니면 꽤 괜찮은 노래도 많아. 잔잔한 어쿠스틱 기타로 연주하는 록은 그런대로 들을 만한데 말이야. 〈더스트 인 더 윈드Dust in the Wind〉. 좀 좋아?"

"대중음악 중에서도 록의 존재가 특별한 이유는 바로 반항과 저항의 정신을 담은 음악이 널리 대중화된 첫 경우라는 거죠. '아빠, 가난해도 나는 저 남자 사랑한단 말이야' '전쟁은 싫어, 평화가 좋아. 머리에 꽃을' '아 열받아서 못 살겠네, 정권 좀 바꾸자' 이런 정신을 담은 노래가 록인데 음악이 기득권에서 민중의 손에 넘어오기 전에는 이런 노랫말 쉽게 불렀겠습니까. 클래식 음악이 왕궁과 귀족의 앞마당에서 공연을 펼치는 동안에도 담장 너머 유럽 서민들은 수많은 종류의 민속음악을 즐기고 있었을 테고, 아마 이런 서민적이고 삐딱한 노랫말도 불렀겠지요. 하지만 악보로 기록되고 남은 건 주로 돈 많은 클래식뿐이라서 널리 전파되지는 못했습니다. 그러다가 삐딱한 젊은이들이 부른 삐딱한 노랫말을 음반에 담아서 전 세계로 대중화시킨 것이 록입니다. 록 = 젊음 = 반항 = 저항이라는 공식이 된 거죠. 멜로디가 예쁘고 고운 악기로 연주하는 음악을 들을 땐 마음이 참 편안해집니다. 빙 크로스비의 잔잔한 음악과 쇼팽의 〈야상곡〉을 들으면서 무슨 반항적인 생각이 나겠습니까. 시끄럽고 막 두드리고 해야 개기는 그런 마음이 가슴속에서 뛰쳐나오지. 그래서 록 사운드를 규정하는 것은 드럼과 전기기타이고, 전기기타의 찢어질 듯한 노이즈가 바로 편안함을 거부하겠다는 록커들의 표현입니다. 노이즈의 미학도 펑크록을 통해서 더 잘 알게 되었죠. 끔찍하게 시끄러운 그 펑크."

"노이즈의 미학이라고? 정말 듣자듣자 하니까 억지가 심하군그래."
"재미있는 얘기가 있어요. 중세시대 유럽에서는 수도원의 종교음악이 최고의 기득권 음악이었어요. 바흐나 모차르트 같은 전문 작곡가가 따로 있었던 게 아니고 수도사가 작곡을 겸업했죠. 그땐 주로 합창단 목소리만으로 예배의 신성한 분위기를 만들어냈어요. 사람 목소리 말고는 악기라곤 대형 파이프오르간 하나 있었을까 했어요. 작곡이 점차 발전하면서 멜로디와 화성도 다양해지고, 그 음악적 다양성을 뒷받침하기 위해서 새로운 악기도 점점 늘어갔지요. 하지만 중세시대 수도원에서 끝까지 받아들이지 않으려 했던 악기가 하나 있었어요. 그게 무슨 악기인지 아세요?"
"뭐야? 해금이야?"

"와, 교도관님 이제야 유머 좀 하시네. 그 악기는 바로 바이올린이었어요. 클래식 악기 중에서도 꽃이라고 할 수 있는 바이올린을 중세시대 수도원은 소리가 너무 간교하고, 색기 있고 또 이교도적이라면서 배척했다고 해요. 바이올린의 뿌리가 중앙아시아라서 그런지 기독교적인 분위기를 망치는 소리라고 했다네요. 물론 당시 서민들은 소리가 잘만 나는 이 이교도적인 악기로 민속음악을 연주하면서 즐기고 있었지요. 지금이야 가장 아름다운 소리를 내는 클래식 악기의 대명사이지만 천 년 전 수도사들에게는 끔찍하게 들렸던 모양이지요? 다양한 문화와 예술을 넘치게 접하는 현대인들이니 전기기타의 노이즈가 더 이상 시끄럽지 않게 느껴질 시간은 설마 천 년 전 수도사들이 바이올린을 받아들인 시간보다는 더 짧겠죠?"

"비꼬는 것도 록 정신 중에 하나인가? 아무튼 나이 들고 늙어서도 전기기타 들고 록음악 들으면서 그 민망한 헤드뱅잉을 하겠다, 그 말이군?"

"나이 드신 분이 그윽한 클래식을 듣는 것도 멋지지만, 나이 드신 분이 머리 동여매고 전기기타 연주하는 것도 멋지지 않을까요? 저는 그렇게 음악의 이분법적인 시각이 해소되는 그날까지 주야장천 '로큰롤~!!'입니다요."

면담이 끝나고 교도관은 내 파일을 열었다. 그리고 내 이름 옆에다 큼지막한 도장을 '쿵' 하고 찍었다. 수감번호 8080, 빨간비♥ '미전향'

인생은 멋지니까 살 만하다!

● **amelienabi** http://blog.yes24.com/amelienabi

● **Adagio**
Sweetbox | Sony BMG | 2004

스위트박스는 1995년 로스앤젤레스에서 결성된 팝 프로젝트 음악 그룹이다. 전 세계적으로 이름을
알리게 된 것은 세번째 메인 보컬인 티나 해리스 때부터다. 〈Everything's Gonna Be Alright〉가 1997
년 발매되었고, 이때부터 그룹은 클래식 음악을 작곡의 주제로 삼아, 전 세계인들의 많은 사랑을 받
고 있다.

열다섯 살의 어느 여름날, 나도 모르게 문득 생긴 의문이었다. 그때 이후 하루도 이 생각이 내 머릿속을 떠난 적이 없어 정신마저 혼란해 지기 시작했고, 내 자존감에 대한 회의도 품게 되었다.

'나는 왜 살까?' 하는 한 문장은 내가 마치 정말 살아가는 이유를 밝혀내야만 하는 어떤 임무처럼 느껴졌다. 그리고 이 의문은 몇 년 동 안 지긋지긋하게 내 머릿속에 박혀버렸고, 급기야 내 스스로 존재의 가치마저 무시해버리는 지경에까지 이르고야 말았다.

'나는 왜 살까?' 하는 의문은 '나는 왜 태어났을까?' '태어나서 지 금껏 무엇을 했지?' '나는 무엇을 하려고 살고 있을까?' 등의 더 심오 한 생각으로 발전했고, 결국 쉽게 알 수도 없고 이해할 수도 없는 의문 의 늪으로 점점 더 빠져들게 되었다.

앞으로도 계속 지금처럼 살아간다면 내 인생은 아무런 의미가 없 을 것이라 단정해버렸고, 그러자 내가 이 세상을 살아갈 이유가 없다 고 결론을 지어버렸다. 자꾸만 그런 생각이 드니 사는 것에 재미가 없 어져서 살기가 싫어졌고, 그만 사는 것에 대한 생각도 여러 차례 해보 기도 하는 등 극단의 상황에까지 이르렀다.

또 마음속에 세상을 바라보는 부정적이고 비관적인 시각이 싹이 트 고 채워지면서 긍정적이고 낙관적인 시각은 점점 자리를 잃고 말았다.

'나'라는 존재는 생기를 잃고 시들시들해져만 갔다. 한편으로는 이 런 상태가 평생 지속되는 것은 아닌가 하는 걱정이 들어 두렵기도 했다. 15년 동안 아무 문제 없이 평범하게 살아온 내게 갑자기 '왜 살까?'라는 의문이 든 이유는 무엇인지 못마땅하고 답답하기만 하였다. 그래서 밤에 잠도 이루지 못하고 베갯잇을 눈물로 적시며 살았다.

그러던 어느 날 엄마에게 나는 왜 태어났는지에 대해 물었다. 그러자 엄마는 "내가 너를 왜 낳았냐고?"라며 몹시 화를 냈다. 열 달 동안 고생하고 배 아파서 낳았더니 기껏 한다는 소리가 그런 것이냐며 크게 꾸지람을 하였다. 나를 왜 낳았는지에 대해 물어본 것이 아닌데도 엄마는 내 말을 그렇게밖에 받아들이지 않았다. 그래서 내 질문에 문제가 있다고 여기고 사람들은 왜 태어나서 죽는지 바꿔 물어봤다. 그러자 엄마는 쓸데없는 소리 그만하라고 했다.

학교에 가서는 아이들을 관찰하기만 했다. 나처럼 왜 사람이 태어나서 죽는지에 대한 생각을 하는 아이들은 없는 것 같았다. 다들 웃고 떠들고 잘 놀기만 하고 심각한 사람은 오로지 나 하나뿐이었다. 학교에서도 그런 얘기를 한다면 나는 이상한 학생으로 취급받지 않을까 하는 우려 때문에 가만히 있었다. 공부를 해도 내가 왜 사는지에 대한 생각에 아무런 해답을 얻을 수 없어 보였다. 그래서 수업시간에는 딴생각을 많이 했다. 눈은 교과서를 향하고 있지만 머릿속은 텅 비어 있는 경우가 대부분이었다. 그러자 학교 가는 것도 그만두고 싶었다. 엄마한테 학교 가기 싫다는 이야기를 매일같이 꺼냈지만 엄마는 "학교 안 다니면 뭐할래? 졸업장 없으면 인간 대접도 못 받는 곳이 사회다. 공부는 다 때가 있는 거다"라는 말만 꺼냈다.

삶이 갑갑하게 느껴져 어디론가 훌쩍 떠나거나 탈출하고 싶은 마음이 간절했다. 그 시절에 내가 가장 좋아했던 장소는 도서관이다. 도서관에서 구석구석 돌아다니며 책을 훑어보았다. 도서관에는 컴퓨터를 할 수 있는 공간도 있었는데 영어시간을 통해 알게 된 팝음악을 즐겨 들었다. 비틀스, 아바 등을 비롯해 그 당시 유행이었던 브리트니 스피어스의 노래도 많이 들었는데, 팝음악이 내 정서와 맞아 정말 다행이었다. 책과 음악에 빠져 있는 동안은 유일하게 온갖 번뇌로부터 자유로울 수 있었다. 만약 세상에 책과 음악이 없었다면 나는 비정상적인 정신 상태가 되지 않았을까 하는 생각이 든다.

그렇지만 책과 음악에서 벗어나면 나는 또 현실과 마주쳐야 했다. 고등학교에 입학하면서부터 아침부터 밤까지 학교에 박혀 있는 생활에 염증을 느꼈다. 자퇴할 생각을 수도 없이 했고, 모두가 대학교를 목표로 달리는 것이 이해가 되지 않았다. 숨 막히는 현실에서 헤어나오기 위해 고등학교 때는 영화에 빠졌다. 영화를 통해 현실을 잊는 것은 아주 잠시였다. 그때뿐이었다. 영화가 끝나면 음악을 통해 마음을 달랬다. 중학교 시절은 책과 음악, 고등학교 시절은 영화와 음악에 묻혀 살다가, 2004년의 여름날 열여덟 살의 내게 변화를 가져다준 음악을 만났다. 스위트박스의 〈Life is cool〉. 그 노래는 당시 엄청난 인기를 끌었고, 단순히 인기 있는 음악을 넘어 내게 의미 있고 소중하고 고마운 곡이 되었다. 내가 그 음악에 마음이 끌린 것은 도입부 때문이다. 이 음악의 도입부에 나오는 요한 파헬벨의 〈카논〉은 영화 〈클래식〉을 통해 귀에 익은 터였다. 그래서 처음 〈Life is cool〉을 들었을 때는 영화 〈클래식〉이 자연스레 떠올라 반가웠다. 〈Life is cool〉을 통해 기존

에 있는 팝클래식 음반의 연주 음원을 그대로 따서 사용하는 '샘플링'
이라는 용어도 알게 되었다.

I never really try to be positive. I'm too damn busy being negative.

So focused on what I get. And never understand what it means to
live.

You know we all love to just complain. But maybe we should try to
rearrange. There's always someone. Who's got it worse than you.

My life is so cool. My life is so cool (Oh yeah) From a different point
of view.

인생에 대한 회의감에 부정적으로 지내기 급급했던 내 모습이 겹
쳤다. 삶의 의미를 이해하지 못하는 내 상황이 그대로 드러나 보였다.
세상에 대해 불평하기만을 좋아하던 나에게 더 나쁜 상태에 놓인 사
람이 있다는 것을 가르쳐주었다. 다른 시각에서 바라본다면 인생은
멋진 것이라는 진리를 일깨워주었다.

〈Life is cool〉은 가사까지 내 마음을 사로잡기에 충분했다. 어느
날 갑자기 삶에 대한 의문에 사로잡혀 삶을 부정하고 염세적으로 변
한 내게 인생은 멋지다고 건네는 말 같았다. 노래를 반복해서 들으며
가사를 곱씹었다.

〈Life is cool〉을 통해 제일 먼저 한 것은 내가 무엇을 좋아하고 잘

하는지에 대해 생각하는 것이었다. 하지만 고등학교 졸업을 앞두고도 그것을 찾지 못했다. 스무 살이 되어 대학교 진학을 하면서 처음으로 글이라는 것을 써보았다. 취재하고 기사를 작성하는 일을 하면서 내가 의외로 글 쓰는 것을 좋아한다는 사실을 알았다. 그리고 틈틈이 내 머릿속에 가득한 생각을 글로 표현하면 마음이 한결 가벼워졌다. 그런 과정을 통해 살아가는 것의 기쁨을 느꼈다.

이제는 어느 정도 인생을 살아가는 이유에 대한 의문에서 자유로 워졌다. 하지만 그 의문에 대한 생각이 완전히 사라져 지워진 것은 아니다. 그 대신 내가 하고 싶은 것과 좋아하는 것에 대한 생각이 내 머릿속을 채웠고 다시 긍정적이고 낙관적인 시각을 되찾았다. 무엇보다도 삶과 내 자신의 소중함을 일깨우게 된 것은 정말 다행이다. 내가 이 세상에서 특별하고 소중한 존재라는 생각을 하기까지 10년의 세월이 걸렸다. 10년이라는 세월은 내게 고난의 연속이었고 고통만 안겨준 시간이라고 생각했다. 그러나 10년의 시간을 되돌아보면, 알지 못하고 이해하기 어려운 인생에 대한 진지한 물음 덕분에 배운 것이 많은 귀중한 시간들이었다고 본다. '나는 왜 살까?'라는 의문은 삶의 이치를 깨닫게 한 것임에는 틀림없다. 그리고 〈Life is cool〉은 인생은 멋지니까 살아야 한다고 나를 다시 태어나게 해준 음악이다.

지금은 이직하는 과정에서 온전히 글을 쓰는 사람이 될까, 아니면 다른 일을 하면서 글을 쓰는 것을 병행할까 하는 고민의 기로에 있다. 지난 25년간의 삶을 글로 풀어 쓴다면 몇 편의 이야기가 탄생할 수 있을까? 인생은 멋지니까 살맛이 난다.

누군가 나를 위해
지금 이 순간 살아가고 있다

● **yadaim** http://blog.yes24.com/yadaim

The 1st Album
이브Eve | 월드뮤직 | 1998

한국적 글램록 혹은 비주얼록의 원조로 불리며, 1998년 첫 앨범을 발매하여 이브만의 서정적인 멜로디와 때론 강렬한 록음악으로 많은 마니아층을 형성하며 독자적인 활동을 펼쳐왔다. 2010년 오랜 공백을 깨고 새 앨범을 내놓으며 활동을 재개했다.

학창시절, 내 별명은 '오버 걸'이었다. 오버 걸. 말 그대로 말을 할 때나 행동할 때 지나치게 '오버'한다고 붙여진 별명이다. 그렇다고 내가 반 아이들을 휘어잡으며 오락부장을 했다는 건 아니다. 나는 너무도 평범해서, 선생님이 다른 아이의 이름으로 나를 부를 때가 많았다. 있으나 없으나 별다를 게 없는 아이. 눈에 띄지도 않고 말썽도 없어서 단번에 떠오르지 않는 그런 아이였다. 다만 나와 가까운 몇몇 친구들 사이에서 나는 그렇게 불렸다. 그들 앞에서 나는 지나치게 밝았고, 친구들은 그게 내 전부라고 믿었기 때문이다.

사실 그 무렵 내게는 관계성 장애가 있었다. 관계성 장애라고 하니까 뭔가 병명 같지만 이건 그냥 내가 멋대로 붙인 병명이다. 나는 사람들과 극도로 친밀해지는 게 두려웠다. 사람들과 어느 정도 거리를 두지 않으면 견딜 수가 없었다. 물론 나도 좀더 어렸을 때에는 있는 그대로 믿고, 하고 싶은 대로 표현하며 온 힘을 다해 친구들을 사랑했다.

변명을 하자면, 내 가슴은 이를테면 달 표면 같았다. 풍화작용이 일어나지 않기 때문에 발자국이 지워지지 않는 달 표면처럼 내 가슴에는 사람들이 지나다닐 때마다 그 자국이 생기고 지워지지 않았다. 친구들은 아무렇지 않게 내게 왔다가 아무렇지 않게 떠나갔다. 친구들이 지나간 자리에는 선명한 발자국이 남았지만 그들은 더는 내 곁에 머물지 않았다. 나는 그 괴리를 견딜 수가 없었다. 너무도 겁이 난 나는 테두리를 쳤다. 아무도 모르는 벽을 쌓았다.

철문을 걸어 잠그고, 내 안으로 조금만 더 걸어 내려가면 그리 깊지 않은 곳에 녹지 않는 만년설이 있었다. 누구도 녹일 수 없는 절망이 있었다.

나는 늦둥이였다. 장녀이면서 막내였다. 부모님은 연세가 많았고 너무도 선량하셨다. 그래서 나는 언제나 조바심이 났다. 부모님을 지켜드리고 싶었다. 사방이 적이었다. 하다못해 가게 점원이 부모님을 조금이라도 홀대하는 것만 같으면 화가 나서 온몸에 가시를 세우고 대들었다. 그 시절 나는 고슴도치였다. 아니 고슴도치가 될 수밖에 없었다.

고3이 되었을 때, 경비 일을 하시던 아버지께서 일자리를 잃게 되셨다. 아파트 소장이 곧은 말만 하는 아버지를 멋대로 내쫓았다. 어머니는 하루에도 몇 번씩 나를 붙들고 하소연을 하셨다. 어떻게 하면 좋지? 어떻게 하면 좋겠니?

나는 고등학교 시절 집안 형편을 아신 선생님의 추천으로 학비를 면제받고 있었다. 한데 그즈음 선생님으로부터 청천벽력과도 같은 말을 들었다. 어쩌면 학비 감면이 어려울지도 모르겠다고. 여느 때처럼 수업료 고지서가 나왔다. 반 아이들에게 일제히 나누어주었다. 친구들은 별다른 생각 없이 그것을 반으로 접어 책가방에 넣거나 책상에 넣거나 했다. 다만, 나만이 그 고지서를 멍하니 바라보고 있었다. 어떻게 해야 할까. 나는 어렸고 이제 도대체 어떻게 해야 할지 몰랐다. 실제나는 너무도 약했다. 내 가시들은 아무것도 지켜주지 못했다.

나는 친한 친구들에게도 그 고민을 말하지 못했다. 그들은 그들 나름의 삶의 무게가 있었고, 나는 내 절망마저 그들에게 짊어지게 하고 싶지 않았다. 아니, 정확하게 말하자면 그들이 나를 거절할까봐 두려웠다.

나는 전전긍긍하면서도 친구들 앞에서는 웃었다. 『데미안』의 싱클레어처럼 나는 어둠과 빛을 오가며 지냈다. 학교에서는 친구들과 떠들썩하게 말하고 웃고 신나게 오버했다. 오버 걸에 걸맞게. 집에 돌아오면 어머니께 괜찮다고 말했다. "엄마. 걱정하지 마. 괜찮아. 괜찮아질 거야." 사실 그 말은 그 무렵 내가 가장 듣고 싶은 말이었다. 아무도 말해주지 않았던 그 말. 괜찮다고. 걱정하지 말라고. 곧 괜찮아질 거라고.

그러고는 시체 거죽을 끌고 내 방으로 돌아와 가시덤불로 엉성하게 쳐놓은 울타리를 넘어 높고 투박한 벽을 통과해 볼품없이 거대한 철문을 걸어 잠그고, 내 안의 절망과 마주했다.

혼자서. 온전히 혼자서.

다만 위안이 있었다. 나를 위로해주는 위로자가 있었다. 나는 출구처럼 그 시절 이 노래를 들었다. 아니 호흡처럼 이 노래를 들었다. 숨이 막혀 죽을 것만 같았을 때 이 노래를 들었다.

울고 싶을 때
너무나 속상할 때

친구들이 너의 마음을 몰라줄 때

많이 힘들 때

주저앉고 싶을 때

집으로 가는 길이 멀게만 느낄 때

_1집 〈너 그럴 때면〉 중에서

그럴 때 이 노래를 들었다. 나는 주로 밤에 불도 켜지 않고 오래되고 낡은 내 책상 밑에 숨어서 이어폰으로 이 노래를 들었다.

나는 소리 없이 울었다.

나는 이미 소리 없이 우는 데는 선수였기 때문에 이 노래를 들으며 소리 없이 울었다.

그럴 땐 나를 생각해.

너 초라해진대도

세상이 다 너를 외면한대도.

나는 널 위해 사는걸.

정말 널 위해 사는걸.

_1집 〈너 그럴 때면〉 중에서

하루 종일 오버 걸로 밝게 웃다가 어둠이 찾아오면 소리 죽여 울었다. 괜찮다는 말을 듣고 싶었지만 어느 누구도 말해주지 않았다. 하지만 고슴도치인 나는 쓸모없는 가시를 세우고 매일매일 맹렬하게 싸웠다. 현실과 싸웠다. 나는 싸웠다. 이 노래가 있었기에.

이 노래만은, 내게 말해주었던 것이다.

"누군가는, 지금 이 순간 나를 위해 울어주고 있다고. 누군가는 나를 위해 살아가고 있다고."

누군가 나를 위해 지금 이 순간 살아가고 있다. 나를 믿고 있는 부모님이, 친구들이, 어쩌면 내가 알지 못하는 어떤 누군가가 오직 나를 위해 살아가고 있다. 그런데도 내가 살아가주지 않는다면. 내가 모든 것을 포기해버린다면. 그것은 얼마나 미안하고 죄스러운 일인가.

그 노래를 품고 울며 잠들던 나는 훌륭하게 성장했다. 이제 내게는 사랑하는 사람도 생겼고, 의식적으로 가시를 곤두세우는 일도 그만두었다. 달 표면 같은 내 마음에 그후로도 많은 발자국이 생겼지만 개의치 않게 되었다. 내가 붙들고 있던 절망을 햇살 좋은 풀밭에 풀어주고 나는 자유로워졌다. 아무렇지 않게 웃고 아무렇지 않게 울 수 있게 되었다.

이 노래가 있었기에. 이 노래가 내게 말해주었기 때문에.

"지금 이 순간도,

누군가가,

당신이 알지 못하는 누군가가

당신이 알지 못하는 곳에서

당신을 위해 울고 당신을 위해 살고 있습니다.

그러니까 당신도 살아주십시오.

지금 당신이 아무리 초라하고 세상 전부가 당신을 등진다 할지라도."

고맙습니다. 고현기님. 이 노래를 만들어주셔서.

고맙습니다. 김세헌님. 이 노래를 불러주셔서.

정말로 고맙습니다. 나를 위해 지금껏 울어주고, 살아준 당신.

나는 나를 너무 사랑했다

● R군 http://blog.yes24.com/nowinthere

〈메리대구 공방전〉 OST
Various Artist | 2007

〈메리대구 공방전〉 OST는 드라마 〈환생〉 〈아일랜드〉, 영화 〈번지점프를 하다〉 등의 OST를 담당한 히트작 메이커 박호준 감독이 이끌고 있어 더욱 눈길을 끈다. 솔로 음반 발매로 가창력을 인정받은 주연배우 지현우와 드라마 〈꽃봄〉에서 가수 지망생으로 출연해 밥 딜런의 〈노킹 온 헤븐스 도어 Knockin' On Heaven's Door〉, 진미령의 〈하얀 민들레〉 등을 불렀으며, 멋진 통기타 실력과 함께 고운 목소리로 시청자들의 사랑을 받은 바 있는 여주인공 이하나가 참여했다.

2007년 5월에 발매된 〈메리대구 공방전〉의 OST 앨범.

이 앨범에 수록된 곡 중에 이하나의 〈그대 혼자일 때〉는 내게 큰 힘이 된 곡이다. 한창 '자기애'에 빠져 있던 대학교 1학년 시절, 어느 깊은 밤에 갑작스럽게 다가온 이 곡이 내 감성을 자극했기 때문이다.

기왕에 이 곡을 소개하게 되었으니 내 고백을 하나 해볼까 한다. 이 곡이 와 닿을 수밖에 없었던 이유. 이런 부류의 사람들을 본 적 없는지? 겉으로는 남을 배려하고 사려 깊은 척하지만 속으로는 뼛속 깊숙이 자기애로 가득 차 있는 사람. 바로 나의 모습이었다. 예전부터 나는 그랬다. 대개는 무신경한 척, 관심 없는 척 하지만 마음속은 치졸한 승부근성으로 가득했고 무얼 하든 반드시 이겨야만 하는 나쁜 버릇과, 하고 싶은 것이 있으면 무조건 해야 하는 악바리 근성이 있었다.

그러면서 은연중에 혼자라는 생각이 많이 들었다. 주변에 친구가 많다고 하지만 그럴 때마다 드는 생각은 '내가 그들에게 항상 1순위는 아니잖아'뿐이었다. 쓸데없는 승부근성과 자기애로 가득 찬 머릿속엔 무의식중에 '오로지 나만, 내가 1순위, 남들에게 나는 기껏해야 늘 2순위'라는 생각이 있었다. 그래서 사람을 쉽게 믿지 못하였다. 물론 겉으로는 남을 무조건 믿어주는 척, 모든 것을 수긍하는 척 했지만 속으로는 불신이 크게 자리 잡게 했다.

'나'라는 아이덴티티를 다른 사람들과 같은 선상에 놓는 것이 싫었다.

결국에 내가 스스로 내 주위에 빨간색 사인펜으로 둥근 원을 그려놓고 "아무도 들어오지 마세요"하는 꼴이었던 것이다. 왜 굳이 내 아이덴티티만 다른 사람들과 다르게 특별하다고 생각했던 것일까? 지금 생각하면 쓴웃음만 나온다.

아무튼 본론으로 돌아가서, 그러던 어느 날 텔레비전 채널을 이리저리 돌리다가 드라마 〈메리대구 공방전〉을 잠깐 보게 되었다. 그때 마침 나오던 노래가 이 곡, 〈그대 혼자일 때〉이다.

갑자기 마음의 떨림을 느낀 나는 서둘러 인터넷에 접속해서 노래를 검색해봤다. 그렇게 찾게 된 노래. 당시엔 음악을 검색해주는 애플리케이션이 없었기 때문에(심지어 스마트폰도 없었으니까!) 가사를 기억해서 검색해야 했었다. 내가 열심히 기억한 가사는

하고 싶은 말이 너무 많은데도, 들어줄 사람 하나 없어 힘이 드네요.

_〈그대 혼자일 때〉 중에서

왠지 저 가사만 또렷하게 기억하고 있는 내가 비참하게 느껴졌다. 그때의 내 심정은 딱 저랬으니까.

밤에 사내자식 혼자서 이런 가사의 노래를 들으면서 감상에 빠져 있는 모습. 썩 보기 좋은 모습은 아닐 거라고 생각한다. 그런데 그러면 그럴수록 이 노래에 더 매달리게 되었다. 한창 신나는 곡을 많이 들을 때쯤인 여름에, 이 곡은 신선하게 다가왔다.

아무튼, 그런 내가 다른 사람들을 조금 믿게 된 것은 대학교 1학년 2학기에 접어들면서였다. 이상하리만큼 그 친구는 나를 굉장히 아꼈다. "그건 네 생각이지"라고 해도, 난 자신 있게 나 혼자만의 생각이 아니라고 말할 수 있다. 그 친구와 추억을 하나하나 공유할수록 이런 가사의 노래는 멀어지겠거니 생각했는데, 오히려 더 다가왔다.

> 늦었다고 말해도, 아무 일도 없던 것처럼 다시 시작해도 되죠. 우리 함께 가요. 난 여기에 살아 있죠.
>
> _〈그대 혼자일 때〉 중에서

바로 이거였다. 나를 '1순위'로 생각해주는 친구와 한창 어울리면서 오로지 내 자신에게서 비롯된 과한 자기애와 쓸데없는 승부근성을 조금씩 버리고 있었지만 나는 그것을 알지 못하고, 이미 늦어버렸다고만 생각했다. 늦었지만 다시 시작해도 된다고 생각하지 못했다. 매일같이 듣던 노래 가사에 이런 부분이 있었는데도 말이다. 그래서 마음을 고쳐먹기로 결심하고 조금씩 노력한 지 5년여가 되어가고 있다.

그동안 좋은 일들만 있었던 것은 아니다. 그래도 후회는 없다. 많이 노력했으니까.

아, 그 친구랑은 잘 지내냐고?
물론 잘 지낸다. 나이를 먹고 각자 사정이 있다보니 자주 만나진 못하지만 여전히 내게는 참 고맙고 소중한 친구다.

세상이 힘들어도 내가 이렇게 그리워하면, 내 맘에 작은 불꽃처럼 다시 일어설 수 있을 거라고.

_〈그대 혼자일 때〉 중에서

마지막으로 그때의 깨달음 한 가지.

과한 자기애는 결국 자기 자신에게 독이 되어 자신을 해칠 수도 있다는 것.

공연장으로 첫발을 내딛는
처음 그 느낌처럼

● **아르뛰르** http://blog.yes24.com/arm1854

The 신승훈 Show
2011.6.10~11 | 세종문화회관 대극장

신승훈은 대한민국의 대표적인 싱어송라이터로, 스물셋이던 1990년 11월, 자작곡 〈미소 속에 비친
그대〉로 데뷔해, 2010년에 데뷔 20주년을 맞았다. 2집 타이틀곡인 〈보이지 않는 사랑〉은 SBS 인기
가요에서 92년 1월 28일부터 4월 28일까지 총 14주 동안 1위를 기록해 한국 기네스북에 올랐고, 아
름다운 가사와 멜로디의 발라드 곡으로 전 연령층으로부터 오랫동안 대중적인 사랑을 받고 있다.

청평 현리. 며칠 전 그곳을 지나갔다.

전역 후에도 한동안 입대하거나 신병 시절로 시간이 거꾸로 흐르는 꿈을 꾸었다. 그럴 때마다 혹시 꿈이 아닐까, 의심이 먼저 고개 들었으나 매번 가슴이 철렁했다. 어쩌다 긴 꿈을 꾸게 되었는데 이제야 깨어난 것인지도 모른다고 생각했기 때문이다. 시간에게 어서 흘러가 달라고 하도 빌었더니 꿈에서 전역을 했을 테고, 꿈이 깨면 여전히 난 신병이었을 터. 그러니까 뒤바뀐 현실과 꿈을 다시 제자리로 바꿔야 하는 것이다. 실제로 그런 꿈을 꾼 적이 많았으니 그럴 확률을 배제할 수 없다. 이럴 수가! 이게 다 꿈이었다니! 대성통곡해도 시원찮은데 잔인하게도 동이 트고 있다.

어둠 몇이 여전히 웅크리고 있는 신새벽에 간신히 일어나 내 몸을 문지르며 얼마나 가슴을 쓸어내렸던가. 그 끔찍한 시간을 다시 보낸다는 가정만으로도 충분히 몸서리칠 만한 일이다. 다행스럽게도 언제부턴가 더이상 악몽을 꾸지 않게 되었다. 게다가 다시는 발을 담그고 싶지 않던 시간이 어느새 추억 창고의 좋은 자리를 꿰차고 있었다.
그렇게 만든 것은 무엇일까.

상경한 시골처녀마냥 더플백을 단단히 부여잡고 중대 행정반에 앉아 있다가 소대가 결정되고 내무반으로 옮겨지자마자 내게 첫 임무가 떨어졌다. 신병 노래 한 삽. 새 장난감을 탐하는 아이의 표독스러운 눈빛으로 나를 바라보는 수많은 눈. 더러는 드디어 졸때기가 생겼다고 입이 슬쩍 찢어지는 이등병도 눈에 띄었다.

정신을 차려보니 내가 〈보이지 않는 사랑〉을 부르고 있었다. "사랑해선 안 될 게 너무 많아. 그래서 더욱 슬퍼지는 것 같아……" 머릿속이 하얘져서 생각이란 것을 당최 할 수 없었다. 그런데 머리보다 귀의 기억이 먼저 목에 전달되었나보다. 도입부를 장식하는 베토벤의 〈Ich Liebe Dich〉, 실은 가수가 직접 작사한 노랫말보다 무슨 뜻인지도 몰랐던, 그래서 더 처연한 감정으로 들리던 가곡을 자꾸만 곱씹던 그때를 떠올렸을 것이다. 작년 봄에 출반된 조수미 독일 가곡집을 재생시켰을 때 "Am Abend und am Morgen—" 이후로 자연스레 신승훈의 목소리가 자꾸 따라와 실소를 하곤 했다. 최고 학년으로 뻐기다 졸업 후 신참 후배답게 어깨를 좁히고 다니던 중학교 시절에 즐겨 들은 신승훈의 노래를 신병이 되어 다시 부르고 있었다.

그전까지는 몰랐다. 내가 무의식적으로 이미 신승훈의 노래를 어지간히 좋아하고 있다는 것을. 또한 군대에선 신승훈 표 노래를 그리 반기지 않는다는 것을.

이후, 노래를 시킬 때마다 사춘기적 반항심으로 가곡을 불렀다. 가사가 생각나지 않으면 맘대로 개사하고 컨디션에 따라 음표는 제멋대로 붙여 불렀는데도 아무도 눈치 채지 못했다. 오래지 않아 고참들은 나에게서 흥미를 잃어갔고, 난 곤욕스러움 한 가지를 덜어낼 수 있었다. 단체생활의 지겨움도, 그 안에서 빚어지는 불합리도 그렇지만, 쭉쭉빵빵 미녀 가수의 댄스곡 일색인 내무반 음악을 매일 들어야 하는 것도 고역이었다. 이를 견디기 위해 혼자만의 시간을 기다렸다. 잠시나마 나에게 이를 수 있는 시간, 가령 불침번을 설 때나 새벽녘 화장실에서 낮은 목소리로 노래를 흥얼거렸다. 물론 신승훈 노래도 빠지지 않았다.

〈미소 속에 비친 그대〉〈날 울리지 마〉〈그후로 오랫동안〉 등의 명곡을 50인조 오케스트라와 밴드, 그리고 공연장을 가득 메우는 신승훈의 목소리로 감상하는 것은 축복이었다. 정숙한 클래식 무대에 익숙한 내게 누군가 몰래 깊은 우물물 한 바가지 쏟아붓기라도 한 듯 정신이 번쩍 들어 상쾌했다. 내 몸속의 피톨까지 요동쳤다. 어쩌면 좋지? 3천여 명의 거대한 물결이 하나가 되어가고 있었다. 더없이 차가워져, 동시에 더없이 뜨거워져 내 머릿속은 명료해졌다가 정신 놓기를 수없이 되풀이.

영화 〈엽기적인 그녀〉의 OST인 〈I Believe〉를 부를 땐 곳곳에서 일본어 탄성이 들렸다. 열렬한 일본 아줌마 팬이 예까지 왔나보다. 가수에 대한 믿음이 가득한 팬을 목도하며, 사이비종교의 집회를 방불케 하는 분위기에 휩싸이며 넘실거렸던 순간, 순간들.

게스트 없이 공연하기로 유명한 신승훈 무대에 게스트가 등장했다. MBC '스타 오디션 위대한 탄생'을 통해 멘토, 멘티의 관계를 맺은 셰인, 조형우, 윤건희, 황지환을 초대한 것이다. 셰인과 〈나비 효과〉를 함께 부르기도 하고, 셰인을 흉내 내어 모창을 해 웃음을 선사했다.

잘 알려지지 않은 노래인 〈가잖아〉 〈이런 나를〉까지 친근한 곡으로 다가왔다. 마지막으로 〈My Way〉를 부르곤 홀연히 무대를 떠나는 명실공히 국민가수가 된 인물. 자기가 걸어온 20년을 팬들의 얼굴로 일별했으니, 앞으로 20년을 변함없이 묵묵히 걸어갈 수 있는 에너지를 얻었음을 말하는 것 같았다. 감성으로 작곡하고 부른 노래가 팬들을 감동시켰고, 수많은 팬들의 감동은 고스란히 가수로서 살아갈 수 있는 자양분이 되었음을 확인하는 무대. 당분간 가수로서의 신승훈을 만날 수 없지만, 작곡가 신승훈으로 음악을 여전히 사랑함을 보여주겠다는 의지였다.

당시에는 자각하지 못했지만 실은 신승훈의 목소리를 열 살 무렵 만났다. 그때 한창 전영록이 작곡한 양수경의 〈사랑은 창밖의 빗물 같아요〉를 따라 불렀는데, 코러스로 "사랑은(사랑은), 창밖의 빗물 같아요(창밖의 빗물 같아요)"를 부르던 달콤한 목소리의 주인공이 바로 신승훈이었다. 알게 모르게 그의 목소리가 내 삶에 틈입하여 좀처럼 빼기 어려운 돌탑의 밑돌이 되어버린 지 20년을 넘겼다.

시간은 때론 거꾸로 흐른다. 좋은 음악이나 영화, 책에 몰입하다보면 현재의 나는 어느새 시간여행을 떠나고 없다. 선율이, 영상이, 활자가 발급된 티켓에 찍힌 시간대로 타임슬립이 가능하다. 객석에 머문 세 시간은 곧잘 심각한 척 연기할 줄 알았던 중학교 시절로, 당장 나갈 수만 있다면 여생의 반을 뚝 잘라도 아깝지 않았을 군 시절로, 일상에 지쳐 허우적거리던 몇 해 전으로 데려다주었다. 과거의 내가 꽤나 어리석었음을 따뜻하게 비웃어주었다. 암울했다고 여기던 그 시절이 실은 꽤 빛나고 있음을 깨닫게 했다. 공연장 안으로 첫발을 내딛는 '처음 그 느낌처럼' 벅차게 살고 싶게 했다.

그것은 음악의 힘이었다.

2011년 6월 10, 11일 양일간 세종문화회관 대극장에서 열렸던 신승훈 데뷔 20주년 그랜드 파이널 공연. 지난 3월 인천종합예술회관 공연을 몹시 망설이다 결국 놓치고 만 안타까움으로, 국내 열네 개 도시와 미국 공연을 마무리하는 마지막 공연, 마지막 무대를 관람했다.

봄, 아니 사막을 건너는 법

● **안또니우스** http://blog.yes24.com/ahn8197

한대수 - Best of Hahn Dae-Soo
한대수 | 로엔엔터테인먼트 | 2007

김윤아 2집 - 琉璃假面 (유리가면)
김윤아 | 티엔터테인먼트 | 2004

하덕규 - 하덕규 15Years - 15Songs
하덕규 | 서울음반 | 1997

유난히 봄을 앓는다 할까. 남들은 꽃 몸살을 한다는데 나는 꽃을 떠나 봄 자체가 온통 고문이었다. 생래적 우울 기질에 봄의 나른함까지 더해지면 어찌할 바를 몰랐다. 그 절정은 대입에 실패하고 재수도 아니고 그냥 노는 것도 아닌 어중간한 포즈로 봄을 맞았을 때이다. 도무지 존재의 의미를 느끼지 못하고 눈칫밥을 먹으며 헤매던 차에 어느샌가 스며든 봄기운은 모든 긴장과 의욕의 끈을 오롯이 놓아버리게 만들었다. 다만, 봄볕에 그냥 녹아들어 형체도 없이 사라지고 싶을 뿐이었다. 이 탐욕스러운 티끌세상을 떠나고 싶었다. 밤마다 하염없이 별을 올려다보며 저 먼 우주로 빨려들었으면 하고 바랐다. 밤낮을 바꿔 살았다. 낮에 대면하는 일상의 모든 것들이 너무나 싫었기 때문이다.

그러다 어느 날 라디오를 듣는데 은은하게 감기는 목소리가 슬며시 다가오는 게 느껴졌다. 곰곰 들어보니 바람과 자유에 대해 노래하고 있었다. 곡이 끝나고 디제이의 멘트를 주의 깊게 들어보니 한대수의 〈바람과 나〉라는 곡이었다. 나중에 가사를 알아보다 정신이 번쩍 들었다. '그래, 이건 바로 내 마음을 담아낸 거로구나' 하는 깨우침이었다고 할까. 내면이 또렷이 정리되는 듯했다. 이런 심경을 짚어낸 노래도 있구나, 하고 감탄하다보니 이 세상에 의미 있는 것, 기대를 걸어볼 만한 데도 있겠다 싶었다.

끝 끝없는 바람 저 험한 산 위로 나뭇잎 사이 불어가는
아 자유의 바람 저 언덕 위로 물결같이 춤추는 님
무명 무실 무감한 님! 나도 님과 같은 인생을

지녀볼래 지녀볼래

물결 건너편에 황혼에 젖은 산 끝보다도 아름다운
아! 나의 님 바람! 뭇 느낌 없이 진행하는 시간 따라
하늘 위로 구름 따라 무목(無目) 여행하는 그대의
인생은 나 인생은 나

_한대수 〈바람과 나〉

  대입에 실패하고 아등바등 버텨보려 했지만 뜻대로 되지 않는 통
에 세상에 나만 버려진 듯, 존재감 없는 유령인 듯 여겨져 생을 버리려
고까지 했던 내게 그 노래는 맘 푸근히 먹으라고 내미는 부드럽고 따
뜻한 손이었다. 그 봄 내내 그 노래를 흥얼거렸던 것 같다. 아! 자유의
바람처럼 나도 얽매이지 말아야지, 무명 무실 무감하게 태연자약해야
지, 의도나 목적 없이도 낭패감 느끼지 않으며 물결같이 살아야지 하
는 다짐이 절로 우러났던 것 같다. 그 봄, 그 깔깔한 모래 씹히던 봄을
이 노래에 의지하며 견뎠다.

  살아오면서 절감한 건 정말 맘대로 되지 않는 일 투성이라는 사실
이다. 새로운 일 구상도 그렇고, 사랑도 그러하고 정말 만사 뜻대로 풀
리는 게 하나도 없었다. 하여 봄만 되면 다시 도지듯 일탈, 아니 실종
에 대한 꿈같은 망령이 되살아나곤 했다. 언제부턴가 차를 운전할 때
면 습관적으로 오디오를 켜곤 했는데, 어느 봄날 흐드러진 벚꽃 그늘

사이로 달리다 끈적한 느낌의 노래가 가슴으로 스며들어왔다.

바람이 부는 것은 더운 내 맘 삭여주려

계절이 다 가도록 나는 애만 태우네

꽃잎 흩날리던 늦봄의 밤

아직 남은 님의 향기

이제나 오시려나 나는 애만 태우네

애달피 지는 저 꽃잎처럼

속절없는 늦봄의 밤

이제나 오시려나 나는 애만 태우네

구름이 애써 전하는 말

그 사람은 널 잊었다

살아서 맺은 사람의 연

실낱같아 부질없다

꽃 지네 꽃이 지네 부는 바람에 꽃 지네

이제 님 오시려나 나는 그저 애만 태우네

바람이 부는 것은 더운 내 맘 삭여주려

계절이 다 가도록 나는 애만 태우네

꽃잎 흩날리던 늦봄의 밤

아직 남은 님의 향기

이제나 오시려나 나는 애만 태우네

_김윤아 〈야상곡〉

정말 더운 내 맘 차분히 식혀주는 것 같았다. 살아서 맺은 사람의 연 실낱같아 부질없다는 대목에선 눈망울이 촉촉해지기까지 했고. 김윤아의 2집 '유리가면'에 나오는 〈야상곡〉이었는데 카세트테이프를 구매하여 계속 리플레이, 반복하여 듣곤 했다. 엔딩 부분의 피아노 소리가 잦아들 때면 어느새 들끓던 내 맘도 고요하게 가라앉는 듯했다. 부질없는 집착을 버리라고, 억지로 부여잡으려 열 내지 말라고 김윤아는 속삭이고 있었다. 그렇게 흔들리던 마음, 다잡을 수 있었다. 〈야상곡〉을 들으며 그 봄, 애태우던 사막을 건널 수 있었다.

또 봄, 다시 흐드러진 벚꽃 그늘 아래서 김윤아의 〈야상곡〉을 듣다 라디오 채널을 잡았는데, 거기 통기타 아르페지오 선율이 감미롭게 흐르더니 고요한 속삭임이 나를 이끌었다. 하덕규의 〈사랑일기〉였다.

새벽공기를 가르며 날으는 새들의 날갯죽지 위에

첫차를 타고 일터로 가는 인부들의 힘센 팔뚝 위에

광장을 차고 오르는 비둘기들의 높은 노래 위에

바람 속을 달려 나가는 저 아이들의 맑은 눈망울에

'사랑해요'라고 쓴다. '사랑해요'라고 쓴다.

피곤한 얼굴로 돌아오는 나그네의 저 지친 어깨 위에

시장 어귀에 엄마 품에서 잠든 아가의 마른 이마 위에

공원길에서 돌아오시는 내 아버지의 주름진 황혼 위에

아무도 없는 땅에 홀로 서 있는 친구의 굳센 미소 위에

'사랑해요'라고 쓴다. '사랑해요'라고 쓴다.

수없이 밟고 지나는 길에 자라는 민들레 잎사귀에

가고 오시 않는 아름다움의 이름을 부르는 사람들에게

고향으로 돌아가는 소녀의 밤차 유리창에도

끝도 없이 흘러만 가는 저 사람들의 고독한 뒷모습에

'사랑해요'라고 쓴다. '사랑해요'라고 쓴다.

'사랑해요'라고 쓴다. '사랑해요'라고 쓴다.

_하덕규 〈사랑일기〉

　　그 노래는 이제 봄을 사랑하라고, 그만 사막으로 여기라고 권하고
있었다. 사막에서 아름다움을, 사랑스러움을 발견해낸 기쁨을 선명한
이미지로 보여주고 있었다. 그러더니만 3절에 이르러선 가고 오지 않
는 아름다움의 이름을 부르는 사람을 노래하고 있었다. 그 순간 이상
하리만치 순간적으로 내 모든 봄날이 파노라마처럼 스쳐지나가는 걸
느꼈다. 돌이켜보니 그것들은 모두 아름다움이었다. 절절한 외로움과
고통의 나날로 여겨졌지만 이제 보니 사랑이었고 아름다움이었다는 걸
알게 된 것이다. 아니 정확하게는 그걸 발견해온 나날들이었다고 하는

게 좋을 듯하다. 하덕규의 〈사랑일기〉는 그런 나날들에 대한 아름다운 고백이었다. 들을수록 마음이 풀리며 사막이 푸른 초원으로 바뀌는 기분이 들었다고 할까.

이렇듯 센티하게 유난히 봄을 타며 못 견뎌하던 내게 그때마다 찾아온 노래들은 그 시절을 너끈히 견디게 해주었다. 사막을 건너게 이끌어주었다. 그런 노래들에 의지하여 이제 봄철마저 아름답게 여기게 된 것이리라. 삶의 고비마다 찾아와 내 감성을 위무하고 이끌어주었던 그 노래들, 고맙다!

내가 한 뼘 큰
블로거들의
이야기

화려한 나의 스펙
『반나야, 학교 가자!』

● **Nuboory** http://blog.daum.net/nuboory

반나야, 학교 가자!
김윤정 저 | 한울 | 2010

『반나야, 학교 가자!』는 아동구호 활동가가 전하는 국제개발 이야기이다. 개발학이라는 학문에 대한
소개, 현장에서의 그 활용뿐만 아니라 캄보디아에서의 근무와 생활에 대한 감상을 다루었다.

컴컴한 골목을 지나 외진 건물, 게다가 두어 층은 핸드폰 불빛에 의존해 올라가서야 아이들을 처음 만날 수 있었다. 계단 사이사이 벽을 메우고 있는 그네들의 그림 덕분에 어두운 복도에서도 길을 헤매지 않았다. 그 그림들 속 인물들은 모두 우스꽝스러운 표정 일색이었다. 여느 아이들과 다를 게 없어서 괜스레 격을 두지 말아야겠다는 생각을 되새겼다. 문을 열고 미소를 내밀었다. 벌써 우리 사이엔 친구 같다는 마음 한 웅덩이가 옴폭 패어버렸다.

스무 살의 끝자락을 붙잡고 있던 겨울날, 나는 어느 자원봉사단체에 들어가 한 계절 동안 이 아이들의 공부를 가르쳐주기로 했다. 여름부터 하고 있던 과외 덕분인지 자신이 있었다. 자주하는 것도 아니라 부담스럽지도 않았을 뿐더러 대학생이 되면 이런 '의미 있는' 일을 꼭 해봐야 할 것 같다는 일종의 의무감도 져버릴 수 없었다.

약자를 돕는다는 건 이 얼마나 낭만적인 일인가. 어릴 적 아파트 벤치에 가만히 앉아 계시던 이웃집 할머니의 어깨를 주물러드린 건, 군대에서 오랜 행군에 지쳐 있는 동료에게 꽁꽁 숨겨둔 음료수 한 캔을 건넸던 건, 나 또한 잊지 못할 선행이었다. 이런 기억 몇 움큼 덕택에 나는 그래도 괜찮은 사람이라고 자위하는지 모른다. 내 삶이란 건 어쩌면 이런 기억 몇 겹이 덧칠되어 가늘게나마 서 있는 것인지도 모르겠다.

어디 낭만적이기만 한가. 근래 들어 더욱 치열해진 취업시장을 두드리는 젊은이들의 녹록치 않은 이력서 한 귀퉁이를 채워줄 소중한 스펙이 되기도 한다. 기업들은 사회성과 봉사정신을 동시에 측정할 수 있는 지표로 봉사활동 기록을 살피는가보다. 이처럼 현대사회를 살아내려면 약자를 보듬을 수 있는 관용과 그 기록이 있어야 한다. 나 역시 현대사회를 꾸역꾸역 살아가는 터라 봉사기록이 필요했다는 건 부정할 수 없다.

좋은 게 좋은 거라고, 나는 부모가 안 계시거나 상황이 힘든 아동들을 도울 수 있었고, 내 인격을 형성하는 데도 좋은 일이었고, 게다가 스펙 한 줄까지 추가할 수 있었다. 나쁠 게 없었다. 자기계발서에서 그리 강조하는 윈-윈 전략이라 믿었다. 하지만 스무 살 언저리에서 이런 계산을 하며 짓는 나의 미소는 아이들의 미소와 맞닿은 뒤로 너무 이기적인 모양새로 보였다. 그 아이들이 나와 마주할 때는 어떤 목적이나 조건의 틈도 없이 오롯이 맑은 무늬만 묻어 나오는 까닭이었다.

과외까지 마치고 허겁지겁 아동복지센터에 도착하면, 고단한 하루를 보낸 뒤라 수업은 불성실해지고 가르치는 입장에서도 자꾸 시계를 보는 일마저 종종 생겼다. 차츰 아이들과 친해지자 아이들의 학교 이야기, 가족 이야기까지 듣게 되었고, 그로인해 가르치는 일은 갈수록 방만해졌다. 여전히 이곳 아이들의 눈빛은 투명했고, 우리들의 말씨는 곰살궂었다. 과외 하던 아이들에겐 왠지 모르게 잔정이 가질 않았다.

『반나야, 학교 가자!』에서 책 속 캄보디아 아이들을 묘사하는 부분들을 읽으며 더끔더끔 그해 겨울이 떠올랐다. 캄보디아 아이들은 복지 센터 아이들처럼 밝았다. 나는 책을 읽으면서 왜 세상 모든 도움받는 아이들은 한결같이 착해 보일까 하는 생각이 들었다. 미디어를 통해 고정된 인상이 새겨진 것인지, 아니면 생득적으로 착한 건지, 혹시 착할 수밖에라도 없는 건지 궁금해졌다. 태양처럼 환한 아이들이지만 음험한 생각이 잇달아 새어나왔다.

이들은 이처럼 착하기 때문에 세상 그 모진 풍파도 견뎌낼 수 있는 단단한 살갗을 지니고 있는지도 모른다. 그래서 무채색 교실에서 엄격한 군기를 휘두르는 교사에게 수업을 받을 수 있고, 뒤틀린 권선징악의 불합리만 흐르는 동화책을 보면서도 아무렇지 않게 순수한 눈망울을 끔벅일 수 있을 터였다. 하지만 그 살갗이 벗겨지고 나면 무수히 많은 상처의 흔적이 그네들 현실마냥 생생히 자리 잡으리란 건 어렵지 않게 예상할 수 있었다. 고생스러운 삶의 무게를 기꺼이 짊어지고 가는 것마저 전부 그네들이 착해서일 것이다.

나 같으면 차고 나오려고 발버둥 쳤을 것 같았다. 하나, 달리 생각해보면 나라고 다를 수 있을까 싶었다. 그저 낙천적인 미소만 내 삶에다 붙박을 수밖에. 가난하고 힘없는 이들이 늘 착하기만 할 순 없지만, 그게 가면일지라도 착한 모습을 택해야 하는 그들이 결코 가증스럽지는 않았다. 그들 모두가 세상의 갖은 협잡과 타협하지 않아서 가난해진 것은 아닐 테지만, 아이들에게마저 그 몫을 나누는 것은 너무 가혹하다. 그래서 가련하다. 방음 처리가 전혀 안 되는 연약한 방에 머물고 있는 복지센터의 아이들. 너무 시어서 먹을 때마다 윙크를 하게 만드는 김치로 끼니를 잇는 아이들. 그보다 더 가냘픈 토대 위에 깨금발로 선 캄보디아 아이들. 그러면서도 다 괜찮다는 듯이 말간 미소만 지어대는 아이들.

책을 읽는 내내 나는 이 아이들에게 내가 어떤 역할을 해야 할 것만 같은 참괴의 감정에 시달렸다. 하지만 곧 무엇이 그네들을 진정으로 돕는 일인가에 대해서 의구심이 생겼다. 단순히 측은지심에 기반을 둔 자원봉사는 그들을 자꾸만 약자의 길로 몰아넣는 것 같았다. 수동적이고 의존적인 약자에게 늘 필요한 보호는 아이들을 더욱 어린 아이로만 만드는 듯했다. 또한 그 아이들을 약자로 상정할수록 나는 우습게도 '우리'라는 좁은 울타리 속의 강자가 되어버리고 말았다. 내 안에서 식민주의자가 숨을 고르고 있는 것 같아 꺼림칙했다. 책 서두에 나오는 "다른 사람을 돕고 다른 사람의 도움을 받는 것에서 오는 행복함, 그 휴머니즘에서 오는 인생의 잔잔한 아름다움"(10쪽)만으로 극복하기엔 되알겼다. 이는 사랑만 먹고 살아도 배부르다는 철없는 신혼부부의 말처럼 나약한 소리로 들렸다.

또 타국에 나가 세계시민주의의 보편성을 구현한다는 것도 어찌 보면 그네들을 더 '그들'로 타자화하는 발상인 것 같아 보이기도 했다. 그게 보편성인지 획일성인지 도무지 종잡을 수 없었기 때문이었다. 그들을 억지로 우리로 만들 이유는 엷어보였다. 그들 자체로 바라봐주면 안 되나 싶은 생각을 눅일 수 없었다. 다행스럽게도 이런 고민에 대한 답안 하나를 책 속에서 엿볼 수 있었다.

> 그래서 늘 초심으로 돌아가고자 했다. 우리가 하는 활동이 마을 주민들에게 장기적으로 어떤 영향을 미칠지 끊임없이 고민해봤다. 그런 고민을 하는 와중에도 마을에 들어서면 날 보고 팔짝팔짝 뛰는 아이들을 보면 금세 행복해졌다. 다른 이방인들처럼 내가 뭔가를 주러 마을에 왔을 거라는 기대는 몇 달이 지나지 않아 사라졌다. 대신 아이들은 아무것도 들고 있지 않은 내 손을 서로 잡아끌기 시작했다.
>
> _130쪽

저자는 지속 가능한 도움의 방법을 찾기 위해 꾸준히 노력하고 있었다. 그리고 책을 읽어갈수록 그 노력이 무척 절실한 거구나 싶었다. 캄보디아의 상황은 생각보다 더 처참했다. 그들의 가라오케 문화는 "조상 대대로 일구던 밭을 팔아 가라오케를 사"(146쪽)야 할 정도로 심각했고, "옆집에서 부부싸움이 나 남편의 칼에 맞아 부인이 죽어도"(148쪽) 문제의식이 없다고 했다. 캄보디아에는 마땅히 도와줄 수밖에 없는, 그런 게 있었다.

그게 맹자가 표현한 대로 인(仁), 다시 말해 측은지심이어도 좋고, 프로이트가 말한 것처럼 '초자아(superego)'여도 좋았다. 내 안에 잠자고 있는 사마리아인을 꺼내어 웅덩이에 빠진 아이들을 구해주는 게

좋기보다는 옳다는 것을 알게 되었다. 캄보디아의 국민성을 바꿔줄 수도 없고, 바꿀 필요도 없는 거겠지만, 사람이 죽고 다치고 아프고, 경제적으로 곤궁한 이런 불행의 사슬을 응시하게 해주는 일은 인지상정이겠구나 생각했다. 친구의 고통을 모른 체 한다는 건 친구된 도리가 아니었다. 약자의 고통을 아는 체만 하는 것은 강자의 오만이지만 말이다.

물론 우리가 개도국을 마냥 약소국의 입장으로 대하지 않는다는 건 생각만큼 쉬운 일은 아니다. 『반나야, 학교 가자!』에서도 강자의 눈을 통해 약자를 보는 듯한 시선을 완전히 거둘 수는 없었다. 즐겨먹던 식단을 소개할 때, 생소한 생선을 가리키며 저자가 "정체불명의 생선"(164쪽)이라고 표현하는 걸 보며 나는 묵묵한 역겨움이 스쳤다. 캄보디아에 있는 생선이 저자가 살았던 한국이나 영국에 없을 수 있는 건 당연하다. 한데 캄보디아에서 주로 나오는 생선을 일컬어 '정체불명'이라고 편한 대로 이름 짓고 넘기는 것은 식민주의적인 시선이 스며 있는 것 같았다.

이렇듯 안경의 색을 제거하는 일은 정밀하고 촘촘한 작업이어야 한다. 타자에 대한 오해와 편견은 의외로 두텁기 때문이다. 『반나야, 학교 가자!』를 보고 나는 돕는 자에게도 윤리가 있다는 것을 깨쳤다. 그것은 도움받는 자의 자세까지 동시에 갖춰야 한다는 것이다. 우리는 도움을 주는 쪽이나 도움을 받는 쪽 같은 일방적인 관계로만 이뤄진

게 아니었다. 서로 도울 수 있는 호혜적인 관계일 뿐이고, 그들로 말미암아 배울 수 있는 점들이 더 많았다. 실제로, 가르쳐보는 게 최선의 학습 방법이기도 하다.

*

계절이 지나고 나는 복지센터 아이들과 작별할 때가 되었다. 그새 정이 들었지만, 다음에 또 만나자는 말은 슬며시 흘려버리고 말았다. 이번엔 대학생 마케터 활동을 해봐야 했기 때문이었다. 아이들에 대한 아쉬움보다 스펙에 대한 내 열정이 더 컸다. 하지만 뭐 대단한 사람 떠난다고 울음까지 터뜨리는 아이를 보면서는, 문득 난 참 사무적인 미소를 짓고 있구나 싶은 생각이 들었다. 깜짝 생일파티를 해주자 좋아하던 아이들의 미소와 우리의 미소 사이에는, 열 살도 채 차이 나지 않는 우리의 나이차보다 훨씬 더 깊은 간극이 놓여 있었다.

화려한 스펙을 쌓고자 일상을 누비는 요즘 젊은이인 나는 체험 형식의 일회성 자원봉사는 몇 번 해봤지만, 저자처럼 평생을 남에게 헌신할 생각은 없었다. 해외자원봉사를 나갈 때 정보를 살펴야겠다는 작정으로 펼친 책이었다. 막상 열어보니 남을 돕는 일이 자신을 돕는 일이라 생각하고 유학까지 가며 체계적으로 준비해온 저자의 삶은 그야말로 찬연한 빛깔이었다. 인생역정 곳곳에서 진심어린 노력의 향내가 번졌다. 어느새 책 표지 속 저자의 미소는 옆에 선 아이와 닮아 있었다. 스펙만 쌓아온 내 대학 시절은 짐짝만 불린 듯 무거웠다.

다음 겨울에는 한층 자유로운 눈빛으로 아이들을 만날 수 있을 것 같다. 눈물을 훔쳐내던 몽글몽글한 그 아이의 손잔등을 이제 조심스럽게 쓰다듬어주고 싶다.

행복은 어느새 다가와 눈앞에서
미소 짓고 있는 고양이 같은 것

● **서문정** http://www.cyworld.com/seo9802

행복한 길고양이
종이우산 저 | 북폴리오 | 2010

고양이 마니아들 사이에선 유명한 인기 블로거 '종이우산'의 첫번째 길고양이 사진 에세이.
5년이 넘는 시간 동안 서울 구석구석을 돌아다니며 기록한 길고양이 사진에 감성적인 글이 어우러졌다.
누군가에게는 혐오스러운 존재일지도 모르는 길고양이이지만 저자의 눈에 비친 길고양이는 한없이
예쁘고 귀엽기만 하다. 그는 길고양이의 삶에 대해 소리 높여 이야기하지 않는다. 단지 보여주는 것만
으로 고양이가 얼마나 사랑스러운 동물인지 느끼게 한다.

초등학교 다닐 때였던 것으로 기억한다. 숙제를 한답시고 책상에 앉았는데, 창밖에서 고양이 울음소리가 요란하게 들려 호기심에 내다보았지만 고양이는 보이지 않았다. 책상에 앉아 다리를 흔들며 숙제를 하는데 고양이 울음소리가 끊이지 않았다.

그러다 뭔가에 이끌려 책상 아래를 내려다보았는데 길고양이의 빨간 눈과 딱~!! 마주치고 말았다. 내가 다리를 흔들 때마다 고양이가 울어댔던 것이었다. 깜짝 놀라 책상 위에 올라가 엄마를 외쳤고, 이에 놀란 고양이는 후다닥 도망을 갔다.

이 사건 이후 나는 고양이에 대해 공포심을 갖게 되었다. 사실 어릴 때는 고양이뿐만 아니라 강아지도 무서워 조금이라도 큰 개가 있으면 빙 돌아서 집으로 가곤 했다.

점점 애완동물에 대한 문화가 정착이 되고, 강아지를 키우는 사람들이 많아지면서 나 역시 강아지를 무서워하는 일은 점차 사라졌고, 귀여운 강아지를 보면 나도 모르게 엄마미소를 짓게 되었다. 그런 와중에도 고양이에 대한 공포는 사라지지 않았는데, 몇 해 전부터 길고양이가 늘어나면서 밖에서 들려오는 길고양이의 울음소리는 그 공포를 가중시켰다.

그런데 요즘 고양이를 다룬 책들이 많이 출간되면서 고양이를 새삼다른 눈으로 보게 되었다. 예전에는 강아지가 자주 등장하던 동화책에도 이젠 길고양이가 많이 등장하게 되었고, 고양이를 키우는 사람들이 늘어나면서 무섭게만 느껴졌던 고양이에 대한 나의 마음도 조금씩 열리기 시작했다. 특히 딸아이가 고양이에 대해 관심을 가지면서 귀엽고 예쁜 고양이 사진을 모으기 시작했는데, 그 사진들을 보면서 처음으로 '고양이도 귀엽구나'라는 생각을 하게 되었다. 그리고 이맘때부터 내 안에 잠재되어 있던 고양이에 대한 공포는 사라지고 있었던 것 같다. 특히 자주 가는 인터넷 카페에는 고양이를 키우는 분들이 많아 고양이 사진이 많이 올라오곤 했는데, 그 사진을 보면서 고양이의 색다른 면을 많이 보게 되었다.

그러던 중 만나게 된 노란색 표지 속 커다란 눈망울의 아기 고양이 사진이 나를 사로잡았고, 어쩌면 내 안에 오래 잠들어 있던 고양이에 대한 공포가 『행복한 길고양이』를 통해서 말끔히 씻길 수도 있지 않을까 하는 바람으로 책을 펼쳤다.

페이지를 넘길 때마다 "와, 고양이에게 이런 귀여운 면이, 이런 깜찍하고 사랑스러운 면이 있었구나~!!" 하며 놀라움을 금치 못했고, 동물과 사람의 교감을 보면서 '행복'을 느낄 수 있었다.

아름다운 사진에 담긴 고양이들은 아름다웠지만, 그 안의 이야기들은 참 아팠습니다. 나와 살았던 고양이들이, 그리고 내가 날마다 골목에서 마주쳤던 아이들이 겪고 있는 일이라는 것을 너무 잘 알고 있기에, 더 아프게 느꼈는지도 모르겠습니다. 그래서 사진에 스스로 '행복한'이라는 단어를 붙였습니다. 고양이를 좋아하는 분들이 나의 아픔을 느끼지 않도록, 그리고 고양이를 탐탁지 않아 하는 분들도 '아, 고양이도 괜찮구나' '길고양이도 예쁘구나'라고 느낄 수 있도록.　　　　　　　　　　　　　_6쪽

길고양이들마다 이름이 있고, 사연이 담겨 있었다. 길고양이에게 사랑을 주는 사람들, 길고양이를 싫어하는 사람들, 사람에게 버림받고 상처받은 고양이도 있었고, 쥐약을 탄 생선을 던져주는 사람도 있었다. 사람에게 상처받았음에도 불구하고 여전히 사람을 좋아하는 마음 넓은 고양이도 있었다. 분양하겠다는 스님의 말을 알아듣고 새끼 고양이들을 데리고 나간 엄마 고양이, 버려진 새끼 고양이를 보듬어준 대부 고양이, 엄마 고양이가 떠난 자리를 지키고 있는 새끼 고양이 금동이와, 해피가 죽자 구슬프게 우는 해피의 남자친구 고양이, 자식에게 줄 게맛살을 물고 가는 엄마 고양이 키라라, 저 죽을 때 알고서 고맙다는 인사를 하기 위해 먹을 것을 준 할머니를 찾아온 늙은 고양이 둘리 등 길고양이들의 삶은 척박해보였지만, 사실은 그 척박한 환경 속에서도 사랑하고 사랑받으며 나름대로의 행복을 영위하며 살아가고 있었다.

그 행복을 빼앗으려는 사람들의 이기심으로 상처받고, 아파하고 있을 뿐.

사실, 고양이들의 행복은 어려운 것이 아니다.
적당한 포만감과 따뜻한 햇볕, 편안한 잠자리만 있으면
세상 그 어느 것도 부러울 것이 없다.
그에 비해 우리는 얼마나 많은 것을 가지고도 불행하다고 생각하는지.
우리는 행복이라는 걸, 우월함과 착각하고 있는지도 모른다.

_18쪽

고양이는 자신의 마음을 잘 표현하지 못하는 소심한 동물이라고 한다. 자신의 마음을 보이는 것이 부끄러워 항상 아닌 척 딴청을 피우는데, 강아지들이 예쁜 교생 선생님에게 반한 남자 중학생 같다면 고양이들은 소심한 여고생 같다고 말한다. 무서워 보이는 눈이지만, 이렇게 소심하고 부끄러워하는 모습이 있다니 귀여운 생각이 들어 풋 하고 웃어본다.

조금만 너그럽게 그들을 바라보면 당신을 바라보면서 홍조를 띠는 녀석들의 모습을 볼 수 있을 것이다. 이해하고 너그러이 바라보면 고양이가 사랑하는 법이 보인다. 그리고 이해하는 만큼 사랑받을 것이다.

_277쪽

고양이의 눈, 고양이의 얼룩, 고양이의 얼굴이 다 똑같은 줄 알았는데, 책 속의 고양이 표정은 정말 다 다르다. 부끄러워하는 모습, 행복한 표정, 경계하는 표정이 왠지 사랑스러워 보인다. 만화에서나 볼 수 있을 법한 눈웃음을 짓는 고양이를 보면서 행복해 하는 그들의 삶을 알게 되었다. 고양이들은 호기심이 많다고 한다. 길을 가다 나를 빤히 쳐다보는 고양이들의 눈을 무섭게만 느꼈는데, 이제와 생각해보니 나에 대한 호기심을 가지고 있었나보다. 무서워하지 말라고 인사라도 건네고 싶었던 걸까?

아직 나는 이 책의 저자처럼 그들에게 선뜻 다가설 용기는 없다. 하지만 그들에 대한 공포는 사라졌고, 나 역시 그들에 대해 호기심이 생겼다. 진짜 행복이 무엇인지 알고 있는 그들은, 사람에게 상처를 받고도 사랑을 주는 관대한 녀석들이다.

길고양이들이 쓰레기 봉지를 뜯어놓고, 번식기에 이상한 소리를 내며 울고, 더러운 모습으로 동네를 어슬렁거리지만 그것을 '피해'가 아닌, '불편'이라고 생각하면 얼마나 좋을까?

고양이를 싫어하는 분들이 조금만 더 관대해졌으면 좋겠다. 동냥은 주지 못할망정 쪽박은 깨지 말라는 말처럼 최소한 길고양이들에게, 길고양이들을 돌보는 분들에게, 상처는 주지 않았으면 좋겠다.

_281쪽

이 책에는 고양이를 사랑하는 저자의 마음이 담뿍 담겨 있다. 이 책을 통해서 '고양이도 괜찮구나' 하는 생각을 가졌으면 좋겠다는 저자의 말처럼 '고양이도 퍽 괜찮은 동물이구나' 하는 마음을 갖게 되었다. 책을 읽는 내내 고양이들의 모습에 폭 빠져 있었다. 고양이는 더럽고 못생긴 줄만 알았는데, 알고 보니 참 귀엽고 예쁜 동물이다. 사랑하는 법과 행복하게 사는 법을 사람보다 더 잘 알고 있는 이들이 가진 매력을 많은 이들이 공감할 수 있기를 바란다. 고양이에 대한 부정적인 시선이 사라지고, 그들이 길 위에서 행복하게 살아가는 법을 인정할 수 있는 세상이 되기를 나 역시도 바란다. 무서운 존재가 아닌, 괜찮은 존재로 다가온 그들의 모습으로 내 오랜 상처가 치유되었음을 느꼈다.

전락, 나의 열등감마저 사랑하리라

● Rosinha http://rosinhav.tistory.com

전락
알베르 카뮈 저 | 김화영 역 | 책세상 | 1988

알베르 카뮈Albert Camus
1913년 프랑스 식민지였던 알제리 몽드비에서 출생하였다. 농업 노동자였던 아버지가 1차 세계대전 중 전사하고, 청각 장애인 어머니와 할머니와 함께 가난 속에서 자랐다. 어렵게 대학에 진학해 고학으로 다니던 알제 대학교 철학과에서 평생의 스승이 된 장 그르니에를 만나 큰 영향을 받았다. 결핵으로 교수가 될 것을 단념하고, 졸업한 뒤에는 진보적 신문사에서 신문기자로 일했다. 한때 공산당에 가입했던 그는 비판적인 르포와 논설로 정치적인 추방을 당하기도 했고, 프랑스 사상계와 문학계를 대표했던 말로, 지드, 사르트르 등과 교류하며 본격적인 작품 활동에 몰입했다. 1942년 7월, 문제작 『이방인L'etranger』을 발표하며 주목받는 작가로 떠올랐고 1957년 『이방인』으로 노벨문학상을 수상한 후, 최초의 본격 장편소설 『최초의 인간』 집필중 1960년 자동차 사고로 생을 마쳤다.

백지처럼 하얗던 유년기, 가치 판단의 잣대도, 편견도 없던 그때. 내가 유일하게 생생하게 느꼈던 것은 칭찬받음의 즐거움이었다. 특히 부모님, 선생님과 같은 어른들이 내게 하사하는 찬사와 칭찬은 나를 허영심이라는 열에 들뜨게 만들었다. 사실 그때는 뭘 해도 어른들의 헤프기 그지없는 칭찬을 받을 수 있는 시기였다. 책 읽는 목소리가 또랑또랑 하거나 숙제를 꼬박꼬박 하기만 해도 '남다른' 아이가 되기에 충분했었다. 사실은 그저 또래에 비해 조금 더 똘똘하고 눈치가 빨랐을 뿐이던 나는, 관심이 주목되는 그 짜릿한 순간을, 칭찬받는 영광스런 순간을, 누리고 맛보기 위해 무던히도 애쓰는 아이로 자랐다.

학급반장을 놓치지 않으려 했던 것도, 전교 1등을 빼앗기지 않으려 밤새 공부하던 것도, 봉사활동이며 클럽활동이며 학생위원회며 눈에 띌 수 있는 활동에는 모조리 참가했던 것도 모두 같은 이유에서였다. 빛날 수 있는 무대가 있다면 결코 빠지지 않고 나섰고, 덕분에 나는, 그 자그마한 세상 속에서 꽤나 화려한 유년기를 보냈다. 이 모든 것이 내가 열세 살이 채 되기도 전에 있었던 이야기들이다. 부모님에겐 칭찬을, 선생님에겐 신임을, 또래들에겐 선망과 시기를 받으며 소위 말해 '잘나가는 꼬마'로 지냈던 것이다. 마침 유행병처럼 '영재반' '심화반' 같은 것들의 열기가 들끓고 있을 무렵이었다.

그 당시 꼬마들은 요즘 아이들처럼 괴악한 환경에 물들지 않아서, 나쁜 짓을 해도 어설프고 순진무구한 구석이 있었다. 그럼 나 역시 그

어설픈 악당들을 처벌하는 어설픈 정의의 사도 역할을 자처하며, 어른들의 '신뢰'를 무기삼아 어설픈 단죄를 내리곤 했다. 나는 고자질쟁이이자 오지랖이 넓은 아이였다. 선행이 주는 우월감과 동시에, 어른들의 칭찬을 받을 때면 황홀할 만큼 세상이 빛나보였다. 예를 들면 이렇게 평범한 것이다. 4학년 무렵이었을까. 같은 반에 몸이 불편한 아이가 한 명 있었는데, 남자애들이 그 아이의 몸짓을 흉내 내며 놀려대기 일쑤였다. 그 애의 참담한 표정을 보고 있노라면, 내 안의 어설픈 정의감이 발동하여 남자애들에게 호되게 호통을 치고, 그 길로 달려가 선생님께 일러바치곤 하였다. 사실 '일러바친다'는 표현은 그 당시 나의 영악함을 드러낼 수 없는 조악한 단어다. 나는 반장으로서 책임감을 느끼며 같은 반 친구들이 다 함께 사이좋게 지내지 못하는 것이 너무너무 슬프다라고 하며 곧 눈물이라도 흘릴 듯한 목소리로 담임선생님께 말씀드렸다. 그럼 선생님은 감탄과 기특함이 어린 눈빛으로 내 머리를 부드럽게 쓰다듬어주시곤 어지럽혀진 반의 질서를 바로잡으셨다.

본능적으로 어떻게 해야 칭찬받을 수 있는지, 여기서 어떤 말을 해야 조숙하고 어른스럽게 보일지, 나는 열 살도 채 되지 않은 나이에 모두 알 수 있었다. 다른 친구들처럼 짓궂은 장난을 치지도, 수업시간에 떠들지도, 규칙을 어기지도 않았다. 어른들은 나의 영특함을 치켜세우며 특별대우해주었다. 나는 점점 더 틀에 박힌 '모범생'을 넘어, 어른 세계의 맞춤형 어린이로 자라났다. 그리고 그 모든 것이, 칭찬에 한껏 고조된 나 자신의 자발적인 의지였다.

　누구에게나 상처가 있듯이, 내게도 역시 타고난 결핍이 있었다. 내가 갈망하는 것은 끝없는 애정과 관심이었다. 나는 채워도 채워지지 않는 그 블랙홀 같은 암흑을 메우려 끝도 없이 발돋움하며 유년기를 보냈다. 아마도 그 공백을 '선행'과 '칭찬', 그리고 '예의바름'과 '겸손함'으로 채울 수 있으리라 믿었던 것 같다. 그래서 나는 사고 한 번 치지 않는 얌전한 아이로 자랐다. 모험이란 단어는 만용의 옆자리에 놓일 만한 것이었다.

　그러나 언젠가부터, 나는 나 자신이 '진실로' 착한 어린이는 아니라는 사실을 깨닫기 시작했다. 내 안에 도사리고 있는 악마를 분명히 느꼈고, 이 악마는 착한 어린이가 되고 싶어 하면 할수록 검은 얼룩이 번지듯 점점 자라났다. 나는 착해, 나는 의젓해, 나는 똑똑해, 하며 자신을 허영과 칭찬으로 채우던 내가, 어느 날 더 좋은 성적이 받고 싶어 앞자리 친구의 시험지를 엿봤을 때, 나보다 인기가 많아서 시기하던 아이의 실내화에 진흙을 퍼 담았을 때, 갖고 싶었지만 사달라고 조를 수 없었던 장난감을 몰래 주머니에 찔러 넣었을 때, 나는 내가 착한 어린이가 아니라는 것을 분명히 알게 되었다. 내 진실을 깨달으면 깨달을수록 더욱 집요하게 '칭찬'도 탐하게 되었다.

그러나 그땐 너무 어려서 이 모든 부조리함을 윤곽 없는 흐릿한 그림으로만 받아들였다. 나는 표창을 받는 모범생이었지만 그에 뒤지지 않을 만큼 사악한 열망을 갖고 있다는 사실을, 그때는 아무에게도 말할 수 없는 은밀한 나만의 비밀로 간직하며 마음속에 묻었다. 어린이 교양도서에 나올 법한 예의바르고 완전무결한 아이가 되고 싶었던 것이다. 그래. 나는 정말 착한 어린이가 되고 싶었고, 될 수 있다고 믿었다. 그러나 시간이 갈수록 더욱 짙어지는 그림자 같은 또 다른 내 모습에 열등감이 드리웠다. 그리고 그 열등감은 나를 승리자의 옷을 입은 패배자로 자라게끔 하였다.

해가 지날수록, 소나기처럼 퍼붓던 어른들의 칭찬은 시들하게 잦아들었다. 처음의 '남다른 아이'는 온데간데없고 점차 '원래 잘하는 애' '원래 의젓한 애'로 내 입장도 변해갔다. 돌아오는 칭찬의 양이 압도적으로 줄어들자, 가까스로 쌓아왔던 내 둑에도 조금씩 금이 가기 시작했다. 새어나오는 열등감으로 점차 나 자신이 가짜처럼 느껴지기 시작했던 것이다. 어느덧 '영재'를 쓰다듬던 칭찬의 손들은 '책임'을 요구하는 부담스러운 떠밀림이 되었다. 나는 진짜 머리가 좋은 것도, 속이 깊은 것도, 착하고 의젓한 것도 아니었지만 어른들의 기대를 저버릴 수 없어 그런 '척'을 힘겹게 이어나갔다. 연극은 점점 어려워졌다. 나는 나 자신에게 염증을 느끼며 우울증을 겪었다. 내가 받았던 상장과 상패들이 반대로 나를 비웃기 시작한 것이다.

중학교 1학년 때, 국어선생님께 매주 독후감을 제출했다. 주변 친구들이 '중학교 1학년 권장도서' 수준의 책을 읽고 글을 쓸 때, 나는 허영심으로 세계문학을 읽기 시작했다. 『대지』 『개선문』 『데미안』 『좁은 문』 따위를 성확하게 이해하지도 못하면서 무작정 흡수하듯 밀어넣었던 만 열두 살의 그때. 나의 불순한 독서리스트는 단연 뛰었다. 모두 "이런 책도 읽니?" 그 한 마디를 듣기 위해서였다. 지금 돌이켜보면 그렇게나 애쓰던 자신이 애처롭기까지 하다. 독서에 대한 비틀린 열정은 중학교 시절 내내 이어졌다. 독후감에는 공을 들인 거짓말로 가득했다. 그렇게 시간이 흘렀고, '독서가 남다른 아이'에서 '원래 그런 취향인 아이'로 다시 한 번 격하되었을 무렵, 그제야 남에게 보이기 위함이 아닌, 나의 열등감을 치유하기 위한 책을 읽게 되었다. 비록 칭찬받고 싶다는 불순한 동기로 시작했으나 책을 읽는 사이 내 자신이 많이 달라졌던 것이다. 그리고 어느 날, 내 안에 곪아 있던 허영심을 발라내버린 강렬한 작품을 만났다. 카뮈의 『전락』이었다.

한참 감수성이 예민하던 중학교 3학년 시절. 나는 카뮈의 전집을 만나게 되었는데, 특히 『전락』은 밤새워 한 글자 한 글자 핥다시피 하며 읽어내렸을 만큼 나에게 강렬한 작품이었다. 너무나 신랄하고 회의

적이란 이유로 호불호가 많이 갈리는 이 작품은, 적어도 나에겐 '구원' 같은 존재였다.

처음에 나는 주인공 클라망스의 달변을 듣는 청자에서, 종국엔 그의 입을 빌려 말하는 화자가 되어버렸을 만큼 글 속으로 녹아들었다. 비난과, 공감과, 위로를 동시다발적으로 퍼붓던 그 책의 마지막 장을 덮으면서 나는 내 안의 모든 열패감도 함께 덮어버릴 수 있었다. 온몸을 얻어맞은 듯 따끔거렸지만 후련한 기분이었다.

"그러니 선생께서 나를 체포해보시죠. 훌륭한 데뷔 작품이 될 겁니다. 아마 그 뒷일은 맡아 해줄 사람이 있을 테죠. 가령 나는 목이 잘리게 될지도 모르고, 그렇게 되면 더이상 죽을까봐 두려워하는 일도 없어질 테니 구원받는 셈입니다. 그러면 선생께선 운집한 군중들 저 위로 이제 막 잘려진 내 머리를 처들어 올려주십시오. 내 모습 속에서 그들이 자신들의 얼굴을 알아볼 수 있도록, 다시 한 번 더 내가 모범이 되어 그들을 지배할 수 있도록 말입니다."

_본문중에서

그는 클라이맥스에서 환희에 찬 비탄을 내뱉으며 나를 향해 똑바로 말을 걸었다. 나는 군중 위로 들어 올려진 그의 머리에서 내 얼굴을 똑똑히 볼 수 있었다. 클라망스는 자신을 재판함과 동시에 나의 죄에도 판결을 내린 것이다. 나는 목이 내려쳐진 듯한 오싹함 속에서 새롭게 타오르는 불꽃을 만날 수 있었다. 아! 비틀린 자기애가 낳은 허영심에 지지 않을 견고한 나의 세계를 만들리라. 그까짓 열등감에 잡아 먹혀 재판을 기다리며 암스테르담으로 숨어든 클라망스처럼 되진 않으리라.

『전락』은 나의 위선을 부정하지 않았다. 대신 나보다 네 배의 인생을 흘려보낸 클라망스의 이야기를 들려주었다. 물론 클라망스의 이야기가 날 전혀 다른 사람으로 만들어준 것은 아니다. 내 안의 위선과 허영은 조금도 변하지 않았지만 나는 한결 편해졌다. 다만 내 안의 모순을 직시할 수 있는 용기가 생긴 것이다. 그것만으로도 많은 것이 달라졌다.

나는, 선행을 베풀수록 자아가 고조되는 사십대 변호사 클라망스와 칭찬을 받을수록 겉멋이 심해졌던 유년기의 내가 다를 것 없는 같은 '족속'이라는 사실을 안다. 지금 내가 '착한 척'에 넌더리가 나 위악을 떨어대기 시작한들, 클라망스의 그림자가 사라지는 것은 아닐 것이다. 나는 그 중년의 남자 대신 진을 마시고, 병든 몸뚱이를 낡은 침대에 누이고, 도난당한 명화를 벽장에 숨긴 채 화려하게 체포되는 그날을 꿈꾼다. 그러나 더이상 두렵지 않다. 열등감을 탈탈 털어 햇볕에 뽀송하게 말려버릴 것이다. 삶을 사랑하는 한, 나는 쉽게 지지 않을 것이다. 클라망스, 그의 전락은 나의 구출이 되었다.

그녀에게

● **마른곰** gomgomg.egloos.com

그녀에게
페드로 알모도바르 감독 | 하비에 카마라, 다리오 그랜디네티 출연 | 드라마 | 스페인 | 2003

오랫동안 아픈 어머니를 보살펴왔던 베니그노는 어머니의 죽음 이후, 우연히 창밖으로 보이는 건너편 발레학원의 알리샤를 발견한다. 환한 봄 햇살처럼 생기 넘치는 알리샤. 베니그노는 창문 너머로 그녀를 바라보며 사랑을 느낀다. 하지만 비가 오던 어느 날, 알리샤는 교통사고로 식물인간이 되고, 간호사였던 베니그노는 그런 알리샤를 4년 동안 사랑으로 보살핀다. 여행 잡지 기자인 마르코는 방송에 출연한 여자 투우사 리디아에게 강한 인상을 받고 취재차 그녀를 만난다. 각자 지난 사랑에 대한 기억과 상처를 가슴에 묻고 있는 두 사람. 서로의 상처를 이해하고 치유해주는 사이에 그들은 사랑에 빠지지만, 리디아는 투우경기 도중 사고를 당해 식물인간이 된다. 두 남자는 그렇게 사랑하는 여자들을 통해 병원에서 다시 만난다. 함께 그녀들을 돌보고 서로의 외로움을 이해하면서 친구가 되어가는 두 사람. 하지만 알리샤가 살아 있다고 느끼고 지극한 사랑을 전하는 베니그노와 달리, 마르코는 리디아와 더이상 교감할 수 없음에 절망한다. 몇 달 후, 리디아의 사망소식을 듣고 병원을 찾은 마르코는 베니그노가 감옥에 수감되어 있다는 사실을 알고 그를 찾아가는데……

Talk to her. 그녀에게.

　사람으로 태어났다는 것은, 나뭇잎도, 고양이도, 모래알도 아닌 인간으로 태어났다는 것은, 사고하고 사유한다는 것은, 연구하고 관찰한다는 것은, 꿈을 꾸고 기대한다는 것은, 행복한 것과 불행한 것을 나눈다는 것은, 인간으로 태어났다는 것은, 결국 타인을 바라본다는 것이다. 타인과의 관계에 희망을 갖는다는 것이다. 타인의 손길을 갈구한다는 것이다. 애정이라는 감각에 대한 갈구. 대지에 발을 붙이고 서서 호흡을 한다는 것.

　어렸을 적, 흔하디흔한 의문점들 중 가장 궁금했던 것은 상대가 나를 온전히 바라볼 수 있느냐는 것이었다. 외로움을, 괴로움을 참아내기 위해서 상대에게 내 자신을 보이기 위해서는 어떠한 폭력적인 방법도 피하지 않고 굳세게 마주 보아야만 하였다. 하지만 그 의문은 생각지도 못했던 부분에서 또 다른 의문점을 낳고 그 속에서 헤매게 만들었다. 나는 상대를 온전히 바라보고 있는 것일까. 어떠한 편파적인 시선. 나와 다른, 너무나도 다른 그 누군가를 나는 총체적으로 온전히 바라볼 수 있을까. 내가 보고 있는 부분은 그녀의 오직 조그마한 파편의 조각들 중, 미세한 하나의 틈뿐이지 않을까. 어떻게 해야 상대의 모습을 모조리, 한 치의 오차도 없이, 한 톨의 파편도 없이 부서지지 않은 완벽한 모습으로 내 시야에 온전히 담아낼 수 있는 것일까. '저는 당신이 바라보는 모습, 그대로예요.' 내 자신의 생각이 있고 사유가고 연구가 있고 관찰이 있는데 어떠한 기대감이라는 불분명한

없이 당신을 바라볼 수 있을까. 나는 편파적인 시각으로 보는 상대는 결국 내가 만든 또 하나의 상, 이미지일 뿐이고 또 다른, 그녀 자신의 본래의 상은 따로 있을 것이라는 의심을 가지고 있었다. 그 의문점이 족쇄가 되어 나를 옭아매어 나를 더 외롭고, 쓸쓸하게 만들었다.

보고 싶은 것만을 보게 된다는 것. 참을 수 없고 분통터지는 일이었다. 이 세상은 결국 나 혼자만 살아가고 있는, 수많은 내가 만들어낸 종이 인형들 틈에서 살아간다는 것. 그들의 실체는 결국 투명인간뿐이라는 것. 거울들로 뒤덮인 상황.

또 하나의 의문점. 어머니는, 아버지는 어떻게 나를 이리 사랑해주실 수 있을까. 그녀는, 그는 나의 모든 것을 알고 있을까. 그녀가 고통의 끝에 뱉어낸 순백의 아이는 이미 사라지고 그것에 무언가의 불순한 첨가물, 사고의 경유를 겪은 내가 따로 있는데. 그녀는 이미 그것을 알고 있을 텐데, 어떻게 나를 이렇게까지 헌신적으로 사랑할 수 있는 것일까. 내가 바라보는 어머니는 어머니 그대로일까. 사랑하는 어머니, 또 다른 사랑의 방식, 모성애, 헌신, 아가페, 해답은 의외로 가까운 데에 있었다. 그녀의 눈동자를 조용히 쳐다보면 보이는 것. 서로가 서로의 모든 것을 알지 못하더라도 행복할 수 있다는 믿음. 정신적 교감. 거리감이 존재하지만 그 틈은 중요하지 않다. 단지 그녀의 눈동자를 통해 연결이 되어 있다는 확신을 알 수 있었다.

소통의 가장 기본적이면서 가벼운 방식. 의심하지 않는 믿음. 서로의 눈동자를 통해 자신의 모습을 담아낸다. 결국 우리가 사랑하고 믿는 것은 나의 모습을 온전히 닮은, 나의 파편을 간직하는 것을 숨기지 않고 드러내는, 그것을 소중히 여길 줄 아는. 나는 그녀를 사랑하며 그것은 곧 내 자신을 사랑하는 행위이다. 그녀가 외로울 때 옆에 있어 준다는 것은 결국 내가 외로울 때 그녀를 옆에 둔다는 것. 굉장히 단순하며 이기적인 방식이지만, 그렇기 때문에 이 이기적인 동물이 '인간적'이라는 정의를 갖게 되는 것이다.

불쌍한 친구, 베니그노. 생각하지 않는 헌신의 모정. 아버지에게 버림받은 어머니. "어머닌 좋은 분이셔서 혼자 둘 수는 없었죠." 그는 자신의 취향을 모르는 것이 아니라 하나로 규정짓거나 정의하지 못할 뿐이다. 취향. 욕망하는 것. 그것은 '나는 무언가를 좋아하고 싶어'라고 홀로 생각하는 것이 아니라 머리가 커감에 따라, 몸이 커감에 따라, 시간이 흐름에 따라 자연스럽게 몸에 배어 결국에는 "나는 이것을 계속하고 있어. 이걸 하지 않으면 죽을지도 몰라" 하고 외치는 것이다.

"여기 온 이유가 있을 거 아니에요?" "아마도…… 외로움 때문일 거예요." 베니그노는 사고나 사유로 인해 얻은 편파적인 시선이 아닌 순수하고 마음이 끌리는 대로 바라본다. 그는 우연찮게 자신이 행동하는 이유를 깨닫는다. 외로움. 결국 그는 헌신적인 어머니의 모성애를 구현하는 사람이다. 어머니에게서 배운 사랑의 방식. 그가 사랑하는 방식은 화분에 물을 주는 방식. 비를 뿌려 나무와 교감하는 대지. 아낌없이 자신의 모든 것을 쏟아붓고 사랑한다. 비가 오는 날 사고를 당해 식물인간이 된 알리샤. 그녀의 얼굴과 어머니의 사진 속 얼굴은 미묘하게 닮아 있다. 비와 식물. 강압적이고 강요적이면서도 헌신적이며 순종적인 사랑의 방식. 그것을 이해할 수 없는 마르코에게 베니그노는 이야기한다. "talk to her. 그녀에게 이야기해보세요." 마르코는 이해하지 못한다. "하지만 듣지 못해요." 그는 식물인간인 알리샤가 자신의 이야기를 듣고 이해하고 있다는 것에 확신을 갖고 매일 그녀에게 이야기한다. 화분에 물을 주듯이 교감을 하고 있다고 생각한다. 하지만 듣는 이도, 말하는 이도 알 수 없는 환상. 베니그노는 그것으로 자신을 위안하며 계속해서 자신이 보고 들은 모든 것을 이야기한다. 그에게 중요한 것은 그녀가 자신의 곁에 있다는 것. 하지만 그에게는 중요한 무언가가 결핍되어 있다.

호의를 베푼다는 것은, 상대에게 마음을 보여준다는 것은, 완벽한 이해를 바란다는 것은, 내가 누군가에게 무언가를 해주고 싶다고 느낄 때, 자신 있게 나서서 모든 것을 해치울 수 있을까. 세심하고 예민

한 감각을 소유하고 있다면 그것에 어려움이 있다는 것을 알 수 있다. 상대가 그 호의를, 그 마음을, 그것을 모두 온전한 나의 의미대로 이해할 수 있을까. 혹시라도 그것이 상대가 원하는 것이 아니라면. 바라지도 원하지도 않는 선물은 그에게 짐이 될지도 모른다. 그러한 방식은 너무나도 이기적으로 느껴져 불쾌함이 뒤따른다. 상대에게도. 자신에게도. 필요한 것은 가장 기본적인 소통 방식. 그와 내가 얼마만큼 닮으려 노력하는가를 생각하는 것이다. 내 자신이 편파적인 시선을 가지고 있다는 것을 인식하는 것이다. 상대의 말을 끝까지 들어보려 노력하는 것이다.

마르코는 운동을 한 후, 심호흡을 하고 잠시 소파에 앉아 텔레비전을 켜본다. 나오는 것은 황소의 거친 숨결을 간직한 투우사 여인. 그녀는 인터뷰 도중, 불쾌한 질문을 듣고는 리포터의 손을 뿌리치고 화면 밖으로 나가버린다. 그녀에게 흥미를 가진 마르코는 그녀를 취재하기 위해 그녀가 있는 바에 가서 이야기를 나누고 집에 가는 길을 함께한다. 그녀의 집에는 불청객이 있었고, 그녀는 비명을 지르며 뛰쳐나온다. 불청객을 물리치고 나오는 마르코. 집에서 나오는 마르코를 차의 백미러를 통해 응시하는 리디아. 그와 그녀 사이에는 텔레비전과 백미러 같은, 남을 비춰주는 사물로 인한 거리감이 존재한다. 베니그노의 헌신적인 사랑. 마르코의 거리감 있는 사랑.

나는 누군가에게 특별한 사람이 될 수 있을까. 나는 나를 특별하게 여겨주는 사람에게 모든 것을 헌신하는 사람이 될 수 있을까. 상대에게 짐이 되지 않을 호의를 베풀어볼 수 있을까. 상대에게 어떤 호의를 받아도 자연스럽게 기뻐할 수 있을까. 누군가는 나를 똑바로 쳐다보며 그 눈동자 안에 나를 새겨둘 수 있을까. 나는 누군가를 똑바로 쳐다보며 내 눈동자 안에 너를 새겨둘 수 있을까.

〈줄어든 연인〉. 베니그노는 이 무성영화를 보고 움직이지 않는 알리샤에게 이야기를 전해준다. 다이어트 약을 먹고 몸이 줄어드는 연인. 여인은 줄어든 연인을 어머니의 집에서 데려온다. 잠이 든 여인을 만족시키기 위해 생식기로 들어가버리는 남자. "영원히 사랑해요." 베니그노는 자신의 몸을 헌신해서 여성을 만족시키는 알프레드를 보며 자신의 감정과 유사함을 느낀다. "알프레드는 그녀 안으로 들어갔어요. 영원히." 결국 남성은 자신이 태어난 여성의 자궁으로 돌아간다. 태어나 헌신을 하며 삶을 유지하고 마지막에는 대지로 돌아간다.

결혼식은 새로운 시작이자, 동시에 누군가에게는 새로운 끝이다. 마르코는 사랑했던 과거 연인의 결혼식을 보고 있다. 담담하게 예전 연인의 행복을 기원하는 순간 슬퍼하는 현재의 연인, 리디아가 눈에 들어온다. "멋진 결혼식이었죠?" "감동적이었어요." 그녀는 왜 사랑하는 사람의 전 연인의 결혼식을 보며 눈물짓는 것일까. "마르코. 잠시 후에 다시 얘기해요." "한 시간 동안 얘기했잖소." "이제 제 얘기도 해야죠." 마르코는 병실로 돌아와 리디아의 전 연인에게 리디아가 하려던 말이 무엇인지 듣게 된다. 그 길로 베니그노에게 작별인사를 고하고 병원을 떠난다. 마르코는 자신의 과거를 이야기하는 데 익숙했고, 리디아는 그것을 듣는 데 익숙해 보였다. 하지만 둘의 사랑은 결국 과거의 연장선에 지나지 않았다. 그가 talk, 이야기한 것은 그녀에게는 잃어버린 연인에 대한 갈구였고 그것은 욕망으로 변해갔다. 그녀가 이야기하지 못한 것은 마르코보다도 더 사랑하는 연인이 존재한다는 것. 말과 말의 불협화음. 소통의 불화. 각자 과거의 연인들만을 닮아 있던 그들이기에 거리감은 결코 사소한 것이 아니었다. 둘은 텔레비전에서 보던 여인으로, 백미러를 통해 보던 남성으로 관계를 유지해왔고 그것은 새 출발이 아니었다.

그녀와 소통하고 싶은 열망. 갈구. 이야기. 혹은 질문의 질문들.

왜 당신을 만났을까요.

왜 당신을 사랑하게 되었을까요.

언제 나를 보고 싶나요.

왜 당신을 보면 안아주고 싶어질까요.

당신은 행복하나요.

당신에게 필요한 것은 무엇인가요.

당신이 꿈꾸는 것은 무엇인가요.

어딘가 다른 나라에서 살고 싶다는 꿈을 꾼 적이 있나요.

어떤 집에서 생활하고 싶나요.

왜 당신의 눈은 동그란 것일까요.

동그란 것들은 어디로 굴러간다고 생각하나요.

나는 당신의 어떤 점이 좋은 것일까요.

당신은 자신이 누구인지 정확히 알고 있나요.

어두운 곳과 밝은 곳 중 어디에 더 끌리나요.

10년 후에 당신은 어떤 모습일까요.

하늘에는 무엇이 있다고 생각하나요.

그럼 땅에는 무엇이 있다고 생각하나요.

좋아하는 책은 무엇인가요.

좋아하는 영화는.

좋아하는 음악은.

고양이를 안아본 적 있나요.

당신이 곰을 닮은 것을 아시나요.

당신은 자유로운 삶을 살고 있나요.

당신은 당신이 정열적이라고 생각하나요.

이지적이라고 느끼나요.

아름다움이란 무엇일까요.

이 세상에서 해낼 수 있는 것이 어딘가에 있을 것이라고 믿으시나요.

당신이 믿는 신은 누구인가요.

예술에 희망이 있다고 생각하시나요.

질문들이 쓸모없다고 생각이 되지는 않을까요.

당신은 당신의 사물을 기억하시나요.

가장 좋아하는 물건은 무엇인가요.

그 물건이 당신을 온전히 담아낼 수 있다고 생각하시나요.

가장 좋아하는 동물은 무엇인가요.

동물을 보고 감동해본 적 있나요.

당신은 안경을 쓰고 있나요. 렌즈를 끼고 있나요.

정치가는 거짓말을 한다는 것을 알고 있나요.

당신이 쓰고 있는 글은 어떤 내용인가요.

당신은 밤에 잠이 오지 않으면 무엇을 생각하시나요.

낮에 시간이 남으면 무엇을 하시나요.

취미가 있나요.

당신의 손목은 가는 편인가요.

당신은 영혼이 있다고 생각하나요.

어두운 곳에 들어가면 무서움을 느끼나요.

당신은 나의 얼굴을 바라볼 수 있나요.

당신은 무엇에 감동하시나요.

예의가 없다고 느끼나요. 부담이 되나요.

누구보다도 격하게 또는 유연하게 몸을 움직여 아름다움을 표출하던 투우, 발레. 그녀들은 식물인간이 되어 소통의 근원을 잃었다. 벽에 몸을 계속해서 부딪치며 울부짖는 여성, 그녀가 움직이는 경로에 장애물을 없애주는 남성. 소통의 불화. 외로움.

베니그노는 하지 말았어야 할 짓을 저지르고, 그 벌로 감옥에 갇히게 된다. 마르코는 불쌍한 그의 죄보다는 순수했던 사랑을 기억하고 그의 외로움을 달래주려 면회를 한다. 창으로 막혀 있어 수화기를 통해서만 이야기할 수 있는 사이. 창에 비치는 것은 상대의 모습. 둘은 겹쳐져 나타난다. 마르코는 베니그노에 동화되고, 베니그노는 마르코에 동화된다. 단지 서로를 위하는 마음 하나로 그것이 가능하게 된 것이다. 알리샤와 리디아와는 이룰 수 없던 관계가 우연찮은 장소에서 펼쳐진다. 비. 비는 나무의 생명의 근원이다. 곳곳에 내려 말라가는 식물들에 생기를 불어넣어준다. 그녀가 베니그노에게 오게 되는 날, 사고를 당하던 날에도 비가 계속해서 내렸다. 베니그노는 알리샤를 볼 수 없게 되자 결국 차가운 감방에서 숨을 끊는다. 그녀가 살아 있다는 것만으로 안심하며. 마르코는 베니그노의 죽음에 숙연해지며 그의 순수하고 헌신적이었던, 그래서 치명적이었던 사랑에 경외심을 담아 눈물로 배웅한다.

어떻게 해야만 상대를 완벽하게 이해하고 그것을 넘어 소통할 수 있을까. 나는 상대를 온전히 바라보고 싶다는 열망이 머릿속에 가득 차 있는 반면, 마음속에는 주체적인 시각을 훼손시키고 싶지 않다는 열망도 그에 비례하는 만큼 가지고 있었다. 생을 마감할 때까지 나는 상대의 본모습을 이 시야에 담을 수 없을 것이다. 죽음에 이르기까지도. 그게 나의 희망의 과녁이었다. 눈동자를 닮은 황금빛 화살. 정밀하게 날아가 그대의 찬란한 희망의 과녁에 닿기를.

베니그노의 사랑은 완성된 것일까, 아닐까. 알리샤는 결국 깨어난다. 병원장이 마르코에게 보여준 기적의 사례처럼 임신과 출산이라는 활동에 의해 깨어나게 된 것이다.

　마르코는 어느 공연을 보다 알리샤를 보게 된다. 알리샤는 눈물을 흘리며 공연을 보던 마르코에게 호감을 가지게 되고, 마르코는 알리샤를 보며 베니그노의 헌신을 생각한다. 알리샤가 마르코에게 호감을 가진 이유를 설명하기는 어렵다. 어쩌면 베니그노의 'talk to her'가 식물인간이었던 알리샤의 정신과 교감을 해, 그가 한 이야기들을 무의식적으로 기억하고 있을지도. 베니그노를 닮은 두 남녀. 마르코와 알리샤. 그들은 공연장의 좌석 하나만큼의 거리감을 가지고 있다. 하지만 그 거리감이 나타내는 것이 베니그노이기 때문에 더없이 소중하게 느껴진다. 우리는 편파적인 시선으로 상대를 바라본다. 하지만 그렇기에 소통할 수 있다. 공연은 막바지에 이르고 남녀가 쌍이 되어 서로 호흡을 맞추며 춤을 춘다.

섬웨어,
그저 어깨를 내미는 것만으로도

● **groundhogday** http://blog.paran.com/groundhogday

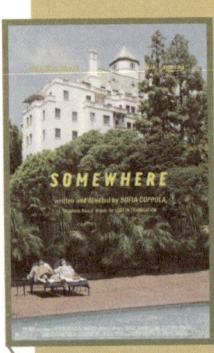

● **섬웨어**

소피아 코폴라 감독 | 스티븐 도프, 엘르 패닝 출연 | 드라마 | 미국 | 2010 | 67회 베니스영화제 황
금사자상 수상

유명 영화배우인 조니는 여자와 술에 찌들어 살지만 결코 행복하지 않다. 지루한 날들은 의미 없이
흘러가고, 주위엔 아무도 없다. 그러던 중 이혼한 아내에게 일이 생겨 아내와 함께 살고 있던 열한 살
짜리 딸 클리오와 함께 지내게 되고 둘은 여정을 함께한다. 딸과 아버지가 함께할 수 있는 일상적인
행동을 통해 그는 자신에 대해서, 인생에 대해서 다시금 생각하게 되고, 새로운 인생을 찾아 떠난다.

1 _

　지난 주말에 대전에서 서울로 오는 KTX 안에서 휴대폰을 방에 두고 왔다는 걸 깨달았다. 내 몸에서 그 자그마한 기계가 사라지자 손발이 묶인 기분이 들었다. 마치 홀로 고립된 섬에 갇힌 기분이랄까. 초조한 마음을 감추지 못하고 난 연신 창밖만 바라보았다. 무려 26,000원의 KTX 비용을 감수하고라도 돌아가서 그 망할 스마트폰을 내 주머니에 꽂아 넣고 싶었다. 보잘것없는 기계 하나에 행복도가 좌지우지되는 모습이라니. 불편한 맘으로 집에 도착하니 친구와 약속을 잡을 수 없어 아무것도 할 수가 없더라. 귀한 주말을 의미 없이 보내는 것 같아 짜증이 났다. 불현듯 과연 휴대폰이 없을 때 사람들은 어떤 방식으로 약속을 잡고, 서로에게 연락을 하며 지냈을지 진심으로 궁금했다. 그렇게 잡다한 생각을 하며 몇 시간 지내고 나니 맘이 무척 편안해졌다. 우선 내가 좋아하는 영화를 볼 시간이 풍족해졌고, 내일 약속에 대한 부담이 없어 밤새도록 글을 쓸 수 있었다. 글 쓰다 배고프면 뭘 좀 입에 넣고, 커피 마시고, 집 근처 영화관 가기를 반복하다 보니 무척 만족스러운 주말을 보내고 있다는 사실을 깨닫고 놀랐다. 무엇보다도 오랜만에 가족들과 진솔한 대화를 나누며 가치 있는 시간을 보낼 수 있었다. 어머니의 고민이나 아버지의 새로 산 스마트폰 자랑을 그저 듣고 있는 것만으로도, 난 좋은 아들이 된 걸까? 어두운 방에서 빗소리를 들으며, 숨겨졌던 시간들을 선물해준 이 주말에 감사한 마음을 가졌다.

2 _

오늘 본 영화 중에 가장 근사한 기분을 안겨준 영화는 〈섬웨어〉였다(이런, 홀로 보내는 시간에 '장률' 감독의 〈두만강〉을 선택한 건 최악이었다). 〈사랑도 통역이 되나요〉를 통해 인간의 고독한 기류를 잘 짚어낸 소피아 코폴라 감독의 네번째 작품이다. 소피아 코폴라 감독은 화려한 삶 속 가슴 시린 고독을 잘 알고 있다. 아버지인 거장 프랜시스 포드 코폴라 감독의 딸로서 어려서부터 많은 스포트라이트를 받았지만, 그런 화려한 삶 이면엔 홀로 식탁에 앉아 고독한 밥을 먹어야 하는 잔인한 시간들이 존재했다. 그래서인지 소피아 코폴라는 겉으로 드러나는 화려함을 믿지 않는다. 소피아는 자신의 고독만큼이나 인간에게는 각자 할당된 그만의 고독이 있다고 믿는 것이다. 그녀가 만드는 캐릭터는 편견을 멀리하고, 섣부른 결론이라는 실수를 하지 않는다. 이런 그녀의 신중함으로 인해 소피아의 영화에는 고독한 인간이 만들어내는 소통의 기적이 있다. 아무런 희망이 없다고 믿는 고독

베니스영화제
황금사자상을 받은
감독 소피아 코폴라

의 도시에서도 소통을 염원하는 누군가가 있다는 그녀의 바람이 기적을 불러일으킨다. 베니스영화제는 그런 소피아의 섬세한 표현력을 높게 평가하여 어린 나이임에도 황금사자상을 선사했다. 한국에서는 그녀의 영화가 대중적이지 않다는 이유로 아직 개봉하지 못하고 있으나, 마음만 먹으면 쉽게 그녀의 영화를 관람할 수 있다는 것은 비밀이다. 아무튼 〈섬웨어〉 역시 그녀의 이전 작품들만큼이나 영화적 리듬이 잔잔한 영화다. 그렇다고 절대 시간이 무미건조하게는 흐르지 않으니 불을 끄고 지켜볼 것을 권한다. 영화가 주는 내적 리듬은 결코 당신을 실망시키지 않을 것이다.

3_

기본 줄거리는 이렇다. 배우 조니(스티븐 도프 분)는 섹시한 외모와 유머러스한 말솜씨를 가진 유명 영화배우다. 그는 파티를 즐기는 유쾌한 남자이고, 자신의 주변 사람들에게 항상 친절한 젠틀맨이다. 그래서인지 그의 주변에는 그를 유혹하려는 여자들이 사정없이 등장한다. 심지어 아침에 샤워타월을 두르고, 전날 먹은 식사 그릇을 내놓으려 문을 여는 순간에도 여자가 추파를 던진다. 이런 부러운 사람! 그는 자신이 가진 스타로서의 삶에 아무런 불만도 없다. 영화는 그런 그의 삶을 조금 뒤처진 걸음으로 따라 걷는다. 하지만 이 남자의 화려한 삶 속의 쓸쓸한 뒷모습은 이상하리만치 슬프다. 뭐가 부족한 걸까. 무엇이 결핍된 걸까. 그는 하루를 모두 마치고 맥주를 한잔 마실 때 심각한 고독을 느낀다. 그는 영화 관계자와 미녀 들의 틈바구니 속에서 종일 정신없이 보내지만, 정작 그가 가장 외로운 시간엔 그를 지켜봐주는 이가 없다. 가장 인상적인 장면은 그가 잠을 청하기 위해 호텔방에서 봉춤녀들의 화려한 공연을 보는 컷이다. 팔등신의 쌍둥이 미녀가 봉춤을 추는데도 그는 무척 쓸쓸한 표정을 짓는다. 그저 잠을 청하기 위하여 그녀들을 불렀지만, 그 장면에서 그는 더욱 철저히 고립된 듯 보인다. 가능성 없는 관계에서 먼지라도 털어내려는 걸까. 조니는 영문을 알 수 없는 슬픈 기분에 잠을 이룰 수 없다.

4_

요즘 청소년들에게 장래희망에 대해 물으면, 연예인이라고 대답하는 비율이 40퍼센트를 웃돈다. 그만큼 우리 시대의 연예인은 화려함과 재력을 모두 갖춘 완벽한 삶의 표본으로 자리 잡은 지 오래다. 하지만 신문에 연일 보도되는 연예인 자살사건은 도대체 무엇을 의미할까. 겉보기엔 그 누구보다 행복한 웃음을 짓던 브라운관의 스타가 왜 손목의 혈관을 잘라내는 것일까. 〈섬웨어〉의 조니는 자신의 삶이 완벽하다는 것을 잘 알기에 그가 느끼는 불행한 기운을 인정하지 못한다. 그런 그에겐 가끔 만나는 딸이 있다. 자주 만나지는 못하지만 매번 환한 미소로 아버지를 안아주는 딸 클리오(엘르 패닝 분)다. 정기적으로 클리오와 만나 즐거운 시간을 보내고, 그녀를 바라보는 시간은 의무적으로 작동한다. 자신의 삶에 아버지로서의 책임감이 추가되는 것을 그는 하나의 역할로 받아들인다. 그런 그가 이혼한 전 부인의 사정으로 클리오와 며칠 동안 시간을 함께 보내게 된다. 난생 처음 클리오와 장시간을 보내야 하는 그는 걱정이 크지만, 어쩔 수 없이 업무차 클리오와 함께 이탈리아 밀라노로 떠난다. 조니는 자신을 웃게 해주는 사랑스러운 딸을 바라보며 책임감이라는 열매가 결코 쓰지 않음을 자연스럽게 깨닫는다.

5

화려한 시간 속에서 죽어 있는 시간을 보내던 조니의 삶은 클리오와의 관계 속에서 생명력을 얻어간다. 그녀와의 청량한 시간은 '엘르 패닝'의 사랑스러운 모습을 감상하는 즐거움이 있다. 딸의 스케이팅

연습을 바라보고, 그녀와 함께 탁구를 치고, 같이 수영을 하고, 새벽에 아이스크림을 먹는 모습은 보는 이들마저 진심으로 행복하게 한다. 조니의 외로운 어깨에 클리오가 기내어올 때, 조니는 그 어느 때보다 쉽게 잠을 청할 수 있다. 그녀를 보살피며 조니의 감정이 겹겹이 두터워질 때, 영화는 자연스럽게 관계가 주는 그리움을 속삭인다. 타인에 대한 책임감을 불행의 척도로 여기는 이 건조한 현대인의 삶에도 인간과 인간이 주는 살내음은 미묘한 설득력을 가진다. 그러다 딸이 그의 곁을 떠나게 되자 조니는 자신의 삶이 완전히 잘못됐음을 느낀다. 가족이 없다는 것. 마음을 터놓을 친구 한 명 존재하지 않는다는 것. 그는 전화통을 붙잡고 전 부인에 애원한다. 자신에게 한 번만 와달라고, 용서해달라고. 하지만 이 도시에서 그를 찾는 사람은 없다. 조니는 삶에 중대한 변화를 주어야 한다는 것을 깨닫는다. 그 어딘가로 가야 한다는 것을.

6_

삶은 홀로 트랙을 도는 경주가 아닐 것이다. 자신을 괴롭히는 욕설이 섞인 문자를 웃어넘길 수 있을 만큼 무의미한 룰렛 게임이 아니다. 때론 평온한 일상에 메스를 대 세상에 진 부채를 탕감해야 할 순간이 다가온다. 내가 가진 고민과 내가 보살펴야 하는 사람, 내가 빚진 사람과 내가 보답해야 할 것들이 산적해 마침내는 날 숨 막히게 할지도 모르는 일이다. 소피아 코폴라는 한 영화배우의 삶을 통해 무던한 삶에 청진기를 가져간다. 내가 할 수 있을 만큼의 관계를 가져야 한다는 것과 혼자인 삶에 의미를 부여할 수 없다는 것은, 그저 말뿐인 텍스트에서 형형한 그리움으로 스크린에 펼쳐진다. 그저 어깨를 내미는 것만으로도 쟁취할 수 있는 행복이 한 그릇 존재한다. 영화는 특별한 기교 없이도 아버지와 딸의 관계를 진솔하게 조명함으로써 사람들의 맘을 쉽게 얻어간다.

7_

이 영화의 두 배우를 궁금해 할 사람들이 많을 것이다. 우선 '스티븐 도프'라는 남자 배우. 그는 어렸을 적부터 배우의 화려한 삶에 익숙한 베테랑 배우다. 소피아가 그를 캐스팅 목록에 올려놓은 이유를 잘 알 수 있는 부분이다. 부모가 이혼한 가정 환경 속에서도 항상 밝은 웃음을 지을 줄 아는 클리오는, 화려한 배우로서의 삶을 사는 언니(다코타 패닝)와 그런 언니를 챙겨야 하는 정신없는 엄마의 틈바구니에서 자란 '엘르 패닝'이 맡았다. 소피아의 이런 적절한 캐스팅 솜씨는 〈사랑도 통역이 되나요〉에서도 빛을 발했다. 화려한 시절을 모두 세월 속에 날려버린 고독한 남자 밥 해리스 역에, 실제 전성기가 지난 배우 '빌 머레이'를 캐스팅한 것은 실로 절묘했다. 그리고 그와 소통하는 젊은 유부녀로 가능성 말고는 아무것도 없었던 신선한 마스크 '스칼렛

요한슨'을 캐스팅하여 이질적인 공간에서 둘만의 소통공간을 만들어주는 최상의 배역 구조를 완성하였다.

그는 이처럼 작품 속에 고독한 두 사람을 배치해 미니멀한 관계구조를 만들고, 그 속에서 관계의 접점을 찾아내는 솜씨가 절묘하다. 그건 마치 두 사람이 서로에게 느끼는 그리운 마음을 인류의 보편적인 정서로 풀어낼 줄 아는 소피아 코폴라의 탁월한 감정표현 덕분일 것이다. 내가 다른 그 누군가를 그리워한다는 것은 소통의 기적을 그리워하는 수많은 사람들이 세상에 아직 많다는 방증이 아닐까. 영화는 아주 조용하게 소통이 빚어내는 기적의 순간을 목도한다.

8_

이 작품 중간 중간에 등장하는 음악들은 당신의 귀를 즐겁게 할 것이다. 전체적으로 피닉스(Phoenix)의 음악이 많은 비중을 차지하지만, 트레일러 예고편에 쓰인 스트록스(The Strokes)의 음악이 가장 좋다.

소셜미디어를 통해 나를 한 뼘 키우다!

저에게는 신영복 선생님의 『감옥으로부터의 사색』입니다. 들지도 내려놓지도 못하고 마음이 어지러운 시절, 그 마음 다스리는 데 큰 도움이 되었던 책입니다. 지금도 그럴 때마다 그 책을 잡고 있지요.

http://twitter.com/_JEWOL

허진호 감독님의 〈봄날은 간다〉. 남자친구와 헤어지고 우연찮게 보게 되었는데 참 많이 울고 그 자리서 바로 리플레이할 정도로 인상적이였네요. 남녀의 사랑 과정이 참 리얼해서요. 라면 먹고 가라더니 김치 못 담근다는 대사도, 아, 결국 사랑이 그러하단 걸, 봄날은 간다는 걸, 마음에 위로가 되었습니다.

http://twitter.com/ddarkibat

나를 성장하게 한 책은 법륜스님의 『스님의 주례사』입니다. 상대가 바뀌기를 기대하지 말고 내 자신을 바꾸라는 말씀이 무척 인상적이었습니다. 마음을 바꾸니 상대방에 연연하지 않고 바뀌는 제 자신을 볼 수 있었습니다. 감사합니다 ^^

http://twitter.com/parkyesi

25년 가까이 지난 지금! 데이빗 란츠의 곡은 그 시절을 생각나게 하는 곡이기도 합니다. 고등학교 땐 새벽 라디오 영화음악 방송에서도 들을 수 있었죠. 친구들과 지난 방송 이야기를 할 수 있었던 시절! 음악은 추억도 담나봅니다.

http://twitter.com/iengloo

제가 가장 감동을 받은 책이 있습니다. 그중 하나를 꼽으라면 범우사에서 출판한 『성채』라는 책인데요. 인간이라는 한 존재가 얼마나 나약할 수 있는지도, 강해질 수 있는지도 알게 해주는 책인데 그 울림은 생각보다 크더군요. 주변 환경이 더 좋아질수록 명예가 쌓일수록 주인공이 변해가는 과정을 세심하게 그려놨습니다. 결국엔 외과의사 초년생이었을 때로 다시 돌아가는 과정이 감명 깊더군요. 아무래도 항상 곁에 있어준 아내의 힘이 가장 컸기 때문에 모든 것을 다시 잃고도 재기를 하게 되죠. 책은 두껍지만 몰입하면서 읽기 좋은 명작입니다.

http://www.facebook.com/groups/insamoom

저는 오늘도 한 뼘 자랐습니다. 이해인 수녀님의 『꽃이 지고 나면 잎이 보이듯이』를 읽고 나서 말이지요. 우리는 너무 아픔에서만 실망에서만 좌절에서만 삶을 느끼고 있는 것은 아닐까요? 세상에는 너무도 많은 행복과 기쁨이 존재합니다. 하지만 그 행복과 기쁨은 너무 작고 초라하고 너무 여기저기 널려 있어서 우리는 그 존재조차 인식하지 못하고 있습니다. 하지만 그 작은 기쁨이 모여 강물을 이룰 수 있다는 걸 깨닫게 되는 순간 조금 더 기쁨을 느낄 수 있고 조금 더 삶을 살아가는 힘을 얻을 수 있지 않을까요.

http://www.facebook.com/narong.kim1

『인문학으로 광고하다』. 인문학은 사람의 냄새가 물씬 풍기는 글이다. 광고는 사람에게 다가가기 위해 만들어진다. 하지만 언젠가부터 광고가 공해가 되고 있다. 지나친 과장으로 선정성으로 거짓말로…… 사람을 속이려 들기 때문이다. 크리에이티브가 없이 거짓으로만 사람을 대하니 사람을 위한 것이 사람이 꺼리는 존재가 된 것이다. 그렇지만 그는 인문학을 통해 사람에게 다가가고자 했다. 비단 광고뿐이 아닐 것이다. 우리가 하는 모든 일이 사람을 위해 사람을 향해 가야 하는 것인데 눈앞의 이익과 욕망만을 위해 중요한 것을 잊고 사는 것 같다. 나를 존재하게 만드는 사람을 위해 살자! 그들을 위해 내가 가진 것들을 사용하자! 아직은…… 어린아이가 넘어지려 하면 손이 뻗어지는 것이 자연스럽듯이……
아직은…… 이 세상도 희망이 있는 것 아닐까?
나부터라도 그렇게 살고 싶다.

http://www.facebook.com/niceyoung1

나에게 영향을 미친 한 권의 책 『메멘토 모리, 죽음을 기억하라』.
아버님 돌아가시기 한 달도 채 남지 않은 상황, 그분에게 어떻게 죽음을 맞이할지를 알려드리고, 나 자신도 두려움에 맞서게 하기 위해 죽음과 관련된 세 권의 책을 빌렸습니다. 그중 하나가 바로 메멘토 모리였습니다.
삶과 죽음은 결국 하나라는 진리, 일상에서 깨닫기는 굉장히 힘든 것인데 저는 두려움 속에서 그것을 이겨내기 위해 당시에 깨달은 척했는지 모릅니다. 덧붙여 한국인의 죽음에 대한 정서를 알게 됨으로써 자연스럽게 나와 내 조상, 뿌리에 대해 생각해볼 수 있었습니다.
아버님이 돌아가시고 친구가 스스로 목숨을 끊었는가 하면 불치의 병으로 죽기도 하였습니다. 정말 2, 3년 새에 너무도 많은 목숨이 제 주위에서 사라졌습니다. 참 허무했습니다. 군 제대 후 공동묘지에서 조선시대 말기 사람 뼈를 수습하는 일을 몇 개월 한 적이 있는데, 그때 친한 친구가 유방암으로 유명을 달리했습니다. 참 아프기도 했지만 땅속에서 흙으로 돌아가는 뼈를 보며 사람은 너무나 작은 존재라는 것을 느낄 수 있었습니다.
책을 읽고 감명을 받아 저자 김열규 님을 직접 모시고 죽음에 대한 이야기를 듣기도 하였지만, 죽음을 간접적으로나마 마주하게 된 것이 제 인생에 큰 영향을 미친 게 아닌가 합니다. 죽음을 기억하라!

http://www.facebook.com/pporco

저는 『미안하다고 말하기가 그렇게 어려웠나요』와 아동 동화인 『100만 번이나 산 고양이』라는 책입니다. 이 책은 부모님에 대한 원망과 사랑으로 한창 우울증에 시달리던 그때 독서치료를 하면서 도움을 받았던 책입니다. 앞의 책은 우리 나라에서 처음 발생한 존속살인을 다루고 있는데요. 부모에게 가장 듣고 싶었던 말이 '미안하다'라는 그 말이었다고 합니다. 어찌 보면 부모님도 저도 서로에게 원하는 것이 그 한마디가 아니었을까 하면서 위로받았던 책이라 추천하고 싶네요. 『100만 번이나 산 고양이』는 진실한 사랑을 배우게 되는 과정을 담고 있는 책이라 두 권을 같이 읽어보면 좋을 것 같습니다.

http://ko-kr.facebook.com/people/신선영/100001810190511

나를 한 뼘 키워준 영화는 〈뷰티풀 마인드〉입니다. 영화보다 더 영화 같은, 말 그대로 '인간승리'를 일궈낸 존 내쉬 교수의 삶을 보는 것만으로도 마음이 벅찼습니다. 어떤 누구도, 어떤 상황에서도 삶을 허투루 살아서는 안 된다는 것도 알게 되었구요. 존 내쉬 교수에게 다른 교수들이 만년필을 건네는 것을 보며 살면서 "당신의 삶을 존경합니다"라고 망설임 없이 말할 수 있는 그런 사람을 꼭 만나보고 싶다는 생각도 했습니다. 몇 번을 다시 봐도 그 감동이 늘 그대로인 그런 영화에요.^-^

http://ko-kr.facebook.com/people/김옥영/100001882101860

내 인생의 한권의 책은 『아 유 해피?』라는 우리 서민들의 애환이 담긴 책입니다. 한창 IMF때 남편의 실직은 우리 가정에 정말 큰 충격이었습니다. 나라 전체가

경제 문제로 몸살을 앓고 있을 때, 우리만은 비켜가라는 간절한 기도가 남편의 실직으로 다가왔을 때 여태 열심히 살아온 내 삶이 버려진다는 생각으로 참 많이 힘들었습니다. 살고 싶지도 않았고 살아갈 의욕조차 없을 때, 동생이 선물한 이 한 권의 책을 남편과 읽으면서 때론 웃고 때론 울면서 용기를 참 많이 얻었습니다. 책 속에 숨어 있는 많은 사람들이 나보다 더 어려운 여건 속에서도 희망이라는 끈을 놓지 않고 최선을 다해 살아가는 모습을 보며 내가 얼마나 배부른 투정을 하고 살았는지 반성하게 되더군요. 남편은 다니던 직장보다 작고 힘든 직장을 선택하고 저 또한 한 번도 해보지 못한 식당 알바를 하면서 다시 새로운 삶을 살게 되었습니다…… 8년이 지난 지금은 남편의 직장도 안정되고, 저 또한 작은 직장을 얻어 맞벌이를 하고 있습니다. 그때 내가 그 책 속의 사람들을 만나지 못했다면…… 아마 지금쯤 나 자신을 괴롭히면서 살고 있을 거예요. 세상에는 참 어렵고 힘든 와중에서도 열심히 살아가는 많은 사람들이 있습니다. 또한 그분들은 자신보다 더 어려운 이웃을 위해 사랑을 나눠주며 살고 있죠. 저 또한 그분들의 삶을 배우기 위해 노력을 하지만 쉬운 일은 아니라고 생각합니다. 아직도 제 가방 속에 늘 한자리를 차지하고 있는 그 책을 보면서 오늘도 힘찬 하루를 시작해봅니다

http://ko-kr.facebook.com/people/임형신/100001927710279

『페다고지』.
고3 당시 부산의 영광도서에 갔을 때, 제가 그 책을 끌어당겼는지, 그 책이 저를 끌어당겼는지 모르겠지만 저는 그 책을 찾아냈고, 몇 번 읽어도 아직 발견할 것이 보입니다. 이공계였던 고등학교 시절 그 책을 읽고 사범대로의 진학을 꿈꿨고, 현재 제 교육관에 지대한 영향을 끼치고 있는 책입니다.
책은 "교육의 목적은 인간의 해방이지 지식의 축적이 아니다"라고 말합니다. 대화를 가장 중요하게 생각하는 만큼 책 또한 대화를 멈추지 않죠. 오히려 책과 나의 대화를 중단시키는 건 제 자신이었습니다. 이 책을 읽으면서 어렵다고 생

각하는 문장과 친해지는 법을 익힐 수 있었습니다.

지금은 모두가 자유를 누린다고 말하지만, 실상은 여전히 물질적/정신적 빈곤에 허덕이고 있습니다. 그러한 것이 억압임에도 불구하고 우리는 정면으로 인지하려 들지 않거나, 억압인지 모르는 채로 살아가고 있습니다. 이 책은 그런 억압에서 어떻게 하면 빠져나와 인간다운 삶을 누릴 수 있는지 가르쳐주진 않습니다. 그저 인내심을 가지고 우리의 행동을 지켜보면서 힘을 실어주는 것밖에 없지만, 그것이야말로 필요한 전부이고 더이상 바랄 것도 없다고 봅니다.

이 책은 지난 민주항쟁기간 운동가들의 정신적 원천이었고, 그것을 알고 있던 정부는 금서로 지정하기까지 했습니다. 『페다고지』는 제게 교육이 무엇인지, 지금 교육현장에서 상실된 가치가 무엇인지 고민하게 만들어주었고 이윽고 사범대로까지 이끈, 내 인생의 책입니다.

마지막으로, 이 땅의 모든 교육자에게 필독을 권합니다.

http://ko-kr.facebook.com/people/DongMin-Kim/100002427902759

『연금술사』의 소년은 우주의 자아를 찾아 꿈을 찾아 본연의 자기 직업이었던 양치기를 그만두고 길을 떠난다. 안정적이진 않지만 양들을 키워 양털을 팔아 생계를 유지하며 떠돌이로 생활하던 양치기 소년은 끝내 머나멀게만 느껴졌던 이집트 사막으로 여행을 가면서 이런저런 사람들도 만나고, 그 안에서 자신이 몰랐던 것을 깨닫게 된다. 어느 나라의 왕과, 점을 봐주는 여자 집시, 그리고 스승을 만나 이 세상에서 자신이 진정으로 원했던 '보물'을 찾아내며 책은 끝난다. 읽으면서 내 자신은 쉽사리 현실의 울타리 안에서 뛰쳐나갈 용기조차 나지 않지만 책의 주인공 그리고 작가는 진정으로 원하는 자신의 우주에서 만물의 자아의 역할을 하라고 충고한다. 아…… 나의 역할을 충실히 함으로써 우주는 그리고 만물은 톱니바퀴처럼 맞물려 잘 돌아간다는 말이 오늘도 나를 힘나게 해준다. 파이팅!

http://ko-kr.facebook.com/people/강민철/1557190538

전 딱 한 권을 고르기엔 힘든 거 같아서 두 권을 골랐습니다. 워낙 책을 좋아하시고 서점 가는 걸 좋아하시는 아빠가 제가 대학 갓 입학했을 때 서점을 가셔서 두 권을 연달아 사다주셨는데 하나는 『여자의 모든 인생은 20대에 결정된다』와 『프린세스 마법의 주문』이에요. 당시 고등학교를 잘 졸업하고 원하던 대학에 입학했던 저에겐 모든 걸 다 이룬 것만 같아 행복했으면서도 한편으로는 앞으로 4년간 대학생활을 어떻게 해나가야 될지 막막한 부분도 있었습니다. 분명 제가 제 인생에서 이루고 싶은 것은 뚜렷했지만 과연 4년간의 대학생활을 어떻게 보내면 4년 후 대학을 졸업하는 그 시점에 만족스러운 대학생활을 했다는 생각을 할지 정말 궁금했고 막막했습니다.

하지만 아빠가 이 두 권의 책을 사오셔서 전 이 책을 여러 번 정독을 했고, 심지어 친구들한테 추천을 해줄 정도로 깊이 와 닿았습니다.

만약 이 두 권의 책이 아니었다면, 지금의 제가 없었을 것이며, 대학생활 4년 동안 학교가 제게 준 모든 기회를 받아보지도 못했을 겁니다.

제게 이렇게 훌륭한 책을 선물해주신 아빠에게도 감사하지만, 동기부여가 가능할 정도로 맘에 와 닿는 내용을 쓴 작가 분들께도 감사드립니다!

http://www.facebook.com/people/Wha-Young-Yi/533788941

『서른살이 심리학에게 묻다』는 저에게 위안을 주었답니다. 대한민국 삼십대를 위한 심리치유 카페라는 부제처럼, 정말 삼십대인 저를 치유했다고 할까요? 이룬 거 없는 삼십대라고 괴로워할 때, 아, '나만 그런 게 아니구나'라는 안심을 주었다고 할까요? 공감백배.

http://me2day.net/sunnykooss

내 삶의 쉼표, YES24

강의할 때만큼은 누구보다 열정적인 문경환 교수님, 하지만 집으로 발걸음을 옮길 땐
책 읽어주는 아빠, 푸르마니로 돌아옵니다. 좋은 책을 누구보다 먼저 아이에게 읽히고픈 마음에
가슴이 설레는 오늘, YES24는 아빠의 마음에 작은 오아시스입니다.

도서, 음악, 영화, 공연, e-러닝 서비스까지 YES24에서 당신 삶의 쉼표를 찾으세요.

심사평

은희경

김태용

임진모

이충걸

자유로움, 다양함, 유연함,
그리고 치우침과 뜨거움의 축제

은희경(소설가)

   '축제'라는 이름에 걸맞게, 함께 참여하여 즐기는 마음으로 블로그
들을 돌아보았다.

   1차 심사 때는 스물일곱 편의 '책' 부문 후보작을 검토했다. 모두
좋은 독후감이어서 다섯 편을 고르는 일이 무척 힘들었다. 몇 편은 빼
어난 글이었고, 몇 편은 약간 시시했으며 그 나머지 약 열다섯 편은
고른 수준이었다. 지적이고 치열한 사유와 어휘 사용이 정확한 문장
들, 생각을 효과적으로 전달하는 구성에 있어 만만찮은 실력도 엿보였
다. 그러나 블로그라는 특성을 감안하여 다소 전문적인 글보다는 자
기 관점을 공감이 갈 수 있게 풀어낸 친근한 글을 선택했다. 시작하다
가 만 듯한 느낌을 주는 싱거운 글, 자기 생각은 적고 인용만 많은 자

료집 같은 글들도 배제했다. 가공하는 솜씨는 서툴더라도 자기만의 관점이 있는 글에 더 점수를 주었다고 하겠다. 실력과 개성을 모두 갖춘 만만찮은 글을 만났을 때는 이 심사가 갑자기 쉬워진다는 느낌을 받았고 무척 기분이 좋았다.

2차 심사는 책, 음악, 영화 세 부문별로 다섯 편씩 올라온 후보작 열다섯 편이 심사 대상이었다. 자기가 좋아하는 것에 대해 자발적으로 글을 쓰는 블로거들만의 신명과 매혹이 더욱 강하게 느껴졌다. 그 애정과 열기 때문에 더욱 꼼꼼하게 읽을 수밖에 없었다. 책, 음악, 영화 모두 마니아들의 자기 분야에 대한 내공, 그리고 블로그에서만 가능한 표현방식의 다양함으로 보수적인 인쇄물과는 다른 특성과 장점을 보여주었다. 권위와 형식을 벗어난 자유로움, 다양성, 유연함, 그리고 전문가가 아니기 때문에 드러내 보일 수 있는 치우침과 뜨거움. 이런 블로그의 장점을 갖추고 있다는 점에서 대상이 결정되었다고 본다.

블로깅은 스스로 좋아서 하는 것이므로 평가와 경연이 큰 의미는 없다고 생각한다. 관심사와 표현방식을 공유한 사람들끼리 한자리에 모여 노는, 말 그대로 축제이다. 한바탕 놀아보는 기분으로 심사를 했으므로 이 글 또한 심사평이라기보다 감상문이라는 말이 적당할 것 같다. 수상자에게 축하를 보낸다.

자신이 사랑했던 것을 온전히 타인과 나눈다는 것

김태용(영화감독)

    난 평상시에 인터넷상의 많은 글들을 집중해서 읽지 못합니다. 이젠 익숙해질 만도 한데 여전히 어렵습니다. 순전히 내 문제겠지만 요즘은 더더욱 그렇습니다. 그런 내게 이번 기회를 통해 블로그의 글들을 꼼꼼히 읽게 된 것은 의외로 기쁜 일이었습니다. 블로그 글이 편하게 쓰인 글일 거라는 편견으로 읽는 데 노력을 덜 해서 집중을 못한 것뿐이었음을 알게 되었습니다.

    자신이 사랑했던 것을 타인과 나누는 행위는 아름다운 일입니다. 블로그는 그런 공간이었습니다. 우리가 무엇을 사랑하는 것은 그것이 다른 어떤 것보다 우월해서가 아닐 것입니다. 점수를 주고받는 것에 익숙한 이 시대에 온전히 수용자가 되는 것은 축복입니다. 한 작품이

다른 작품들에 비해 얼마나 훌륭한 작품인가를 설득하기보다 오히려 그 작품이 자신의 삶과 어떻게 만났는지를 묘사하는 글들에 제 마음이 움직였습니다. 더 주체적으로 작품을 만나는 일은 훌륭한 평가자로서가 아니라 오히려 수동적인 수용자가 될 때 가능하다고 개인적으로 믿기 때문입니다.

「안녕 달빛요정」은 자신이 온전히 무엇을 사랑했고 무엇을 잃었으며 무엇이 자신에게 남았는가에만 집중되어 있습니다. 인디 음악이 왜 중요한지를 역설하지 않았지만 그 글은 다 읽고 나면 인디 음악들을 찾아서 듣게 만드는 힘이 있습니다. 결국 작품에 대한 글은 그 작품을 찾아 기쁨을 얻게 하는 것에 있다고 믿는 내게 이 블로그는 달빛요정 역전만루홈런이라는 한 뮤지션의 음악을 찾아 듣게 해주었습니다.

책 『암보스 문도스』에 관한 글 「그녀의 여행기는 지극한 사랑의 기록이다」 역시 서점에 가고 싶게 만들었고, 영화 〈죽은 시인의 사회〉에 관한 글 「영화, 삶을 가르치다」 역시 다시 오래된 그 영화의 DVD를 찾아보게 만들었습니다.

다양한 작품들에 대해 소중한 애정을 보여준 많은 블로거들에게 감사드립니다.

자기만의 취향과 선호가 두드러진 글쓰기

임진모(음악평론가)

문학과 예술은 공급자든 수요자든 개성과 자기표현의 장(場)이라는 사실을 다시금 절감한다. '나를 한 뼘 키워준'이라는 주문 타이틀부터 지극히 개성과 자신의 경험을 강조하고는 있지만, 블로그 축제에 참여한 글이 대상으로 삼은 책, 음악, 영화 들은 하나같이 개성 있고 주관적이다.

거기에는 오래된 고전도 있고, 비록 덜 알려졌어도 해당 분야 관계자나 평단이 주목한 걸작들도 있는 반면 얼핏 스쳐지나갔던 조금은 미미한 작품들도 섞여 있다. 자기만의 취향과 선호가 아니면 〈메리대구 공방전〉 OST나 이브(Eve)의 곡 〈너 그럴 때면〉 그리고 영화 〈종로의 기억〉이나 〈파수꾼〉이 나올 확률은 꽤 낮았을 것이다.

당연히 글의 시점은 일인칭이 된다. 하지만 글이란 일인칭 시점을 삼인칭화하거나 그리하여 개인의 경험을 다수의 보편적인 공유물로 만들어줄 때 설득력을 높인다. 이 점에서 「안녕 달빛요정」은 일인칭과 삼인칭 시점을 조화해 지난해 사망한 가수 달빛요정역전만루홈런의 음악과 자신의 인연을 무리 없이 전개해낸 글이다. 아티스트의 음악과 삶에 대한 분석의 집중력이 돋보인 것은 물론, 자신의 경험을 추억에 따른 활동으로 한정하면서 독자에게 해석의 지분을 제공한다는 점도 인상적이다.

특히 '이로써 2003년부터 알았던 한 인디 뮤지션과의 인연은 채 10년도 되기 전에 끝을 맺었다. 내가 블로그를 본격적으로 하기 시작한 것도, 커뮤니티 활동을 시작한 것도 모두 달빛요정이 기폭제가 되었다. 때문에 알려지지 않은 인디 뮤지션을 알려야겠다는 내 젊은 날의 객기도 한풀 꺾인 게 사실이다'라는 대목은 음악과 자신의 경험을 과잉으로 연결 짓지 않는 절제 때문에 공감을 부른다.

연대기 형식으로 쓴 「나는 '미전향 장기수'다」도 즐겁게 그리고 흥미진진하게 읽은 글이다. 책 부문의 글 「네 개의 서랍 혹은 한 개의 화살표」와 같은 스타일로, 음악 변절에 대한 비유가 압권이며 전개 또한 자연스럽고 재미를 유발한다. 그 재미는 '면담이 끝나고 교도관은 내 파일을 열었다. 그리고 내 이름 옆에다가 큼지막한 도장을 쿵 하고 찍었다. 수감번호 8080, 빨간비♥ 미전향'으로 끝까지 끌고가며 방점을 찍는다. 서술의 독창성이 얼마나 중요한가를 시범하는 글이기도 하다.

「공연장으로 첫발을 내딛는 처음 그 느낌처럼」은 가수 신승훈의 음반과 아티스트에 대한 이해가 드러나는 수작이다. 음악에 젖어본 경험이 있는 사람은 '과거의 내가 꽤나 어리석었음을 따뜻하게 비웃어주었다. 암울했다고 여기던 그 시절이 실은 꽤 빛나고 있음을 깨닫게 했다'와 같은 문장이 전하는 기분을 알 것이다. 음악이 자신의 삶에 미친 궤적을 감동적으로 정리하면서 인상적인 성장일기를 엮어낸 「누군가 나를 위해 지금 이 순간 살아가고 있다」는 마지막 문장이 기억에 남는다. '정말로 고맙습니다. 나를 위해 지금껏 울어주고, 살아준 당신'.

「인생은 멋지니까 살 만하다!」 또한 솔직하고도 진지한 일인칭 서술이다. 좀더 음악적이었더라면 그리고 결론에 더 신경 썼더라면 균형이 이뤄졌을 것이라는 아쉬움이 남기는 하지만 그 자체로 동감지수는 높다. 「나는 나를 너무 사랑했다」도 왠지 모르게 음악과의 관련 전개가 너무 사적(私的)이라는 느낌, 다시 말해 삼인칭 시점을 조금이라도 보완했으면 더 좋았을 것이라는 생각이긴 하나 자기애에 대한 반성적 경험을 다룬 것은 발군이다.

음악 부문 응모작이 적었다고 하지만 글의 만족도와 완성도는 그것을 상쇄할 만큼 높다고 본다. 읽고 난 뒤에도 다시 읽고 또 읽고 싶은 기분이다. 이런 글에 대한 소감을 쓰기란 부담스럽다.

다른 사람의 마음을 더불어 만져야 할 때

이충걸(『GQ KOREA』 편집장)

　　무라카미 하루키는 왜 옴진리교의 사린가스 테러를 소설로 쓰기에 앞서 다큐멘터리풍의 리포트로 썼을까? 『언더그라운드』나 『약속된 장소에서』를 읽어보면 해답이 슬쩍 드러난다. 그가 취재한 숱한 '개인'들은 이미 소설이란 형식으로도 묶을 수 없는 엄청난 세부를 지니고 있었다. 하루키는 그들 모두를 소품처럼 모으고 엮어 연합된 소설을 쓸 수 있었겠지만, 굳이 그러진 않았다. 하루키와 개인들이 맺은 숱한 관계는 그것 하나하나가 고유하고 온전했기 때문에.

　　「안녕 달빛요정」은 글쓴이 스크루지와 달빛요정역전만루홈런이 맺은 관계의 전모를 처음부터 끝까지 드러내면서도 시종 담담하다. 한 대상을 정하고 그와 관련된 삽화 속에서 소량의 상념을 추출해낼 때, 그 대상과 그와 무관한 대다수를 한꺼번에 만족시키는 일은 얼마나 어려운가. 누군가의 기억은, 오직 그 사람이 만든 삶 안에서만 해당되는 거니까. 그 대상이 비틀스라고 해도 다르지 않을 테다. 그런데 「안녕 달빛요정」을 읽는 동안 달빛요정역전만루홈런의 음울한 생을 더 많이 더 자주 반추하는 건……

완결된 글과 문장으로서의 허물이야 웹이라는 제약 없는 형식에서 작성되었다는 걸 감안해도 더러 보인다. 하지만 그가 달빛요정역전만루홈런과 겪은 삽화들과 그 일들의 뒤 결을 다시 들추어보면, 더 분방하고 더 마음 가는 대로 옮겼다고 해도 용납될 것 같다. 그런데 바로 그런 대목 때문에 스크루지는 '사실' 그리고 '절제'라는 덕목을 내내 꼭 붙들고 있었던 건 아닐까.

한 사람과의 성실한 관계가 그대로 글이 되었다. 상상력만으로 무엇인가를 글로 옮기는 것에는 국경이 있다고 가르치면서. 「안녕 달빛요정」은 역설적으로, 우리가 거짓말을 하기 전에, 잠깐 주춤하는 순간이 얼마나 중요한지 나직하게 들려주고 있다.

그렇게 트위터에 뛰어들기 전, 트위팅은 한때의 쓸데없는 짓이며, 세상과 모든 것을 지나치게 단순화시키는 무엇이라고 생각했다. 현대의 삶 속에선 모든 게 근심거리라는 걸 매순간 토해내는 얍삽한 출구라고. 자기는 트윗을 할 시간도 없고, 그렇게 세상을 향해 떠들 의향도 없으며, 굳이 해야 한다면 그 시간에 책을 낼 거라는 누군가의 말을 차라리 더 옹호하고 싶었다. 무엇보다 SNS는, 일상화된 문맹으로 우리들을 끌어들여 언어를 파괴하는 어리둥절한 책략 같았다. 언어가 저열해지도록 문화에 가해진 '대뇌 전두엽 백질 절제술'이라고.

트위터를 시작하자 예전의 반감이 희미해졌다. 트위터를 싫어하는 건 휴대폰과 페니실린을 싫어하는 것과 같아. 전서구(傳書鳩)나 이메일처럼 정보를 나누는 도구들을 멀리 둠으로써 지금 이 순간, 몇백만이 소통하는 순간을 외면하는 거야, 라는 숭고한 깨달음이 펼쳐졌다. 트위터는 지금 이 순간의 발신음이며, 2011년에 SNS를 거부하는 건 지금 세상에서 침묵의 맹세를 하는 것과 같다고 믿었다. 동시에! 140자 안에는 충분히 말할 공간이 있다고 생각했다.

그러나, 이번에 SNS로 표현된 짧은 글을 읽으면서 두루 착잡해졌다.

진심으론, '알아들을 수 없는 소리로 자동차 지붕을 애무하는 빗방울처럼'이 아니라, 예기치 않은 순간에 방아쇠를 당기듯 하는 새로운 언어가 보고 싶었다. 집이 작아서 인테리어를 못 하겠다, 차가 작아서 탈 맛이 안 난다, 연인의 키가 작아서 친구들을 만나기도 우세스럽다는 사람의 말은 다 변명 같았으니, SNS의 협소한 공간이 실은 얼마나 광활한지 느끼고 싶었다. 하나의 낱말 안에 우주를 아우르는 또 하나의 세계가 머무르고 있으며, 배타적인 공간 안에서조차 세련되게 축약된 관점과, 정금처럼 번쩍거리는 정신성을 볼 수 있을 것 같았다. 철학과 사상의 긴장이 극단적으로 닦인 언어의 방식으로 작열할 것 같았다.

그러나 SNS는 확실히 신중한 코멘트나 지적인 대화 대신 뻔한 것들의 폭발적인 쓰나미에 불과한 걸까. '자유를 믿는다'고 말하면 그 말이 무슨 뜻인지 설명해야 할 텐데, 그러기엔 여백이 충분하지 않았을까. 개인의 말을 들려주는 기회로서가 아니라 다른 사람들의 마음을 더불어 만져야 할 때도 단순히 '테크놀로지와 스스로 거룩한 관점의 혼합'으로 기능할 수밖에 없는 건 또한 그 때문일까.

SNS가 길고도 사려 깊은 대화를 대체한다고 생각하는 사람들도 있지만, 급기야, 그래본들 머나먼 미래의 일이라는 결론을 내렸다. 전화가 시를 대체한 것보다, 트위터가 산문을 대신하는 것은 더 어려울 것이다. 하지만 그럼에도 불구하고, SNS가 휴가 사진을 보여주며 가상의 애정을 구하는, 그렇게 자신의 남루를 홍보하는 멍청이의 장소는 아니라고 믿고 싶다. 왜냐하면 그 안에서 다루는 것은 결국 문명이 우리에게 준 정수로서의 '글자'이기 때문이다.

내 삶의 쉼표

ⓒYES24 블로그 축제 수상자, 2011

초판 인쇄 | 2011년 10월 5일
초판 발행 | 2011년 10월 15일

지은이 YES24 블로그 축제 수상자
펴낸이 강병선
펴낸곳 (주)문학동네
출판등록 1993년 10월 22일 제406-2003-000045호
주소 413-756 경기도 파주시 문발동 파주출판도시 513-8
전자우편 editor@munhak.com | **대표전화** 031)955-8888 | **팩스** 031)955-8855
문의전화 031)955-8890(마케팅) 031)955-2645(편집)
문학동네카페 http://cafe.naver.com/mhdn

ISBN 978-89-546-1634-8 03810

• 딩딩과 은단으로 YES24 블로그를 통해 만난 윤구씨와 승아씨는 오늘도 책으로 일상의 쉼표를 만드는 책 사랑 커플입니다.
• 딩딩님의 블로그 : http://blog.yes24.com/poetq   • 은단님의 블로그 : http://blog.yes24.com/na

내삶의쉼표, YES24

회사 일이다, 레스토랑 일이다, 그 동안 마주치기도 힘들었던 윤구씨와 승아씨,
오늘은 오랜만에 처음 만났을 때처럼, 서로에게 선물할 책 한 권을 들고 딩딩과 은단으로 돌아갑니다.
한 권의 책으로 미뤄둔 사랑까지 전하는 이들에게 YES24는 또 하나의 쉼터입니다.

도서, 음악, 영화, 공연, e-러닝 서비스까지 YES24에서 당신 삶의 쉼표를 찾으세요.

대한민국 1등 인터넷서점 **YES24.COM**